글만
썼을
뿐인데

삶이
바뀌다

글만 썼을 뿐인데 삶이 바뀌다

삶이 바뀌는 아침 10분 글쓰기의 기적
A writing that is the power of my life

이창미 지음

도서출판 더 로드
The Road Books

1%가 중요한 단 1% 실천하는 행동하는 도전만이 최적의 인생을 선물해준다.

당신의 시간은 어디로 갔는가? 할 일은 계속 미뤄놓고 계획적으로 하루를 살지 않으면서 자신이 원하는 것을 잊고 삶의 변화만 기다리는 것은 아닌가? 꿈이 없는 사람일수록 기질을 발견하는 글을 써야 한다. 당신의 내면에 잠들어 있는 특별한 기질을 깨워 삶 자체를 변화시켜라.

생각 도구로 생각 관리로 단순하게 정리하자. 상황에 맞게 자투리 시간을 이용해 조금씩 다가가면 진정 원하는 것에 집중할 수 있다. 단 10분 습관적으로 글을 쓰며 꿈 리스트를 만들어 도전하길 바란다. 당신의 기질을 보여주어라.

이 책은 전문적인 글쓰기 책이 아니다. 그렇다고 성공한 사람의 자기 계발서도 아니다. 평범한 사람이 세상 밖으로 나온 글쓰기의 힘에 대한 이야기다. 시련으로 아파하면서 삶의 중요성과 깨달음을 느끼게 된 한 가닥의 꿈을 가진 여자가 글쓰기를 통해 삶을 엮어내고 있다.

글을 쓸 때 사람들의 공통점은 스스로 틀을 짜놓고 그 안에서 조금이라도 밖으로 튀어나오지 않으려고 한다. 여기에 스스로 갇혀 틀 밖의 자유를 누리지 못한 채 안에 갇혀 벗어나지 못하고 어려워하며 글을 쓰지 않는다. 과감하게 문을 여는 1%의 행동이 당신을 최적의 삶으로 이끌 것이다. 선한 영향력으로.

나는 글 쓰는 순간이 너무 좋았다. 글과 만나는 시간이 즐거웠다. 그렇게 글만 썼을 뿐인데 시인으로 등단을 하고 책을 쓰는 작가가 되었다. 방해받지 않는 주체적인 삶이 가능한 시간이 바로 아침이었다. 글쓰기에 자신 없어 하는 사람들을 위해 아침 글쓰기를 통해 동기부여를 하였다. 사람들에게 즐거움을 더 많이 경험하도록 기회를 제공해 주었다. 내 시간을 둘러보는 아침이 시작되는 것이다. 매일 바쁘게 살아가는 당신에게 조금 이른 아침을 추천한다. 지금 당장 아침 기상을 당겨보는 것은 어떤가?

단 1%의 벗어난 형식의 자유를 실행하면 삶이 달라진다. 그런데 1%의 실행력이 부족하다. 일단 써라. 액션을 취해라. 지금 실행의 힘을 보여줄 때다. 글쓰기의 매력은 1%의 실행으로 인해 속된 말로 '뻥' 갈 수 있다. 생각만 하고 쓰지 않는다면 아무리 좋은 생각도 말짱 도루묵이 되고 만다. 글을 써서 책을 펴낸 사람들이 위대해 보이는 것은 뛰어난 지식이 남달라서가 아니다. 1%의 실행을 실천하였기 때문에 다른 이유다.

행동으로 옮긴 결과이다. 여기서 1%의 그들도 99%는 평범한 사람이었다. 99%의 평범한 사람이 생각에 그치지 않고 행동으로 이어지는 실천으로 1%에 속하게 된 것이다. 당신은 매번 결심하지만 완성으로 끌어내지 못하는 이유가 있다. 그것이 잘못된 습관의 반복이다. 실행력이 뛰어난 사람은 좋은 습관을 갖고 있고 완성으로 끌어내지 못한 결과에 부딪히더라도 포기하지 않고 다시 수정하여 실천한다. 인생을 바꾸게 하는 단 1% 실천하는 행동이다. 1%가 정말 중요함을 인식할 필요가 있다.

평창동계올림픽 개회식에서 성화봉송 마지막 주자로 나서 성화대에 불을 붙인 김연아는 자신이 하는 일을 내내 생각한다고 한다. 목표에서 한눈팔지 않고 눈을 떼지 않는다. 성공하기 위해 11시간 넘게 어떻게 할까를 생각한다. 생각한 대로 행동하고 목표를 향해 질주하는 것이다. 어느 순간 힘들어서 포기하고 싶은 생각이 파고드는 임계점에 부딪히게 된다. 결코 쉽게 포기하지 않는다. 임계점을 넘기는 순간 탁 트이는 순간으로 피겨의 여왕이 되었다.

성공한 사람들은 장기적으로 큰 계획을 세우고 그것을 향해 가기에 큰 선물이 함께 따르는 것이다. 무언가 시도하려고 할 때 한두 번 해보고 안 된다고 금방 포기하고 다른 목표를 다시 설계하는 것은 어리석은 행동이다. 임계점을 가정하지 못했을 뿐이고 임계점에 다다르지 않았을 뿐이다. 현재의 관점에서 목표를 보지 말고 관점을 바꿔 미래를 보는 관점에서 현재를 보면 된다. 지금 벌어지고 있는 일에 대충 살아도 되는 것이 아니다.

용기 있는 도전만이 최적의 인생을 선물해 준다. 완벽한 인생은 없다. 도전의 완성으로 완벽해지며 늙어가는 것이다. 글쓰기는 타고난 재능이 아니라 배우고 연습하면 누구나 할 수 있는 일종의 실행력 기술이다. 거창한 작품을 쓰기 위한 목표가 있다고 하더라도 작은 것부터 한 줄 글쓰기부터 시작하는 것 그것이 행동으로 옮겨져서 거창한 목표에 도달하는 것이다. 생각을 성과로 완성을 만들어내기 위해서 반드시 실천이 필요하다.

자신을 스스로 바꾸고 내면이 바뀌면 나아가 세상도 바뀐다. 일과 사생활에서 잠재력을 발휘해 보아라. 단 한 번 도전에 미쳐보아라. 당신의 인생이 달라진다. 당신의 10년 후를 바꾼다. 난 아침 글쓰기로 하루에 단 10분으로 중요하게 해야 할 일을 적었고 널려있던 것들을 단순하게 정리하면서 완벽하게 실행하려고 노력을 아끼지 않았다. 정리하는 한 장의 힘이 아주 작은 사소한 습관이지만 성공을 부른다.

매일 아침에 출근해서도 우선순위가 분명 정해져야 한다. 그것이 일을 속도감 있게 끝내는 방법이다. 아마도 한 장의 메모에 틈만 나면 적는 종이가 구체적으로 엮이면 성과라는 이름이 따라붙게 할 것이다. 하루 단 10분으로 정리 하나만으로 업무 효율도 높이는 반면 인간관계까지 높여준다.

나는 글쓰기의 힘으로 시간과 에너지가 절약되어 중요한 것에 열정을 쏟을 수 있었다. 잘 정리된 종이로 꿈 리스트에 투자할 시간을 벌게 되었다. 삶의 방향이 바뀐 달라진 인생으로 살게끔 해주었다.

당신의 꿈 리스트를 만들어 실천으로 도전하면 부족한 1%를 채운다. 5년 후에 10년 후를 불러올 나비효과로 당신에게 어떤 일이 생길지 장기적인 파급효과를 생각해 보길 바란다. 간절히 원하면 이루어진다는 말을 나는 믿는다.

차례

4장　나를 단단하게 하는 글쓰기 습관

5장　글 쓰는 시간이 인생을 바꾼다

I

왜 글쓰기일까?

#1
글쓰기는
혁명이다

형식에 맞춰 누군가에게 보여주기 위해, 글쓰기를 했던 시절을 떠올린다. 우리는 연필을 잡는 순간부터 글을 쓰기 시작한다. 어린이집, 유치원, 초등학교 입학부터 모든 과정의 학교를 졸업할 때까지 의무적인 글쓰기를 한다.

나는 학창시절에 보여주기 위해 적었던 글쓰기가 떠오른다. '형식을 갖춰 써야지', '문장은 왜 이래', '어떻게 써야 하는지 분석해서 다시 써' 검사받고 지적받고 다시 써오라는 그 순간, 연필은 종이 위에서 그대로 멈춰 공중부양을 하고 만다. 아무것도 적지 못했다.

나만 생각하고 글을 쓰면 된다. 우리는 남을 의식하며 살았다. 지금부터는 남의 시선을 잊고, 나를 중심으로 쓰면 된다. 남을 생각하는 것처럼 나를 챙기고 보살핀 적이 얼마나 되겠는가? 나 자신을 이해하고 나만을 위해 노력한 시간이 그리 많지 않을 것이다. 우리는 글쓰기에서 자유로워져야 하며, 내면의 거울을 보며, 글쓰기의 혁명을 다져야 한다.

당신은 아침에 자고 일어나서 외출하기까지 무엇을 하는가? 나는 거울을 본다. 외출할 때도 어김없이 거울을 보며, 자신의 외모를 점검한다. 남에게 보이기 위해 자신을 보여주기 위해 외모를 다듬는다. 거울을 보지 않으면 나 자신의 모습을 제대로 보지 못하기 때문이다. 이처럼 우리는 내면도 다듬어야 한다. 내면을 다듬기 위해선 글쓰기가 으뜸 필요한 이유다. 나의 마음이 글로 표현되어 자신을 만나게 되는 것이다. 혁명은 우연히 일어나는 것이 아니다. 내가 원하는 미래의 징검다리가 되어, 내 안의 나를 끌어내야 한다. 글쓰기와 만나야 한다. 내면의 글쓰기로 믿기지 않게도 자신이 변하게 된다. 우리는 글쓰기로 성장해 있는 자기 혁명을 만나야 한다.

어릴 적 나만의 소중한 비밀을 적었던 적이 있다. 난 문방구 귀신처럼 문방구를 그냥 지나치지 못했고, 그곳에서 한 권의 비밀 노트를 발견했다. 열쇠가 없으면 열지 못하는 비밀 노트가 나에게는 신세계였다. 그 노트를 구매했다. 누군가에게 들키지 않으려고 그 비밀 노트를 은밀한 곳에 숨겼다. 자고 일어나면 그 자리에 있는지 몇 번을 확인하고, 노트 한 권 간직하는 것에 온 집중을 쏟아부었다.

형식이 없는 누군가에게 보여주기 위한 글쓰기가 아닌, 나만의 비밀 노트엔 모든 것을 담을 수 있었기 때문에 소중했다. 자유로운 글쓰기야말로 나를 웃게 하고 울게 하는 노트가 되어 있었다. 열쇠 달린 비밀 노트는 최고의 혁명 같은 것이었다.

6살 어린 여자아이가 큰엄마의 손을 잡고 기차에 올라탔다. 시골에서만 살다가 기차를 타니 마냥 기뻤다. 좌석에 앉아 창문 유리에 손가락을 가져다 대고 직선으로 줄을 그으며 관찰했다. 창밖으로 펼쳐진 세상에 눈을 뗄 수가 없었다. 생전 먹어보지도 못한 삶은 달걀도 신기할 따름이었다. 기차를 타고 한참을 구경한 뒤 여자아이는 물었다.

"큰엄마 우리 어디 가?"
"응. 엄마한테 가. 엄마 만나러 가는 거야."
"엄마……."
"엄마 보고 싶었지? 이제 엄마 볼 수 있어."

단 한 번도 본 적 없는 엄마를 만나러 가고 있는 것이었다.

나는 시골에서 태어났다. 아버지는 8대 교육자 집안에서 자랐고 면사무소 공무원이셨지만 알코올중독으로 인생을 허비하며 사셨다. 끝내 일도 그만두시고 전 재산을 탕진하셨다. 술로 인해 폭행에 시달리던 어머니는 살기 위해 차비만 큰어머니께 빌려, 홀로 부산행을 선택하셨다. 내가 3살 때였다.

부유한 가까운 친척들은 시골에 살지 않았다. 엄마 없는 시골에선 오빠, 언니들과 매일 술에 찌든 아버지가 들어오시면 이웃집으로 뿔뿔이 흩어졌다. 우리 남매 중 이웃집 어느 한 곳에서 아버지한테 발견되면 그날은 잠 못 드는 밤을 보내야 했다. 어린 시절 모두 한 번씩은 죽을 고비를 넘겼다. 술 취한 아버지가 갓난아기가 울면 마당으로 내동댕이쳤지만 살아났고, 시골 재래식 똥통에 빠져 이웃 주민들에 의해 목숨을 건지기도 했고, 아버지의 손에 거꾸로 매달린 채 저수지에 머리가 담겼다 빠졌다하며 목숨을 잃을 뻔도 했다.

그 후 3년이 지나 어머니는 막내인 나를 먼저 불렀고, 기차를 탄 여자아이는 내 모습이다. 이렇게 나는 6살 때 부산에 왔다. 부산역에 내려 버스를

타고 한참을 온 곳은 버스 마지막 정류장 회동동이란 동네의 큰 엿 공장 앞
이었다. 공장 입구에서 어느 아줌마가 다가왔다.

"네가 창미니? 내가 엄마야"
"우리 엄마 아니야!"
"아줌마는 우리 엄마 아니야!"

낯설었다. 무서웠다. 난 등을 돌리고 어딘지도 모르는 곳으로 뛰어갔다.
작은 놀이터가 보였다. 모래 장난을 하고 있는데 남자아이가 다가왔다.

"너 누구니?"
"어디 살아?"
"……"

난 말을 하지 않았다. 남자아이는 계속 말을 걸어왔고 계속 말을 시키는
그 아이와 같이 놀았다. 밤이 되어 어둠이 내렸다. 그 남자 아인 집에 가야 한
다며 일어서며 나를 보더니 자기 집에 가서 더 놀자고 했다. 난 갈 곳이 없었
기에 따라갔다. 그 아이의 집은 식당이었다. 식당 다락방에서 놀고 있는데 아
주머니가 엄마가 걱정할 텐데 집은 어디냐고 물었다. 그 아이 엄마인 듯했다.
오늘 처음 왔는데 엄마 집이 어딘지 모른다고 퉁명스럽게 대답하였더니 무
언가 안다는 눈치로 이리 와보라며 나한테 가리킨 곳이 그 공장이었다.
엄마가 입구에 서 계셨다. 마지못해 엄마라고 외치며 품에 안겼다. 난 엄
마라는 이름을 그때 처음 불러보았다. 공장 안으로 들어갔다. 엄마는 공장 안

에 있는 직원식당을 위탁받아 혼자 몇 백 명의 삼시 세 끼를 해주고 있었다. 저녁 식사시간이 끝난 후 엄마가 밖에서 나를 기다리고 있었던 것이었다.

따끈한 밥과 반찬을 먹으라고 차려주었다. 엄마가 해준 첫 밥상인데 난 먹을 것이 없었다. 신기한 반찬들이 많았다. 그런데 난 김치밖에 먹지 않았다. 큰엄마와 엄마는 여러 가지 반찬을 먹으라고 주셨지만 내가 먹을 수 있고 아는 건 김치뿐이었다. 배가 엄청 고팠는지 허겁지겁 김치로만 밥을 먹는 내 모습을 보고 엄마는 엄청 우셨다. 엄마랑 처음 만난 그날의 나의 기억이다. 그때 아이였을 때 생각을 떠올리며, 막힘없이 지금 써내기는 분명 어렵다. 글로 적었던 비밀 노트가 있었기에, 생각을 끌어낼 수 있는 것이다.

당신도 나 혼자 보기 위해 적었던 글쓰기를 해 보았는가? 이런 경험들이 한 번 씩 있을 것이다. 형식 따위, 문장 따위 생각하지 않고 모두 내려놓고 썼던 글쓰기가, 마법처럼 술술 잘 써지지 않았는가? 부담스럽지 않았을 것이다. 그렇다. 일단 그냥 쓰는 것이다. 생각나는 대로 쓰는 것이다. 그것이 글쓰기의 혁명을 가져온다.

글쓰기를 두려워할 필요 없이 무작정 쓰면 된다. 형식 따위 생각하지 말고 일단 쓰자! 문장 따위 생각하지 말고 일단 쓰자! 내가 쓰고 싶고 마음 가는 대로 쓰자! 제약 없이 쓰는 글쓰기가, 나를 변화시키고 나의 글쓰기를 발전시킨다. 글쓰기는 필수이며 글을 쓴다는 건 세상과 소통하는 것이다. 글과의 소통은 강력한 힘을 가진 에너지가 되어 나를 만나게 해준다.

내가 잃어버린 자아를 찾기 위해, 글로써 채워가는 종이 한 장이, 때론 나를 치유하는 처방전이 된다. 연필 한 자루만 있으면 약이 필요 없는 처방전이 된다. 스트레스를 받는 현대인들은 시간을 내어서 자신을 위한 글을 써야 한다. 글 쓰는 시간을 통해 자신을 탐색하게 된다. 자신에게 어울리는, 즐겁게 사는 방법을 찾아보려는 노력으로, 똑똑한 세상에서 자신을 돋보이는 자신감을 충전하게 된다. 나의 글을 쓰고 있는 순간이, 자신에게 좋은 선물을 주는 것이다.

난 앞에서 언급했듯이 태어나면서부터 시련을 겪었다. 성장하면서도 많은 시련이 온다. 실패하고 좌절했던 시절은 누구에게나 있다. 오히려 수많은 실패와 좌절로 인해, 그 경험들이 글 쓰는 데 많은 도움이 되었다. 엄마 품에 들어오면서 난 글을 배웠고 연필을 접해 보았다. 그 후 지금까지 수많은 감당하기 힘든 일이 있을 때마다, 글을 적으면서 나와 이야기를 했다. 들키지 않으려 감추었던 비밀 노트엔 나의 어린 시절을 그대로 담았었다. 그 이야기를 풀어낸 것이다. 가족들이 모두 잠들면 다락방에 스탠드 불빛과 한 몸이 되어 적기 시작한 것이, 지금까지 글을 사랑하게 하였다. 시련을 받아들이고 이겨낸 것이다.

내 경험을 나누는 자신의 이야기를 써보도록 해라. 자신을 열어 자신의 스토리를 글로 풀어내면 누군가에겐 힘이 될 것이다. 당신은 위대하다. 표현하지 않고 살았을 뿐이다. 글쓰기로 표현을 시작해보면, 당신은 두려움으로 해보지 않은 것까지도 하게 된다. 아무것도 아니다. 자기 혁명은 글쓰기부터 시작된다.

2

나는 왜 아침
글쓰기를 하는가?

글을 쓰는 이유는 제각기 다르다. 나에게 글은 인생 연습장이다. 인생을 연습장에 낙서하듯 써 내려가는 낙서장이기도 하고, 아픔을 토해내며 힐링하는 연습장이기도 하다. 목적이 있어 처음부터 글을 썼던 것은 아니다. 누구에게 말로 하지 못하는 비밀스러운 내 삶을 그대로 펼치는 낙서에 불과했다. 그것으로 만족하는 글이었다.

글쓰기는 적어도 나에겐 자기만족이었다. 목적이 있었든 없었든 자기만족의 글이 나에겐 중요했다. 누구에게 공감 받기 위해 글을 쓴 것이 아니기에, 마음껏 끄적이고 스스로 위로받는 고백을 쓰면서 아픔이 치유되기도 했다. 그랬다. 글은 상처를 치유해주는 특별함이 있었다. 그렇게 나는 조금씩 변해갔다.

글을 쓰는 동안 아프기도 하고 고통이 있기도 했지만, 글을 쓰면서 아프기만 하다면 글을 쓸 이유가 없지 않겠는가? 글을 쓰고도 글이 완성되고도 아픔이 아픈 상처로 있었다면, 난 글쓰기를 더는 하지 않았을 것이다.

일어났던 일들을 기록하는 것이 첫 번째 한 행동이었다. 이어서 그 일이 주는 의미를 찾는 것을 하였다. 그 속에 의미의 감정을 적어 넣었다. 반복해서 그렇게 하였더니 나쁜 감정들이 글쓰기로 정복되고 있었다. 오로지 나 혼자 보는 것이기에 전혀 신경 쓰지 않고 적었기에 더 감정에 충실할 수 있었다. 글쓰기에 대해 배운 적도 없다. 하지만 글쓰기가 내 삶을 진정시키고 있었다는 것은 분명하다. 복잡하지 않고 거창하지 않게 꾸밈없는 글쓰기는 낡은 종이 위의 낙서에 불과하지만, 글을 쓰게 한 이유가 되었다.

처음부터 완벽한 글쓰기를 고집했더라면, 낙서에 불과한 나의 글은 쓰레기라고 생각했다면, 한 글자도 적지 못했을 것이다. 지금은 낙서로 시작한 글쓰기로 시인이 되었으니, 어떤 생각을 하느냐에 따라, 인생이 어떤 방향으로 바뀔지 모르는 것이 아닐까?

첫 만남이 어려운 만큼 첫 글쓰기도 어렵기 마련이다. 글을 써야 한다는 강박관념에 사로잡혀 있다면 지금 글쓰기를 중단하고 잠시 쉬어라. 계속 써야 한다는 의무감으로 쓰고 있다면, 마음에 들지 않는 글을 쓰고 만다. 억지로 쓴 글과 여유 있게 쓴 글은, 분명 글로 완성됐을 때 다르다. 내가 만족한다면, 그것만큼 좋은 글이 또 어디 있단 말인가?

내 심장이 계속 뛰게끔 허락한 것이 아침 글쓰기 덕분이라 여긴다. 계획한 삶을 당당하게 살아가고 싶었다. 나는 사랑을 받지 못해 불안했고, 사람들은 나를 사랑하지 않는다는 생각에 사로잡혀 있었다. 자존감은 바닥이었다. 시대의 흐름을 따라가지 못하고, 혼자 후퇴하는 것 같아 삶을 포기하려 했었다. 자살을 생각했고, 시도도 하였기 때문이다.

우리나라 자살 통계로 보면 자살률은 남자가 높지만 여자들이 남자들보다 자살시도가 많단다. 여자들은 자살 충동을 느끼면 소극적인 행동을 하기에 자살시도로만 머물지만 남자들은 자살 충동을 결심하면 적극적인 행동을 하기에 자살로 즉시 이어진다는 것이다. 그때 글을 쓰지 않았다면 내가 살아 있을까? 의심이 들 정도다.

　나에게 글은 마음의 준비를 하는 것이다. 내면의 생각을 표현하기 위해 쓴다. 상처를 받았을 때, 글을 많이 쓴다. 소외감과 외로움이 클 때, 너무 힘들 때 말이다. 글로 마음의 준비가 되기에, 작은 위로를 자신에게 보내고 만족하면서 쓴다. 고요한 명상을 통해 내면을 되돌아보고, 계획된 삶을 용기 있게 펼쳐 나가며, 글을 적어나간다. 마음의 변화를 느끼면, 글을 지속해서 쓰는 것이 가능하다. 계속해서 모든 것을 체험하며 원하는 것을 이루는 삶으로 살아간다. 계획했던 삶을 살아가며 매일 조금씩 성장해 간다. 멋있는 삶 속으로, 매일 글을 쓰며 행복해하면서….

　우리에게는 한계가 없다. 우리는 한계가 없는 존재이다. 아침에 일어나야겠다는 의식을 하고 잠이 든 후 아침은 거뜬했다. 의식으로 아침을 깨운다는 것이 가능했다. 의식 확장만이 답이다. 의지는 모두 의식에서 오는 것을 중년의 나이에 알게 되었다. 나는 시작에서 시작하지 않는다. 끝에서 시작하고 있다. 끝에서 시작을 결심한 것만 해도 엄청난 성공 보장이 되었다.

　나는 잠이 많다고 생각했다. 쉬는 날은 잠이 모자라 쓰러지기가 일쑤였다. 진정으로 원하는 것을 발견하지 못했기 때문에 늘어졌다. 아침에 반드시 일찍 일어나야 하는 동기가 약했다. 막연하게 필요한 것 같아서 와 간절하게 필요한 사람과의 변화는 전혀 다르다. 행복한 삶을 위해 회피 동기가 아닌 접근 동기가 필요하다. 동기를 찾으려면 무엇을 원하는지 알아야 한다. 명확한 목표는 아침에 눈을 뜨게 한다. 많은 사람들이 동기를 명확하게 가짐으로 원하는 것을 얻고 있다.

나의 경험으로 그동안 난 3~4시간 자고도 거뜬했었다. 시련이 닥쳐도 그것을 두려워하지 않았다. 다시 무언가를 꿈꾸고 그 꿈을 향해 가고 있었다. 가족들은 항상 나를 시한폭탄으로 여겼다. 언제 터질지 모르는 걱정의 아이콘이었다. 가족들의 생각과 난 너무 달랐기 때문이다. 꿈만 꾸어서는 절대 내것이 될 수 없는 것처럼, 아침을 깨워 꿈을 현실로 만들어 멋지게 해내는 모습을 아침 글쓰기를 통해 적었다. 거미줄처럼 얽혀 있지만, 앞만 보고 힘껏 달려왔다. 아침 글쓰기를 한 것은 잘한 것 맞다. 욕망이 생긴 자리에 아침 글쓰기로 희망이 싹이 트기 시작했기 때문이다. 행동이 답이며, 글을 쓰면 나를 알아가는 시간이 채워진다.

아침 글쓰기는 물음표를 마침표로 만들어 내는 시간이다. 사람의 눈으로 보고, 대화를 통해 좋은 영향력을 준다. 단 한 사람만이라도 변화를 느낄 수 있다면, 글을 써야 한다. 원하지 않으면 안 온다. 맞서야 한다. 인생은 도망가도 결국 내 인생이며, 지금 힘들다면 버텨야 한다. 내 인생은 그 누구도 대신 살아주지 않는다.

나를 바꾸기 위한 수많은 노력을 해봤다. 긍정적인 마인드, 미소 짓기, 먼저 인사하기, 사람들과 소통하기 등, 하지만 늘 조금 하다가 제자리로 돌아와 있었다. 내 모습에 무슨 문제가 있는 걸까? 그걸 난 아침 글쓰기를 통해서 알았다. 뿌리부터 바꾸지 않고, 계속 나는 나뭇가지만 흔들었다. 왜 쓰는지 모르면 쓸 수 없듯이, 자신을 표현하는 행위로 글을 쓰기 시작했다.

나 자신을 돌아보면서, 감이 오면 행동으로 바로 옮긴다. 그리고 깨닫게 된 미소, 긍정, 행복 이것들을 위해서 해야 하는 훈련이 아침 글쓰기 훈련이다. 하루 중 아침 시간이 가장 충만한 시간이다. 방해받지 않는 시간이기 때문이다. 하루 중 글 쓸 시간을 오후나 저녁으로 잡게 되면, 일상의 예기치 않은 일들로 글쓰기는 자꾸 뒤로 밀리게 된다. 결국 글을 적을 시간은 만들지 못한다. 바쁜 시간에 끼어들 틈이 없다.

　모든 사람들이 하는 것이 인생이고, 모든 일을 쓰면 글이다. 그것을 글로 채운 것이다. 내면의 생각과 일상의 행동들을, 감정으로 표현하는 방법에 따라, 다른 인생이 되기도 하고, 글로 표현된 인생이 되기도 한다. 결론은 글쓰기다.

　우리 자신의 능력을 속이지 말고 믿어 보자. 우린 잘 할 수 있다. 해낼 자신도 있다. 난 못할 것 같다면서 나 자신에게 무책임한 거짓말로 편해지려 하지 말자. 좀 더 솔직해지자. 난 할 수 있다고 자신 있게 말해 보자. 더 자극되어 변화를 일으키는 것으로 안정하자. 그 삶에서 행복함을 느끼는 것이 최고의 삶이 아닐까? 꿈을 키울 수 있는 보금자리로 치열한 아침을 보내길 바란다. 나중엔 그저 그러다 지나버린 청춘이 된다. 간절히 바랐던 것이 결국 이뤄진다. 강한 에너지로 미친 듯이 아침을 맞이하자.

3

아침 글쓰기는
내 인생 최고의 투자다

아침이 오면 글쓰기로 나의 새로운 발견을 기본으로 시작한다. 나는 글만 쓰는 것이 아니다. 인생을 쓰고 자존심을 키우는 것이다. 난 일이 뜻대로 잘 안될 때가 많았다. 산만함이 억제가 안 되고 연속성도 끊기고 그때그때 일이 처리가 안 된다. 하나의 일이 안 끝났는데 다른 일을 하는 등 끊고 맺음이 확실하지 않다. 주위에서 놔두지도 않는다. 통제력도 발휘하지 못한다. 자극적인 주위 집중에서 벗어나기 위해 마음 정리와 생각 정리를 글로 쓰며 성장하는 순간을 아침에 한다. 그다음에 자존감 높이는 나를 찾는 요령이 글쓰기가 되었다. 여러 가지 일을 하면 능력이 있어 보이지만, 하나를 하더라도 명확히 해야 한다. 내가 할 수 있는 일과 내가 할 수 없는 일을 구별하는 것도 능력이다. 의식의 근육을 만들어야 한다. 그렇게 소명을 이루는 삶을 살아간다. 결론은 아침에 이루어져야 한다는 것이다. 나의 아침은 글을 쓰고 꿈을 꾸면서 가슴속에 묻어두었던 꿈이 세상 밖으로 나오게 꿈틀거리는 시간이다. 인생의 주인공이 된 성공자들은 아침에 열정을 다하는 하루를 새기며 실천하며 살아간다. 내가 애쓰는일 하려고 하는 것을 하나의 집중에서 끝내라. 그것이 더 완성도가 높다.

나조차 내가 싫을 때가 많았다. 나를 내가 받아들이지 못하면서, 타인 보고 나를 이해하라고 하는 건, 억지라고 생각할 때도 많았다. 그런 생각들로 자존감은 낮아졌다. 낮은 단계로 낮추는 버릇이 생겨버렸다. 자존감 회복을 위해 아침 글쓰기로 요즘 의식에 눈 떼고 있다. 내 안에 가지고 있는 무엇을 미처 알아보지 못하고, 평생 그냥 살다 죽을 수도 있기에, 나는 된다는 의식을 믿기로 했다. 의식을 믿고 곧 그것을 알기 위해 아침을 이용한다. 명상이 중요하단 말을 많이 하는 이유도 의식에 있었다.

명상으로 알게 된 것이 있다. 나는 이기적이다. 남들이 나를 이해하지 않을 것이라 혼자 단정을 지으며, 그것으로 아픔을 숨겨왔다. 들키기 싫었다. 아픔을 감추기 위해 상처가 클수록 더욱 과한 과장 연기로 잘 포장하기도 했다. 나를 좀 안다 하는 사람들은 내 행동을 눈치채고 질문을 던진다. 말하는 눈빛이 진정성 있어 보이면, 나를 내려놓을 때도 있었지만, 손꼽힐 정도로 나의 실제 아픔을 꺼내지 않고 살아왔다. 이젠 그 무게에 짓눌려 고통을 내려놓기로 마음먹었다. 아침에 명상과 함께 글쓰기로 내려놓는 연습을 해왔다.

용기가 있는 말을 많이 들어야 하거늘, 독한 말을 많이 들어서 의욕이 없어졌다. 모든 것을 억압 속에 지내다 보니, 표현하는 것은 그만하라고, 잠재의식이 나를 조용히 시키곤 했다. 이대로 난 살고 싶지 않았다. 평범하게 살아보고 싶다는, 안 되는 꿈을 꾸기도 했다.

평범하다는 것을 사전에 찾아보았다. '(사람이나 사물이) 뛰어나거나 색다른 점이 없이 예사롭다' 사전적 의미이다. 난 결코 평범한 삶을 살고 있지 않다고 생각했다. 평범한 삶으로 행복한 삶을, 그것을 누려보고 싶었다. 내가 하는 것을 좋다고 해주고, 응원해 주는 것이 필요했다. 독설에 내 자존감은 작아져 있었고, 내 삶은 불행의 연속이 계속 이어졌다.

　나한테 집중해주는 사람이 필요했다. 그렇게 다가오면 내 모든 것을 내려놓고 평평 울어 보고도 싶었다. 마음 둘 곳이 없었던 것이다. 내 마음을 펼쳐낸 곳이 아침에 나를 위해 투자하는 글쓰기 시간이었다. 아침 글쓰기는 내 인생의 최고의 투자가 되는 시간이었다. 하루에 몇 개씩 적기도 했다. 내가 적는 대로 다 흡수해주는 친구가 되어주니, 재미있어서 적고 또 적었다. 글로 도움을 받고 있었다. 그렇게 글쓰기로 최고의 기분을 유지하는 아침을 열었다. 하루 시작이 좋으니, 하루를 버틸 힘이 되었다.

　꿈은 이루어진다. 나쁜 일을 좋은 일로 바꾸는 긍정 기운을 불러와야 한다. 믿어야 하는 진리를 깨달아야 한다. 무기력으로 스스로 자기의 모습에 좌절하지 말자. 스스로 무능력한 사람으로 생각하지 말자. 무기력에 빠져 스스로 망치지 말자. 의지력을 발휘해야 한다. 극복해야 하겠다는 의지력으로 맞서자. 글쓰기를 좀 더 체계적으로 하고 있으므로 꿈을 포기하지 않았다. 나도 한때 포기하고 좌절했던 꿈이었다. 이제는 포기했던 내 모습을 보는 두려움은 없다. 감옥 같은 내 인생에서 벗어날 수 있는 새로운 탈출구이기 때문이다. 나를 달라지게 한 것이 글쓰기이었다. 내가 글쓰기에 소질이 있다는 말을 자주 듣게 된 것이다. 그러면서 작가가 되고 싶은 꿈을 가지게 되었고, 내 이름으로 된 책을 쓴 후 인생이 달라졌다. 책을 쓰고 싶다는 갈망에 항상 목말라 있었다. 나는 시간적 경제적 자유를 누리며 브랜딩 된 가치에 따라 타인에게 선한 영향력을 미칠 수 있는 메신저라는 멋진 직업으로, 간절한 목표의 꿈을 책으로 펴냈다. 나처럼 힘든 시련을 겪는 분들한테 도움 되는 책이라는 그런 마음으로 썼기에, 기운이 났다. 우리는 최고의 인생을 살아야 하고, 지금 최고를 향해 살아가고 있다. 당신도 당신이 가진 잠재력을 모두 펼쳐 보아라.

책을 쓴다고 할 때 많은 생각에 사로잡혔다. 필력 좋은 분들이 보면, 어떻게 생각할까에 대한 두려움이 컸다. 아침 글쓰기로 끄적였던 낙서와 일기를 꾸준히 쓰면서 단련된 쓰기 정신이 나에게 있었기에, 두려움을 버리는 것이 가능했다. 도전하기가 취미이자 특기가 된 나는 수많은 실패로 자존감이 바닥을 치고 몸뚱이는 만신창이가 됐지만, 꿈을 놓지 않았다. 이것이 지금까지 습관이 키워준 능력인 것 같다.

꾸준히 글을 썼다고 책을 잘 쓴다는 법은 없다. 그렇지만 나의 경험을 이 책에 담고 싶어 집필했다. 기존의 글쓰기 책에서 논하는 그런 거창한 기술은 없다. 마음을 움직이는 글, 공감의 힘으로 내 안의 것을 내려놓으려 한다. 누구나 자신들만의 이야기로 가능한 글쓰기를 할 수 있다는 정도의 책이라고 보면 된다. 요즘은 스토리 스펙이 답이라고 생각하기 때문이다. 누구나 글을 쓸 수 있다는 것을 알려주기 위해, 쓴 책인 정도로 읽어주면 좋겠다.

많은 것을 경험으로 적고 메모하다 보니 글이 되었다. 매일 적는 습관이 꿈을 완성시켰다. 혹시 글 쓰는 기술 같은 것을 바랐다면, 먼저 죄송함을 표한다. 그걸 원한다면 전문서적의 책이 많으니 그 책을 참고해보길 권한다.

나는 나를 잃어버리고 살았다. 문학을 전공하지 않았고, 살면서 책도 많이 읽지 않았고, 글과는 거리가 멀다 생각했다. 어찌 책을 먼저 쓴단 말인가? 글을 쓰다 보니 글을 쓰면서 정말 나에 대해서 많은 시간을 갖게 된다. 자존감이 높아지는 이것이 정말 잊지 못할 경험이다. 따뜻한 스스로 마음 문을 닫고 따뜻한 온기로 그 문을 여는 과정이 된다. 사람과의 소통이 하나 되는 관계의 중요성과 긍정 마인드도 빠질 수 없는 요소이다.

　글을 접하면서 눈시울이 뜨거워졌다. 소중한 깨달음을 얻는다. 글쓰기로 주변도 돌아보게 되었고, 나에게 응원해주고 손을 잡아준 따뜻한 손길을 영원히 기억하게 되었다. 이 모든 걸 가능하게 해준, 함께한 모든 이들에게 감사함도 깨닫게 되는, 묘한 능력이 글쓰기에 있었다.

　나에게 40대는 가장 중요한 때다. 우리에겐 배움과 멘토는 꼭 두어야 한다. 이순신도 멘토가 있었고 40세가 넘은 늦은 나이에 인정을 받았다. 계속 배움을 끊지 말아야 한다. 도전을 놓지 말자. 나와 같은 인생을 산 사람은 단 한 명도 없다. 그러니 당신도 사람의 마음을 움직이는 글을 쓸 수 있다. 자기 개발자들은 아침을 깨우는 자들이다.

#4
글쓰기는 요즘 시대의
생존 조건이다

우리는 어떻게 글을 쓰고 읽어야 할까? 한 번쯤 생각해 보았을 것이다. 난 지금까지 내가 하고 싶은 것이 나의 목표라고 여기고 달려왔다. 나의 목표는 남들에게 보이기 위한 목표였다. 직장생활을 이것저것 많이 했고, 지금도 회계 분야에서만 20년 정도 종사하고 있다. 그 분야에서는 최고임을 자랑하지만, 예전엔 당연히 좋은 성과를 가져올 수 없었다. 남들이 성과를 내면 난 더 조바심이 나서 안절부절못했다. 남들이 나와 다르다는 것을 받아들이지 못하고, 나에게 화내고 짜증을 냈다. 나와 다름을 불평으로 바라봤다. 워킹맘이라 시간적 여유가 없다는 핑계만 늘 달고 다녔다.

아이의 문제집을 사기 위해 서점을 갔던 어느 날이었다. 급하게 문제집을 사 들고 나오는데 나의 실수로 아이와 부딪쳤다. 꽂혀 있던 책이 불행인지 다행인지 아빠와 함께 온 꼬마 아이의 아이스크림에 맞고 바닥으로 떨어졌다. 아이의 머리에 맞지 않아 다행이었지만, 난 원하지 않는 그 책을 사야만 하는 것이 불행이었다. 그렇게 그 책은 나의 사랑을 받지 못했다. 1년이 지난 뒤 그 책이 내 눈에 들어왔고, 독서를 시작하게 되었다.

책을 알게 되니 보이는 것이 있었다. 나와 나 자신과의 거리가 최고 가깝고도 최고 멀다고 한다. 나를 믿고 진정한 나를 찾게 되었다. 좋은 글을 접하면서 글로 위로를 받은 좋아진 이유이다. 그 이후로 나는 글만큼 마음을 위로해주는 것이 없는 것 같다는 말을 자주 한다. 수많은 정보가 있고 읽을 글이 늘어난 요즘 시대가 왔다. 사람들은 오히려 찾아보면 읽을거리가 넘쳐도 관심이 별로 없다. 많은 정보가 때론 독이 되기도 한다. 좋은 글로 위로받을 수 있는 충분한 공간인데 활용을 안 한다. 글쓰기는 요즘 시대의 생존 조건이라고 해도 될 정도로 우리는 필요성을 많이 느낀다. 이젠 글쓰기 시대가 열렸다. 글쓰기는 선택이 아니라 필수며 성공의 첫 번째 조건은 글쓰기다. 지금은 소통과 공감의 시대이다. 시대가 바뀌었다.

첫째, 글쓰기를 강하게 압박받는 직장인들이 많아졌다.
둘째, SNS로 자연적으로 글쓰기 참여가 늘어났다.
셋째, 글을 잘 쓰는 사람은 인기가 높다.

요즘 평생직장이 사라지고, 경쟁이 치열해졌다. 직장인들의 글쓰기도 매우 중요시되었다. 글쓰기로 강하게 압박받고 있는 직장인들이 살아남으려면 어떻게 할까? 회사는 빈 껍질뿐인 사람을 안고 갈 수 없다. 쉽게 대체 가능한 인재가 되지 않아야 한다. 자신을 드러내는 글쓰기로 나를 알려야 한다.

개인 브랜딩 방법이 어렵지는 않다. 내가 좋아하는 일을 찾고 전문성을 강화해, 나의 성과물을 들이대면 된다. 차별화된 나만의 글쓰기로 알려야 한다. 기업은 마케팅으로 글쓰기를 통해 홍보한다. 경쟁 사회에서 남들과 비교를 통해 결정지어진다. 불씨를 키우는 과정 중 하나이므로, 준비하면서 소통하면서 얻은 지식 과정으로, 충분히 실력을 키우고 과감히 발휘하면 된다. 결과물이 만족할 때까지, 열정적인 실행력만 있으면 좋은 글쓰기가 가능하다. 나만의 차별화된 글쓰기가 핵심이다.

어릴 때부터 글쓰기는 기본으로 행해지고, 현재는 많은 사람들이 생존 글을 쓴다. 기업이 생존해야 직장인들도 살아남는다. 영업인들이 홍보할 때 글쓰기도 마찬가지이다. 생존해야 한다. 잘 쓴 글을 보면 감탄하면서 끌어당기는 매력이 있다. 글로 구매욕을 자극하는 것도 홍보전략이다.

에너지를 하나에 투자하고 몰입하라고들 한다. 난 실천이 잘 안 된다. SNS를 통해 글을 적어보기로 했다. 처음엔 사람들은 바쁘니까 긴 글을 읽지 않을 것이라 판단했다. 압축해서 최대한 간결하게 적으려고 신경을 썼다. 신경 쓰면서 적으니 살아있는 글이 아녔다. 지금 내가 하는 모습 일상 자체를 올리기로 맘을 고쳐먹었다. 차라리 솔직한 글이 되었다. 내가 그랬듯이 독자들도 빠르게 넘길 때도, 느리게 글을 꼭꼭 씹어 먹을 때도 있다. 독자들은 계속할지 멈출지를 판단하고 읽었다. 짧은 글만 보는 것이 아니었다. 긴 글도 글의 깊이가 있으면 읽는다는 것을 알았다. 바쁜 현대인들은 긴 글을 읽지 않는다는 것은 나의 잘못된 편견이었다. SNS로 자연적으로 글쓰기 참여가 늘어나면서 이른 시간에 다양한 정보를 선택하는 것이 요즘 사람들이었다.

나의 어린 시절은 남녀공학이 많이 없었다. 그 시절에는 마음을 전할 때 손편지로 소통을 하였다. 글을 좀 쓴다는 학생은 인기가 많았다. 연애편지 대신 써달라는 친구들이 줄을 서기도 했다. 지금은 우스운 모습이겠지만 친구한테 어렵게 부탁해서 받은 편지를 전달하지 못해 발을 동동 구르던 남녀 학생들도 많았다. 펜팔도 참 많이 했던 시절이었다.

지금은 손글씨가 사라져 가고 이메일이나 문자로 대신한다. 그렇지만 요즘도 글 쓰는 것을 많은 사람이 두려워한다. 글 잘 쓰는 사람들의 공통점은 나만의 글 쓰는 타입이 있다. 글을 잘 써서 호감을 받게 되고 사람들은 부러워한다. 그다음에는 잘 쓰는 비법을 알고 싶어 한다. 나만의 글쓰기가 거창하고 특별한 무언가가 있는 것이 아니다. 글쓰기 법칙이다. 작은 글쓰기 습관으로 당신을 바꿔라.

1. 에피소드로 재밌게 쓰되 상대를 배려하는 글을 쓴다.
2. 멋진 문장으로 어려운 어휘로 구사한다고 잘 쓰는 게 아니다.
3. 읽는 사람이 편해야 한다.
4. 진실한 글쓰기로 대중을 녹일 수 있다.
5. 하고 싶은 말을 미리 5분 정리하고 쓰면 효과적이다.
6. 자신감을 찾아야, 글에도 힘이 생긴다.
7. 글 쓰는 방법을 배워 글 쓰는 능력을 기른다.

글쓰기 능력은 타고나는 것이 아니다. 남들 다 가진 스펙은 스펙이 아니다. 이젠 글쓰기가 스펙인 시대이다. 누구에게나 자신의 스토리는 있다. 글쓰기는 인생에 꼭 필요한 요소이다.

글쓰기가 필요한 요즘이며 세상은 글쓰기로 많은 것을 요구한다. 자기소개서, 리포트, 보고서, 메일, SNS 등 소통의 필요한 도구이다. 글쓰기로 나를 브랜딩 하는 최고의 자기계발이다. 글쓰기는 요즘 시대의 생존 조건이다. 세상에 글자가 없는 곳이 없다.

#5
글쓰기는 독서의 수준을 높인다

가벼운 마음으로 글쓰기를 시작하도록, 이끌어 줄 수 있는 것이, 책이라 여겼다. 여러 가지 힘든 상황 속에서도, 독서로 지탱하는 나날을 이어나갔다. 나는 삶의 목표를 하나 설정하면, 독서를 통해 성취하는 힘을 얻는다. 글을 쓰다 보니 평소보다 많은 양의 학습이 필요했다. 또한, 글을 잘 쓰려다 보니 더 많은 양의 공부를 해야 했고, 생각에 생각을 거듭하게 되었다. 아무 책이나 그저 읽기만 했다.

아무리 평범한 사람일지라도, 치열한 독서를 하면 비범해지는 것은 물론이고, 자신만의 강력한 무기를 가질 수 있다. 성공으로 이끌어주는 독서를 하라고 말하고 싶다. 성공하고 싶고, 달인이 되고 싶고, 중요한 인재가 되고 싶은 생각만 하지 말고, 책을 읽어야 한다고 말하고 싶다. 책 속에 되고 싶고, 하고 싶은 것을 이루는 방향이 있다. 책 속에 모든 것이 있다. 나는 나를 품에 안아주는 따뜻함을 독서를 하면서 얻었다.

거리를 나가보면 책을 읽는 사람을 잘 볼 수 없다. 과거에는 거리에 책을 접하는 사람들이 많았지만, 요즘은 사람들이 책을 읽지 않는다. 직장인들도 학생들도 요즘 부쩍 책과는 점점 멀어지고 있다. 책을 읽는 습관 없이는 인재가 되기 힘들다.

거리를 다니면 곳곳에 커피숍이 넘쳐난다. 거리를 활보하는 사람들 손에 들고 있는 것은 과거엔 책이었다면 지금은 커피다. 브랜드 커피는 5천 원이 넘는 돈을 투자해도 아깝지 않다고 생각하는 젊은이들이 많아졌고 책이 비싸다고 안 사는 젊은이들 또한 많아졌다. 그만큼 책 읽는 젊은 청춘이 줄었다.

나도 커피를 넘치도록 사랑한다. 커피를 마시기 위해 일부러 시간을 내어 커피숍을 노크하기도 한다. 커피향과 사색을 즐기다 글감이 떠오르면, 앉은 자리에서 밤이 올 때까지 글을 쓸 때도 있다. 밤까지 커피숍에 있어도 독서를 즐기는 사람들은 많지 않다. 테이블에 책이 펼쳐져 있어 자세히 보면, 공부하는 학생이거나 자격증을 준비하는 사람이었다.

나는 도서관에서 책을 잘 빌려 보지 않는다. 내가 작가이면서 내 책이 잘 됐으면 하면서 정작 다른 작가 책은 빌려 보는 건 맞지 않는다. 그것 때문은 아니다. 진짜 이유는 흔적을 남기는 독서를 하기 때문이다. 기록이나 줄을 치거나 아이디어나 흔적을 남기지 않으면 내 것이 안 된다. 좋은 책을 여러 번 읽어보는 습관이 있고, 빌려온 책은 깨끗이 반납하여야 하므로 흔적을 남길 수가 없다.

나는 글을 잘 쓰는 사람도 아니었고 독서를 많이 하지도 않았다. 뒤늦게 책과 사랑에 빠져 책에서 주는 메시지를 많이 받아 실천하려고 노력했다. 책을 읽고 책의 좋은 영향으로 글쓰기의 도움을 많이 받았다. 추천도서 연연하지 않고 글쓰기를 하면서 내가 관심 있는 책을 읽으니 독서 수준도 높아졌다. 많은 사람들이 책을 많이 읽었으면 하는 마음이 생겨 〈어떤 책을 읽고 계신

가요? 책 꿈틀 도서관〉 밴드를 만들었다. 책을 읽고 독후감을 쓰거나, 간단히 책 소개를 하거나, 좋은 책을 추천하거나, 읽는 중인 책을 올리거나, 지금 하고 있는 모든 것을 공유하는 공간이다. 독서로 즐거움을 찾는 공간이라 하겠다. 책을 좋아하는 분들이 책을 접하며 소통을 한다. 한 줄의 글도 없이 책표지만 올리기도 하고, 한 권의 책을 다 읽은 듯 요약을 완벽하게 올리기도 하고, 좋은 책 추천해달라고 하기도 한다. 독서를 하고 올리는 서평 한 줄이 글쓰기에는 큰 도움이 된다. 흘러버리는 독서가 아닌, 흔적을 남기는 독서를 해보길 권한다.

책은 읽는 것보다 쓰는 것이 더 쉽다. 독자가 읽고 인생이 바뀌는 것, 변하게 하는 것은 글 쓰는 사람들의 특권이다. 내가 힐링이 되었기 때문에 독자도 힐링이 된다. 쓰는 사람도 읽는 사람도 힐링이 되는 공명이 있다. 책만 보는 것은 진짜 현실에 사는 바보다.

백 권의 책을 읽는 것보다 한 권의 책을 쓰는 것이 낫다고 했다. 독서로 지식을 채웠으면 나를 내놓고 자신을 팔아야 한다. 나의 간판인 주제가 될 얼굴도 내걸고, 나의 경험으로 다져진 지식도 내걸고, 경험과 지식으로 성장한 키도 묶음 상품으로 판다. 팔린 순간 글쓰기의 걱정이 날씬해진다. 자존감이 회복되어 생돈 안 나가게 흠도 잡아준다. 책으로 인해 삶이 윤택해진다.

행동하는 독서를 위해, 나는 아침 독서 10분의 힘을 활용하기로 했다. 발도장 찍듯이 매일 책을 읽으려고, 일부러 책 속에 나를 밀어 넣었다. 나는 책을 펴면 제목을 파악하고, 제목에서 내용 파악을 다 한다. 책을 읽은 것에 머물지 않는다. 독서를 바탕으로 글쓰기의 힘을 기른다. 글쓰기에 분명 좋은 디딤돌이 되었다.

매일 조금씩 꾸준히 계속했던 것이 좋은 방법이었다. 독서와 글쓰기는 동전의 앞과 뒤 같다. 밀접하고 긴밀한 관계이다. 이것은 글 쓰는 삶을 풍요롭게 만들어 주는 양식이다. 하루 중 틈새 시간을 활용해, 보람 있는 삶을 설계하여라.

책을 읽지 않는 사람이 성공할까? 성공할 수도 있고 아닐 수도 있다. 성공의 차이는 한 끗 차이다. 나는 책으로 생각이 깊어지고, 책을 통해 상상의 힘도 길러진다고 믿는다. 자신이 읽고 싶은 책 한 권을 들고 읽는 것은 선택일 뿐이다. 나는 책으로 균형을 잡는다. 모두 함께 독서를 권장하는 것도 균형 있는 독서가 글쓰기의 첫 조건이기 때문이다. 균형이 깨지면 글쓰기도 깨지니 어찌 책을 안 읽을 수 있겠는가?

책을 읽고 나면 나는 서평을 쓴다. 책을 읽긴 읽었는데 기억이 나지 않을 때가 많았다. 금방 완독했다고 책을 덮었는데 "무슨 내용이었지?"할 때도 있었다. 덮자마자 크게 또렷한 무언가를 얻지 못한 느낌이 든다면, 내가 몸으로 느끼며 읽지 않았을 것이다. 이런 책은 뒤돌아서면 다 잊어버린다. 그렇지 않은 책도 있다. 읽는 순간부터 책을 덮는 순간까지 영상처럼 글자가 이미지화되는 책도 있다. 이런 책을 만나면 내 가슴도 미친 듯이 뛴다. 책을 읽는 행복을 맛보는 것이다.

큰 공감을 받지 못했다고 해도, 책에 읽은 날짜와 간단히 한 줄이라도 남긴다. 기록은 기억을 이긴다. 기억하기 위해서 기록하는 것이다. 거창하게 서평을 작성한다는 것이 아니다. 간단히 책을 요약한다는 느낌으로, 읽었던 내용을 생각하며 써 내려간다. 마음에 와닿는 글귀를 발견할 땐, 가슴이 뛰기도 한다. 정리하는 느낌으로 적다 보니, 다시 책을 한 번 더 읽는 느낌이지만 또 다른 울림이 있다.

서평을 쓴다고 책에 대해 생각하다 보니 나의 다른 사고가 깨어나기도 했다. 어떨 땐 전혀 다른 뜬금없는 소재가 떠오르기도 한다. 긴 서평이 아니어도 좋다. 독서를 하고 기록하지 않을 때보다, 짧은 기록이라도 남기니 오래 기억하는 것 같다. 어딘가에 기록되었으니, 기억하지 않아도 된다는 부담감도 덜고, 읽은 후에 마음이 가벼워진다.

책을 읽는다고 글이 곧바로 잘 쓰이지 않는다. 독서는, 글쓰기를 위한 사용 설명서처럼, 무조건 읽으면 잘 된다는 것은 착각이다. 독서로 높아진 수준에, 좋은 책들을 찾아 읽어 보고, 쓰는 습관이 접목되어야 한다. 숙제하듯이 독서를 하면 재미도 없고, 목적은 어디론가 사라져 버린다. 지겨운 독서가 될 뿐이다.

독서를 해야 좋은 글 재료를 찾는 것이 아니라, 즐겁게 글쓰기를 하기 위해 독서를 하는 것이다. 글쓰기는 독서보다 많은 생각을 하게 한다. 단지 독서만 하는 것보다, 글쓰기까지 더해지면 두뇌계발에 더욱 효과적이라는 말이 있다. 게다가 틈틈이 한 독서는 축적된 든든한 자산 같은 스펙이 된다. 독서와 글쓰기로 거침없이 두 마리 토끼를 잡아내게 된다.

독서는 글쓰기의 바탕이 된다. 그렇다고 종일 독서만 해서는 안 된다. 좋자고 하는 독서로 해롭게 되는 원인이 되기도 한다. 생각하지 못하는 뇌를 마비시키기 해로운 독서가 될 수 있다. 짧은 독서로 사색을 하고, 사색을 통해서 글쓰기를 하는 것이 가장 좋은 방법이다. 글을 쓰기 위해 독서를 하든, 독서로 인해 글을 쓰든, 읽고 쓰는 것을 행동한다는 것이 중요하다. 즐거운 소통의 도구가 되기 때문이다.

6

글쓰기는 충만한 경험이자 힐링이다

나에겐 위대한 엄마가 있다. 다른 사람들한테는 어느 집에나 있는 엄마지만, 나에게 엄마는 위대한 존재다. 남편의 사업이 뜻대로 되지 않아 파산하게 되었다. 살고 있던 집에서도 도망치다시피 이사를 해야 했다. 집이 없었기에 나의 짐들은 이삿짐 창고에 보관되게 되었다. 어린 아들을 데리고 어디로 가야 할지 몰랐다. 결국엔 못난 딸이 되어 엄마한테 갈 수밖에 없었다. 아들과 부산으로 이동하는 차 안에서 하염없이 눈물이 났지만, 아들을 보며 눈물을 삼키며 애써 미소를 잃지 않았다.

엄마는 할머니가 되었어도, 궂은일이나 험한 일을 가리지 않고 일을 하신다. 엄마한테 부산으로 간다며 전화를 드렸다. 부산 엄마 집 근처에 집을 얻자니 나에겐 돈 한 푼 남아 있지 않았다. 빚만 지고 무작정 가고 있었다. 엄마가 공장에서 일하다가 점심시간에 나오신단다. 나보고 30분 안에 은행 볼일을 끝내야 한다고 하셨다. 얼마나 힘들었겠냐고 아무렇게나 먹지 말고 그럴수록 잘 챙겨 먹어야 한다고 하시며, 집 얻을 돈을 주신다고 은행으로 나오라고 하셨다. 그리고는 나에게 속삭이셨다. 이건 너와 나의 비밀로 하자고 그러셨다.

그동안 나는 엄마한테 돈을 염치없이 많이 가져갔었다. 빈털터리가 되어서 내려온 딸을 위해, 또 돈을 내어주신 것을 다른 형제가 알면, 엄마도 나도 마음이 불편할 터이니, 우리끼리 비밀이라고 하셨다. 형제지간이라도 돈 앞에서는 유치해진다며, 꼭 비밀로 그렇게 하라고 하셨다. 기죽지 말고 지금부터 더 열심히 살면 된다고, 이젠 힘들게 살지 않을 것이고 내 딸도 이젠 자식한테 힘든 모습 보이며 사는 건 안 된다고, 엄마는 애써 촉촉이 눈물을 감추며 말씀하셨다. 내가 그랬듯이 나의 엄마도 눈물을 삼키셨다. 마음이 답답했다. 죄송한 마음도 같이 들어 울어버렸다.

자판기 커피 한 잔 값 100원이 아깝다며 그냥 물을 대신 마시고 차비가 아깝다며 2시간 거리를 걸어 다니신다. 그렇게 모은 돈이라는 것을 알기에, 난 더욱 눈물 범벅이 되었다. 마음이 절여졌다. 이렇게 엄마는 모든 걸 주고도, 더 주지 못해 이것뿐이라며 미안해하셨다. 어머니 나의 어머니, 가장 소중한 나의 어머니가 망연자실 하염없이 울고 있는 나를 안아주셨다.

힘들 땐 힘들다고 얘기하고, 울고 싶을 땐 마음껏 울어야 한다. 제일 불쌍한 사람이 도움을 주지도 받지도 못하는 사람인 것이다. 마음에 상처를 내려놓지 못한 사람들이 많다. 내려놓지도 못하고, 상처를 말도 못 하고, 안고 갔을 때의 심리적 고통은 엄청나다. 내려놓고 마음을 후련히 털어내는 용기를 가졌으면 한다. 내려놓을 때 위로를 통한 변화가 온다. 엄마와 비밀이 이것으로 공개되어 버린 셈이지만, 난 그날 이후 생활비를 쪼개기 시작했다.

닥치는 대로 일해서 적금을 들었다. 만기가 되면 또 적금을 들었다. 푼돈으로 할 수 있는 것은 일단 목돈을 모으는 것뿐이었다. 작은 목돈이 마련되면, 그 돈을 들고 부동산으로 갔다. 점심시간이 되면 총알같이 부동산으로 가서, 미리 찜해놓은 집을 둘러보았다. 나의 점심 식사는 부동산 쇼핑이었다. 내가 꼭 성공해서 빚도 갚고, 엄마한테 받은 것 이상으로 벌어야 한다는 마음으로, 하루하루 버티고 모았다.

　나에게 가장 소중하고 위대한 사람은 엄마이지만, 표현을 못 하고 살았다. 배움이 짧은 어머니는 그 누구보다 올바른 가르침으로 나를 완성하려 했었다. 엄마는 힘들고 아픈 나날이 많더라도 감사해야 하며, 나보다 더 힘들게 살아가는 사람들이 있으니 주위를 살펴야 한다고 하셨다. 엄마에게 받은 나누는 사랑을 실천하고 있다. 힘들어하는 사람들과 소통하고, 비슷한 아픔은 나의 경험을 공유하며 위로하였다. 사람들에게 베풀고 살고 싶어 봉사도 시작했지만, 난 아직도 멀었다. 조금씩 나아지고 있는 모습이 보이기 시작하면 이처럼 좋은 힐링이 어디 있겠는가? 마음이 건강해지는 나의 힐링이라고 해도 될 것이다.

　과거를 집착하거나 미래를 위해서만 살기보다는, 지금 현재에 충실하게 살아야 한다. 지금 행복해지자. 이 시간을 행복으로 채워야 한다. 많은 것이 필요하지 않다는 것을 뒤늦게 깨달으면 늦다. 더 시간이 가기 전에, 지금 이 순간을 소중하게 감사하자. 그것이 행복이다.

　빚을 접하지 않다가 빚을 접하니, 불안으로 타들어 갔다. 빚을 피하는 방법을 몰랐기 때문이다. 어둠 속에서 갇혀 꼼짝할 엄두도 못 냈다. 그냥 내 몸이 부서지는데도 몸을 혹사하는 것만으로 모든 빚을 허락한 것이었다.

　돈 벌어 빚 갚는 데에 온정신을 쏟아부었다. 잠 잘 시간도 사치였다. 몇 날 며칠을 밤을 지새웠던 적도 있다. 사흘 정도 지났을 무렵, 난 응급실에 누워있었다. 거리에 쓰러져 있는 나를 발견한 어떤 고마운 분이, 병원으로 데려다주었다 했다. 눈뜬 나에게 "정신이 드세요? 병원 근처에서 쓰러지셔서 다행이었어요"라고 귀에 낮은 목소리가 들렸다. 간호사가 말해주어 내가 기절했다는 것을 알았다.

내 몸을 살피지 않았던 터라, 결국 나의 체력은 바닥이 나 있었던 것이었다. 참 운이 좋았다고 말할 수 있다. 무조건 빚 갚기 위해 노력해야 행복이 온다고 믿었다. 결과로 나 자신에게 증명하려 했다. 미친 듯이 화력으로 뛰었다. 결국 실패로 나에게 전가된 2억의 빚은 없어졌고, 지친 내 몸은 타고 남은 재가 되었다.

깊이 깨달은 것은, 나중은 없다는 것이다. 나중에 나중에 하다가 세월 다 보낸다. 나중이라는 말은 너무도 어리석은 변명이다. 지금 이 시각이 내가 가질 수 있는 최고의 시간이다. 지금 행복할 수 있는 순간들은 놓치고 있다는 것을 모르고 산다. 뭘 그리 대단한 걸 하겠다고 이렇게도 멀리 돌아왔는지? 많은 생각과 슬픔이 교차하는 순간이 온다. 곧 후회로 남는다. 억지로 끄집어낼 필요는 없다.

힘들수록 나는 혼자 내가 썼던 시들을 보며, 시간을 보내기도 하였다. 소리 내 울고 말았다. 언젠가는 그냥 넘어갔던 문장 하나에 사건 하나에, 참아왔던 울음이 쏟아져 내렸다. 어느 정도 위안이 될 사람한테서 울게 된다. 뜻하지 않은 곳에서 참았던 울음을 터트리면 곧 후회하게 되므로, 전혀 도움을 주지 않을 사람에게선 울지 않는다. 누군가에게 의지하고 싶고 누군가에게 도움을 청할 때, 크게 울어버리는 것 같다.

나는 글쓰기로 살아가는 법을 익혔다. 울음을 터트리고 고통을 삼키며 스스로 일어선다. 누군가와 위로하며 툭 터놓고 이야기하고 싶은데, 어디에 이야기할지 고민하고 있다면, 나만의 글을 쓰면 된다. 당신의 일상을 기록해 보아라. 소소한 일상으로 힐링이 된다. 일상에서 점차 삶 전체를 쓰면, 힐링으로 더 큰 존재가치로 성장한다. 옛날 기억 아픈 것 되새길 필요는 없다.

하루하루가 나의 인생 최고의 날이라 여기며, 즐겁게 살자. 아등바등 살다가 즐기지 못하면 돌아오는 건 후회이다. 허망할 뿐이다. 금방 늙는다. 젊을 때 즐겁게 가족들과 즐겨라. 젊어서 노세란 말도 있듯이 늙으면 힘들다. 사는 게 힘든데 팔자 편한 소리 한다고 할 수도 있다. 인생을 즐길 줄 모르는 사람이 되지 말아라. 늙으면 더 힘들다. 다리에 힘 있을 때 다녀라. 다리에 힘 빠지면 다니고 싶어도 즐길 수 없다. 마음만 간절할 뿐이다. 틀에 박힌 소리라 하더라도 건강을 잃어보고 나니, 다리에 힘 있을 때 여행도 다녀야 한다는 것을 알게 되었다. 그동안 열심히 살아온 인생 한 번씩은 즐기자. 좋은 경험을 하며 인생을 힐링하며 사는 건 어떤가? 건강할 때 쓰는 글도 있고, 아플 때 쓰는 글도 있고, 모든 일상의 글쓰기는 충만한 경험이자 힐링이다. 글쓰기는 나에게 불같은 사랑보다 온돌 같은 사랑이다.

#7
과거를 돌아보면
미래를 설계하게 된다

'5년 후 당신은 어떤 모습일까?' 대답할 준비가 되어 있지 않다면, 지금과 같거나 더 나빠진 생활을 하게 될 수 있다는 만약을 떠올려 볼 때, 분명 현재를 잘못 살고 있다는 답이 나온다. 제대로 대답할 준비가 되어 있다면, 분명 지금보다 눈부신 변화로 미래가 달라져 있을 것이다. 현재에만 치중하느라 미래를 보는 시야를 좁히지 말고, 지금 최적의 시간에 미래를 준비하고 도전하자. 단 한번 당당하게 도전해 보라.

운동을 시작했다. 마흔이 넘어 건강의 중요함을 느끼고 시작한 운동이다. 셀프 운동을 하며 매일 잘 할 수 있을 것 같았다. 일주일도 견디지 못하고 무너졌다. 분명히 가볍게 시작하고 금방 습관이 될 것 같았지만 착각이었다. 왜 자신을 혹사시켜가며 무거운 쇠붙이를 높이 올리고 내리고 하는 건지? 제자리에서 왜 그렇게 오래 달리고 있는 건지? 교통수단을 이용하지 않고 일부러 왜 먼 거리를 걸어 다니는지? 도대체 이해 못했던 나였다. 운동에 대한 믿음이 없었다. 제대로 하지도 않고 몸만 아파왔다. 믿음이 적기에 악착같이 하지 않은 나를 금방 증명해 준 것이다. 이처럼 운동을 불신한 결과는 마지못해 하는 고난으로 행군하는 격이었다. 중요함을 깨달았으면서도 쓴맛을 맛보고 말았다.

운동에도 초보 시절이 있듯이 인생 또한 처음 살아내는 초보의 행군이 매번 성공적인 좋은 일만 있을 수 없다. 고난의 행군만도 계속 있을 수 없다. 운동도 의욕만 앞선다고 무거운 걸 단번에 들지 못하듯이, 인생도 의욕만 앞선다고 턱턱 성공하고 그러진 못한다. 힘든 과정이 생략되는 건 불가능하다.

나는 하고 싶은 것이 참 많았다. 남들보다 성공하고 싶은 욕심도 꽤나 컸다. 그렇지만 욕심은 욕심으로 남게 되고 불행의 늪에만 빠져 살았다. 지금 생각해 보면 내 인생을 스스로 책임지며 살지 않은 것 같다. 쉬지도 않고 무작정 질주만 한 내 인생에 무례하기 짝이 없다. 내 인생을 아끼려 하지 않고 혹사시키면서 적잖은 대형사고까지 당연하다고 여기며 살았다고 할 수 있다. 정지된 화면처럼 계속 그 장면에서 멈춰있는 삶의 연속이었다.

급정지되고 급브레이크로 정지 화면의 연속적인 삶을 바꾸기 위해 시작한 것이 있다. 나만의 글쓰기이다. 점점 글쓰기로 나의 자아를 터득해 갔다. 그 덕분에 나는 한 단계 성장하게 되었고 나의 상처를 치유하고 지금은 아름다운 인생 2막을 시작하고 있다. 예기치 않은 인생 쓰나미를 만났지만 열심히 살았고 울며불며 눈물을 짜내며 살았던 순간까지도 최선을 다하며 살아낸 나를 대견하다고 스스로 위로하기까지 한다.

거절을 거절한다. 이젠 어둠을 뚫고 나온 활기찬 내가 있다. 나답게 나를 유지하고 버텨왔던 건 글쓰기가 필요할 때 용기를 냈던 것이라 하겠다. 그 용기가 지금은 희망이 되었고 시간은 이제 내 편이다. 고난의 행군에서 얻어낸 것이 바로 '글쓰기의 힘'이다.

글쓰기로 나를 만나야 한다. 허심탄회하게 일방통행 글쓰기가 가능하다. 오늘 나의 모든 이야기를 모두 쏟아내어도 괜찮다. 하루 종일 못했던 말을 글로 따발총 쏘듯 펼쳐내는 것이다. 남을 의식하며 난감한 글을 쓸 필요가 없다. 모임에서나 격식을 갖춰야 하는 장소에서 입바른 소리를 하고 왔다면, 솔직하게 글쓰기를 통해 토해내 버리면 얼마나 통쾌하고 속이 후련하겠는가! 마음에서 우러나는 글쓰기가 가능하다.

"요즘 어떻게 지내니?"

"매일 너 뭐 하니?"

"심심하지 않니?"

"응. 심심하지 않아"

"아침햇살이 나와 놀아줘"

"따뜻한 커피 한 잔이 아침을 더욱 채워주거든"

연락이 뜸하면 전화벨이 울리고 궁금해하는 친구에게 어김없이 하는 말이다. 이해할 수 없다는 반응이 표정을 보지 않아도 수화기 속 목소리를 통해 전해진다.

나는 독서와 글쓰기로 하루 시간이 모자랄 지경이었다. 심심할 겨를이 없다. 글쓰기를 만남으로 내 인생은 달라졌다. 저녁형 인간이었던 나를 아침형 인간으로 변화시킨 것이 아침 글쓰기이다. 매일 아침형 인간으로 아침 글쓰기와 아침독서로 명확해지기 시작했다. 책으로 인생의 터닝포인트가 되었다. 글쓰기를 포기하지 않으면 이룬다.

요즘 시대 사람들은 글을 많이 접한다. SNS 글쓰기도 한몫하기도 한다. 자신의 색깔을 가진 사람들이 엄청나게 많다는 것이다. 각종 글쓰기를 하고 있는 요즘 사람들은 어떻게 써야 하는 프로세스를 모르기에 글쓰기가 머물러 있을 뿐이다. 꺼내는 방법의 중요 포인트가 이 책에 담겨 있다.

나는 문학을 전공하지 않았다. 문학을 전공하지 않았지만 꾸준히 노력하였기에 시인으로 등단하게 되었다. 또한 독서를 통해 책이 좋아지기 시작했다. 독자 신분에서 저자 신분으로 상승하게 되었다. 글을 쓴다는 것이 꽤 매력적인 일이다. 이젠 많은 사람들이 책을 경험할 수 있도록 세심하게 도와주고 생생한 이야기로 즐거움의 글쓰기에 도움을 주고 있다. 요즘의 전문가는 자기 자신이 다진 내공으로 닦아온 길이라 하겠다. 자신이 하고 있는 일에 관해서는 최고의 전문가이다. 당신의 영역에서 펼칠 이야기는 무한하다.

나는 많은 일을 했다. 우유 배달, 신문 배달, 노점 액세서리 판매, 공장 아르바이트, 커피숍 아르바이트, 호프집 아르바이트, 찜질방 아르바이트, 스포츠센터 안내원, 옷 가게 판매원, 전단지 돌리기, 백화점 안내원, 회사원, 고깃집 창업, 치킨집 창업 등 집이 가난해서 어릴 적부터 아르바이트를 하며 용돈은 스스로 충당했다. 몸은 힘들었지만 일하는 것에는 겁 없이 해냈던 것 같다.

비록 풍족한 환경은 아니었지만 불행하다거나 탓하며 살지 않았다. 이루고 싶은 것이 있으면 이루어진 것처럼 상상하며 생각하고 행동했다. 나에게 주어진 가능성에 변화로 나아가려 항상 꿈틀거렸다. 당신의 꿈이 있다면, 간절한 꿈이라면, 당당하게 도전해 보라. 지레 겁먹고 좌절할 필요 없다. 그 도전이 당신의 인생의 화려한 꽃을 피우게 할 것이다. 당신의 꿈을 스케치해 보는 글쓰기로 행복한 삶을 유지했으면 하는 바람이다. 당신의 글쓰기를 돕겠다.

과거를 돌아보면 미래를 설계하게 되는 빨간펜 선생님이다. 여행을 가다 길을 찾지 못하면 스마트폰에 있는 지도가 선생님이 되어 준다. 이처럼 나침반이 되어 바른길의 안내를 도와준 것처럼 과거를 돌아보는 글쓰기는 제대로 갈 수 있는 안내와 같은 미래를 설계하는 것이다. 과거를 풀어낸 글로 빨간펜 선생님은 바쁜 흔적을 남긴다. 좋은 글쓰기 선생님이다. 빨간펜의 체크를 점점 줄여나가는 방법은, 당신의 인생에 길잡이가 되어줄 뿐만 아니라, 글쓰기에도 도움이 된다.

나의 빨간펜 선생님은 여럿이다. 인생을 깨우는 책으로 다가오기도 하고, 가까운 지인이 되기도 한다. 빨간펜 선생님이 많을수록 과거와 다른 미래가 수정된다. 한발씩 나아가는 단계로 설계된다. 하루아침에 빨간펜 선생님을 내 편으로 만들겠다는 욕심은 버려라. 과식하지 않아도 된다. 생각의 폭은 자연스레 넓어진다. 당신의 상황에 맞게 과거를 돌아보고 미래를 설계하게 된다.

8

솔직한 글쓰기가
가장 힘이 세다

엄마의 자리를 생각하면 울컥해진다. 뭉클하게 차오르는 눈물 같은 감정이 울컥 치솟아 올라온다고 할까? 내게 엄마란 그런 모습으로 각인된 것 같다. 어렸을 땐 엄마의 자리가 늘 부족했다. 그런 내가 엄마가 된 지금, 내 아이에게 엄마라는 자리를 제대로 채워주지 못하고 있다.

절실히 돈이 필요했다. 자랑스럽지 못한 생활고에 벗어나기 위한 방법으로, 일을 우선으로 택했다. 일하는데 집중하는 것이 최선이라고 여겼다. 이것이 잘못되었다는 생각을 하지 않았다. 그저 앞만 보고 무조건 질주했다. 그런데 나에게 이상한 소리가 들리기 시작했다. 아주 큰 불만의 소리가 쏟아지고 있었던 것이다.

난 내가 힘든 것 참아내며, 오직 일에 매두몰신했었다. 그런데 그런 나는 없고, 자기 일만 하는 아주 나쁜 사람으로 전락되어 있었다. 내가 왜 무엇 때문에… 자문자답하며 스스로 돌아봐도, 잘못한 흠결이 없어 보였다. 하기야 자신의 잘못을, 본인 스스로 판단해 찾아내기 어려울 경우가 숱하다. 보통의 경우 남의 잘못은 잘 들춰내면서 자신의 잘못이나 흠은 알고도 모른 척하기도 하지만, 진정 깨닫지 못하는 경우가 허다하다.

　사람이 살면서 수많은 일을 겪게 마련이다. 그 같은 과정에서, 때로는 일이 고약하게 꼬이거나, 다툼이나 싸움으로 번지거나, 사고가 발생할 경우도 있다. 그 때문에 피해자가 되기도 하고, 가해자가 되기도 하지만, 그 내면을 파고들면 부딪치는 마찰 요인이 존재하게 마련이다. 그런 까닭에 시시비비의 공평한 판단은, 양쪽의 사정(말)을 정확히 들은 후에, 결정하게 된다.

　이처럼 '왜? 그런 것인지 묻는 과정을 거치지 않는다면' 자기의 생각이나 눈에 보이는 상황을 바탕으로, 추측하거나 단정 짓는 오류를 범할 개연성이 다분하다. 또한 다툼이 발생했을 경우, 어느 한 쪽 말만 들으면 다른 한 쪽에 불이익이나 억울한 상황이 개재될 위험성이 발생할 수 있기 때문에, 공정하게 양쪽의 당사자 견해를 귀담아듣는 것이 중요하다.

　나는 다툼이 있거나 사고가 있을 경우 스스로 해결해 내려고 노력한다. 하지만 때로는 내가 제대로 보지 못하거나 해답을 찾지 못할 문제에 봉착할 때는, 솔로몬의 지혜를 찾기 위해 두루 진력한다. 또한 나의 모순이나 잘못을 직언해 주는 사람이 나쁜 사람이 아니다. 한편 면전에서 언제나 좋은 말만 해 주는 사람이 결코 좋은 사람이 아님을 새겨볼 필요가 있다.

　나는 묻는다. 원인 없는 결과는 없다. 나의 잘못된 행동이나 잘못된 말투나 잘못된 무언가가 분명히 있다. "내 잘못이 뭘까요?" 그런데 내 머리를 깨우는 충고 한마디가 날아 들어온다. "나는 엄마다." 머리에 스쳐 멈추게 한 문장이다. 일하는 것을 첫째로 치부하고 아이들을 그 뒤에 두고 있었던 것이었다. 돈만 보고 있는 모습이 지금의 나라는 것을 보게 된 것이다. 정신이 번쩍 들었다.

나에게 돈이란 무엇인가. 원래 난 돈이 크게 중요하다고 생각하지 않는 사람이었다. 그저 생활에 필요한 만큼만 필요하다고 생각했을 뿐이었다. 내가 원하는 것은 아이들을 잘 키우기 위한 돈이 필요했다. 그래서 그 돈을 마련하기 위한 일을 했던 것이었다. 그런데 결국 돈을 좇는 꼴로 전락해버렸던 것이다. 한편 중간이라는 것, 다시 말하면 평범하게 사는 삶이 어렵다. 그렇지만 삶에서 소홀했던 것을 되돌아보는 마음이 생기면, 그런 삶이 가능하다는 걸 깨달을 수 있다.

'나는 엄마'라는 말은 성공한 엄마에게는 뿌듯한 단어이고, 엄마 노릇이 부족한 엄마에게는 가슴 메어지는 단어가 아닐까! 적극적인 엄마 노릇이 필요했다는 것을 알게 되었다. 성공한 여자들은 가정을 완벽하게 돌아보지 못할 개연성이 다분하다. 가족의 지지 없이는 여자의 성공은 그만큼 힘겹게 마련이다. 한편 성공한 여자가 성공한 엄마라는 등식은 성립되지 않는다.

성공한 여자가 아름다울까? 성공한 엄마가 아름다울까? 깊이 생각에 잠겼다. 성공한 엄마가 되는 것 또한 쉽지 않은 길이다. 더군다나 직장맘, 워킹맘이라면 엄청난 일들을 병행해야 한다. 평범함 속에 특별함이 있어야 한다. 산 넘어 산이라고 해도 해도 끝이 안 나는 육아와 집안일은 해방되지 않는다. 그러기에 직장맘, 워킹맘은 우울할 시간도 없다. 그만큼 바쁘다는 이야기이다. 내 마음처럼 내 뜻처럼 잘 되지 않는 육아와 집안일은, 아이를 키우는 엄마라면 모두 알 것이다.

난 성공을 꿈꾸는 여자이지만, 완전한 가정을 꿈꾸는 엄마이기에, 적당히 천천히 가기로 마음을 고쳐먹었다. 훌륭한 부모가 되기 위해서, 난 아직도 몹시 서툰 엄마이다. 엄마의 역할이 처음이기 때문이다. 나도 엄마가 처음이다.

부모 자격증이나 엄마 자격증처럼 부모 면허증 같은 것이 있다면, 좀 더 체계적으로 아이를 키울 지식을 쌓았을 터인데 말이다.

무면허인 엄마가 부딪치고 넘어지면서, 서서히 아이가 원하는 엄마에 다가가는 중이다. 따라서 지금은 아이와 같이 나도 성장해 가고 있다. 이런 맥락에서 당신도 돈만 좇고 있는 건 아닌지 진지하게 짚어볼 필요가 있다. '현실에 사는 것의 만족은' 오늘 자신이 하고 있는 일에서 비롯되지 않을까라는 생각을 해 본다. 그럴지라도 엄마의 길은 절대 녹록지 않으며 몹시 힘들고 버겁다. 하지만 오늘도 굳세게 파이팅 하는 엄마로 우뚝 서고 싶다. 엄마는 강하다.

비판의 소리를 듣는다고 내가 무엇을 잘못한 것이 있는지 먼저 적어 보길 바란다. 이런 경우 대부분 타인의 눈으로 보지 않고, 오직 자신의 눈으로만 판단하여 단정 짓기 때문이다. 나에게 솔직한 글쓰기가 가장 힘이 세다. 욕심을 채워진 자리에 솔직한 글쓰기로 노트에 욕심을 내려놓으면 된다. 비판을 받아들이고 행동하지 않으면 균열이 안 생긴다. 부딪히는 것은 실용성이 떨어진다. 나는 노트에 버린 글들로 객관적일 수 있었으며 평정심을 찾게 되었다.

비판의 소리 방향이 사람을 좁아 보이게 하고 외면당할 위험성이 도사리고 있다. 너무 윤리적인 측면을 추구하다 보면, 감당하기 어려울 뿐 아니라 자신도 그 함정에 빠져 혼란을 겪게 마련이니, 수위 조절이 필요하다. 인간과 인간 사이에 연결이 매끄럽지 못해 때론 무슨 얘기인지 헷갈려 할 때도 있다. 속상함을 글로 토해낸 솔직한 글을 점검하면 강력한 힘이 있다. 인간관계에서 자주하는 실수를 방지한다.

한 사람 한 사람이 다 다르다. 생김새도 모두 다르다. 똑같은 생각을 하는 사람도 없다. 똑같은 삶을 사는 사람도 없다. 사람을 함부로 판단해서도 안 되지만, 다름을 인정하면, 타인의 비판 따위에 신경을 쓰지 않게 된다. 솔직한 글로 적었는데도 아니라면 그것은 내 생각에서 지워도 된다. 나를 괴롭힐 필요가 없다. 받아들이고 아니고는 그 사람의 과제이다. 걱정할 일이 아닌 것이 된다. 이미 내 눈이 아닌 그 사람의 눈으로 보는 연습을 글로 적어보았기 때문이다.

내가 쓴 글은 무조건 '타인의 눈으로 점검해 보자'이다. 나보다 상대를 먼저 떠올린다는 말이다. 나를 점검하고 솔직한 나를 글쓰기로 만나고 있다면, 당신은 분명 상대방과 통한다. 생활 속에 수많은 일이 있어도, 당신의 변함없는 진리에 지혜가 함께 녹아있기에 백발백중이다. 글을 쓰기 전에 착각했던 것들이 참신한 시각으로 솔직하고 힘이 센 진심 어린 글이기에.

2

글만 썼을 뿐인데
삶이 바뀌다

#1
지극히 평범한 직장인이
시인이 되었다

나는 단 하루도 쉬어보지 못하고, 직장으로 육아로 내 꿈은 펼쳐보지도 못한 채, 시들고 있었다. 희생은 했지만 꿈에 목말라 있는 나날들이 해소가 안 되니 마음은 불편했다. 난 남들처럼 평범하게 살고 싶지 않았다. 꿈을 가지고 나를 다시 찾기로 마음먹고, 나를 위해 살기로 했다.

지난 물건들을 정리하기 시작했다. 추억이 녹아있는 기록된 노트들이 많았다. 어릴 적 시인을 꿈꾸며 끄적였던 시들이 마구마구 스쳐 지나갔다. '아! 나어릴 때 시집을 품에 안고 잠들었지, 글짓기도 많이 하고 그랬지!' 그런 생각들이 꿈을 불러내고 있었다.

다시 시를 적었다. 응모했고 당선되었다. 《대한 문학세계 계간지 50호》에 당선된 시 3편이 실리며 출간되었다. 등단된 시인이 된 것으로 그것만으로도 기뻤다. 시상식을 하러 갈 때 얼마나 떨렸는지 모른다. 당선 소감은 5분 이내 간략하게 준비하라고 했는데 떨려서 아무 말도 못 하고 내려온 것 같았다. 『대전예술의전당』에 도착하여 어리둥절 제정신일 수 없었다.

나의 이름을 불렀다. 당선 시 《일침》을 낭송가님께서 잔잔한 음악에 맞춰

고운 목소리로 낭송해주셨다. 마이크를 나에게 건네는데 엄청난 관객 앞 무대에서 다리가 휘둘리고 목소리는 떨리고 준비했던 내용이 하나도 생각이 나지 않았다. 어떻게 말했는지 횡설수설한 것 같다. 무대에서 내려와 보니 내 손엔 문학인 증서와 신인 작품상이 있었고 축하의 꽃다발을 가슴에 안고 있었다. 지금은 부산지부 홍보국장으로 등단한 신인 시인님들에게 꽃다발을 안겨주고 있다.

시인이라고 하면 사람들은 이렇게 말한다.

"글재주를 타고나고 글을 잘 쓰니 좋으시겠어요."
"글을 잘 쓰고 싶은데 저는 어떻게 써야 할지 모르겠어요."
"글에 대해선 타고나지를 않아서 글 쓸 엄두도 못 내고 있어요."
"글을 잘 쓸려면 재능이 있어야 하죠?"

영혼 없이 하는 질문들이다. 눈 따로, 귀 따로, 입 따로, 말하고 있다. 사람들은 매번 최선을 다했는데 황당하다 그러면서 정작 노력이 부족했다고는 생각하지 않는다. 요리하는 칼을 줬는데 흉기로 쓰는 사람도 있듯이, 글도 쓰는 사람에 따라 달라진다. 글을 안 쓰는 그만한 이유들이 있다. 신경 쓸게 많다. 시간도 없다. 글에 재능도 없는데 쓸 필요 없다. 글을 배우러 온 수강생들도 이렇게 말한다. 글은 타고나야 쓰는 것이라고 치부하고 시도조차 안 하는 사람들이다.

글쓰기는 재주가 있어야 하는 것이 아니다. 곰이 재주를 넘는 것이 재능을 타고났기에 하는 것일까? 연습으로 노력했기에 재주를 넘는 기술이 된 것이다. 당신은 마음껏 종이 위에 지금 하고 있는 것을 적기만 끝나는 것이다. 걱정할 일도 아니다. 나도 책을 읽으면서 글쓰기가 연습되었다고 할 수 있다. 처음부터 잘하는 사람은 없다. 태어날 때부터 잘 쓰는 재능을 갖고 나온 사람도 없다. 타고 나야 글을 쓴다고 여겨 관심을 보이지 않았다면 일단 관심부터 갖자. 관심의 표현은 매우 중요하다. 관심의 시작으로 연습이 되면 투자한 만큼 성과가 나타난다. 결실을 얻는다.

나도 마찬가지다. 반복된 연습이 있었다. 타고난 재능 따위가 있지도 않다. 감정이 시키는대로 썼다. 슬프면 슬프다고 쓰고, 기쁘면 기쁘다고 적고, 사무치게 외로움을 표현하기도, 괴로울 땐 머리를 쥐어짜며, 울고 싶을 땐 울고 싶다고 펑펑 토해내어 썼다. 마음 터놓는 친구를 설렘으로 만나는 재미를 느낄 때도 있었고, 때론 말 없는 친구에게 화풀이하는 마냥 미친 여자가 되기도 했다. 그렇게 글을 쓰며 꿈을 키웠다.

당신의 잠재의식 속에는 자기 자력이 있다. 잠재의식이 큰 사람은 확신이 크기에 믿음도 크다. 뭔가 이루겠다는 꿈을 가졌다면 믿음이 크므로 확신으로 해낸다. '갖고 싶은 것이 있는데 난 저걸 못 가질 거야'라는 생각을 하는 것은 성과를 얻을 수 없다. 가질 수 없다는 반대로 생각하기에 성과를 얻을 수 없다. 잠재의식이 큰 사람은 꿈을 크게 상상하며, 그 상상의 힘으로 자기력으로 끌어온다. 당신이 자신의 잠재의식을 지배하면 성과를 이룬다. 당신이 되고 싶은 것을 '나는 부자다, 나는 성공한다.' 그러면 성과를 이룬다. 상상의 힘을 믿어야 한다.

자, 이제 글 쓰는 두려움이 조금 사라졌는가? 이제 당신이 해야 할 일은 엉덩이를 믿고 계속 쓰는 힘을 기르는 것이다. 가벼운 엉덩이라도 괜찮다. 자주 계속 쓰는 것이 더 중요하다. 글쓰기는 타고나는 것이 아니라, 이처럼 인내력 싸움과도 같다. 욕심내지도 말고 조바심 따위도 버려라. 오로지 글쓰기에만 집중하다가, 좋은 글감이 떠오르면 유레카를 외치고 이끄는 대로 썼다 지웠다 반복하며 행군하면 된다.

글 쓰는 일이 점점 재미를 더하게 된다면, 당신의 일상 소재가 맛있게 요리되어 나온다는 것을 기억하라. 대부분 소재거리가 없어 글을 쓰지 못하는 것이 아니다. 평범한 소재들을 쓰는 것을 염두에 두지 않기에 그렇다. 글을 쓰지도 않은 채 소재에 대해서만 고민을 끊임없이 하는 버릇을 과감하게 버려라. 평범한 당신의 일상 소재를 쓰는 순간 특별해진다. 오늘 당신이 글을 안 쓰고 있다는 것을 고민하여라. 당신이 끝까지 글을 쓰는 의지가 없다면 아쉽게도 글을 잘 쓸 수는 없다. 고민만으로 머리로 쓰는 글은 실력이 좋아지지 않는다. 당신의 생각과 감정이 글로 표현되어야 글이 써진다. 글을 썼느냐 안 썼느냐에 따라 글 쓰는 실력이 차이가 난다. 당신이 글을 쓰고 있는 특권을 가진 자라는 것을 기억하고 계속 글쓰기에 전념하면 지금 글 쓰는 이 순간부터 특별한 사람이다.

당신이 글을 쓰고 싶어 하는 이유가 무엇인가? 타인과 소통하기 위한 도구가 글이기 때문에, 글을 쓴다는 것은 아주 중요하다고 하겠다. 글을 통해 공감대 형성을 이룬다. 글을 자유롭게 쓸려고 자리에 앉았는데, 물음표를 던지고 있을 수도 있다. 형식에 매이지 말고 있는 그대로, 지금 느끼는 그대로, 진정 써도 되는 건지에 물음표를 쉼 없이 던질 수도 있다. 괜찮다. 의식하지 않고 그대로 흐름 따라 풀어내는 자유롭게 이야기하는 것이다. 당신이 하고 싶은 것을 해야 하는 것에 머물러 쓰는 것을 추천한다. 자유로운 것을 추구하는 것이 나의 글쓰기다. 당신의 꿈을 파악하고 글을 접하면, 쉬운 글쓰기를 만날 것이다.

어린이만 꿈을 꾸는 것이 아니라, 어른들도 꿈을 꾸어야 한다. 도전을 멈추지만 않으면 성공한다. 가장 중요한 것은 자신감이다. 스스로 그걸 깨달아야 한다. 지금보다 조금 더 용감한 사람으로 도전해 보자. 벼랑에 설 때 떨어지면 실패다. 벼랑에 설 때 스스로 일어나야 한다. '너도 하는데 나도 할 수 있다'는 의식으로 이어나가면 된다.

내가 그랬듯이 당신도 인생을 창조할 수 있다. 그러기 위해선 직장이라는 틀에 갇혀 시간을 허비해선 안 된다. 당신이 원하는 꿈이 무엇인지 잊고 지냈던 꿈을 찾아 행동하여라. 실현을 위해 행동할 때 당신의 인생은 지금보다 더 나아질 것이고 진정한 기쁨을 맛보게 된다. 나에게 찾아올 기회를 잡기 위해선 준비가 되어 있어야 한다. 배움이 필요하면 기꺼이 힘이 되어 주겠다. 용기를 내어 연락하여라. 준비가 되어있지 않는다면, 기회가 오더라도 내 몫이 되지 못하고, 아쉽게 내 손가락 사이를 통과하여 달아나 버린다.

운이 없다고 불평하지 말아라. 운이 없는 것이 아니라, 운을 잡지 못한 것을 안타까워해라. 존재감이 없던 평범한 직장인이었던 나도, 글쓰기를 통해 원하는 것을 이루고 운명을 바꾸었다. 당신도 꿈을 꾸자. 나는 깨달았다. 확고한 꿈을 갖고 지독한 노력을 한다면, 반드시 운도 내 손을 잡아준다는 것을.

글만 썼을 뿐인데
삶이 바뀌다

글을 적으면 마음이 편해졌다. 나는 글 쓰는 것을 좋아하는 사람이란 것을 알게 됐다. 글쓰기의 나다움을 펼치는 글쓰기가 좋았다. 뛰어난 기술이 있어서가 아니다. 글쓰기란 나에게 '선물'과 같았다. 선물은 주기 위해 사는 즐거움과 받는 즐거움이 동시에 만족한다. 글을 많이 써보지 않아도 상관없다. 글은 단 한 줄이라도 누군가에게 도움이 되면 그것으로 변화하게 만드는 것이다.

가난한 농부의 아들로 태어나 우리나라 최대의 그룹을 만든 정주영 회장은, 평소 무슨 일을 하든 그냥 한 적은 없다고 한다. 모든 일에 목숨 걸고 했다고 한다. 나도 목숨 걸고 글을 썼다. 생활이 나아져도 의미가 없다면 나아진 것이 아니다. 삶의 의미는 나아지지 않은 것이다. 의미를 찾지 못한 것이라 하겠다.

나는 오랫동안 글을 쓰고 싶었고, 글을 통해 풍요로 왔다. 난 내세울 것 없고, 스펙도 없고, 가진 것도 없고, 배경도 없고, 없는 것만 많은 사람이다. 나에게는 이런 것은 필요 없었다. 글을 쓰기 위한 준비물은 스펙도 배경도 아닌 종이와 펜이다. 오로지 글만 썼을 뿐인데 시인이 되고 작가가 되었다. 경제적 사정이 너무나 힘들었던 생활과 고달팠던 가혹한 현실과 타협하였다면, 이루어 내지 못한 꿈 들이었다.

결정을 두려워하지 말고 행동하라. 어떤 상황에서도 더는 결정을 두려워해서는 안 된다. 생각과 태도 뒤에는 반드시 행동이 따라야 한다. 원하는 것을 얻기 위해 무엇을 해야 하는지 이미 알고 있고 아는 것만으로는 변화할 수 없다는 사실도 이미 알기에….

나는 글쓰기로 당당하게 삶을 바꾸었다. 다양한 SNS를 활용하여 스토리 채널에 "이 작가 하루 5분 시 산책"으로 브랜딩을 하였다. 블로그를 통해서도 "수요 5분 시 산책"으로 수요일에 시 한 편을 올렸다. 내 시에 감동하는 사람들이 생기기 시작했다. 내 시를 인용하는 회원도 생겼고, 내 시를 읽어주는 회원도 생겼다. 바닷가 작은 카페에 화가가 직접 그려준 나의 시를 걸기도 하였다. 배내골에 풍경이 있는 카페에도 몇 개의 작품이 걸려 있다.

그 후 많은 사람이 '시에 힘이 있어서 좋다', '녹아나는 맛이 있어 좋다', '간질간질한 표현이 좋다', '예쁜 시로 마음이 편하다', '감성적인 시가 좋다', '느낌이 좋다' 등의 칭찬을 해줄 때마다 난 그들을 통해 너무 행복했다. SNS를 통해 나를 브랜딩 하면서 페이스북 친구가 5천 명을 넘어서고, 악플이 달리기도 했다. 백 개의 칭찬보다 한 개의 악플 때문에 더 마음 쓰며 후벼 파는 나를 발견했다. 악플도 관심이 있으니 다는 것이라고 이것도 행복이라고 생각을 고쳐먹고, 악플에 적극적으로 내 진솔한 마음을 담았더니 몇몇은 그 뒤로 나의 조력자가 되었다.

부정적인 생각을 버리고 긍정적인 생각으로 일관한 나에겐 항상 희망이 자란다. 난 내가 가진 꿈에 대해 믿음이 잘 자라도록 확신을 키운다. 나는 스스로 주문을 한다. "지금 나의 모습보다 3년 뒤, 5년 뒤에는 더욱더 크게 성공하여 있을 거야"라며 자기암시를 계속한다. 스스로 꿈과 용기를 심어준다. 나는 글 쓰는 것이 그 어떤 일보다 행복하다. 나이가 들면 책을 100권 정도 내고 싶다는 욕심이 들기도 하지만 소망이다. 계속 글을 쓰겠다는 의미이다.

나를 달라지게 한 것이 글쓰기다. 글 쓰는 것만으로 충분히 삶을 바꾸는 에너지가 된다. 나는 어릴 적 선생님과 친구로부터 내가 글쓰기에 소질이 있다는 말을 자주 들었다. 그러면서 시인의 꿈과 작가의 꿈을 가지게 되었다. "할 수 있다"를 외치면서 목표를 가졌다. 여러 번의 도전으로 실패를 거듭했다. 좌절로 미루게 되고 나이가 든 늙은 어른이 된 후에야 내 인생 저편 감옥에 가둬두었던 꿈을 꺼내 들었다. 내 인생 감옥에서 벗어날 수 있는 새로운 탈출구가 되었다.

웃는 모습만 보면 안 힘들구나 생각하지만 난 힘들수록 웃었다. 울면 무너져서 괴로워할까 봐 못 돌아올까 봐 웃었다. 그것이 나를 버티게 해주는 힘이었다. 겉으론 드러내지 않는다는 건 정말 어려운 것이다. 나를 잘 아는 친구는 "네가 웃을 때 난 무서워!" 이렇게 말한다. 그렇다 난 웃었다. 미친 듯이 웃었다. 나는 조금씩 천천히 채워가며 커간다고, 그릇이 커서 채워지는데 시간이 오래 걸린다고 생각했다. 힘들수록 늘 하던 대로 보이기 위해 똑같이 난 웃음을 잃지 않고 행동한다.

의식이 전부이다. 내가 결정할 때 두려움을 이겨내서 확신으로 결정할 수 있는 용기가 의식이다. 높은 의식으로 사랑을 베풀고 고마움을 느끼며, 건강한 웃음을 선물하고 되돌아보는 시간으로 성찰한다. 의식 확장만이 답이다. 우리는 한계가 없는 존재이다. 계획했던 삶을 살아가며 매일 멋지게 성장해

간다. 매일 나아가는 삶, 소명을 이루는 삶을 살아간다. 당신도 긍정을 담아 웃자. 당신이 가진 잠재력을 모두 펼쳐야, 만족에 가깝게 행복하다.

생활 속에서 무수히 많은 글쓰기를 하고 또 다른 사람이 글을 쓴 것을 읽으면서 정보를 얻기도 하고 가슴이 따뜻해지는 일상의 감동을 하기도 한다. 글쓰기와 읽기는 우리 일상 자체이다. 글을 읽으면 감동도 받고 공감하고 정보도 공유하는 여러 가지로 읽고 쓰는 세계에 우린 접해있다.

글 쓰는 것이 어렵지 않다. 자연스러워지기 쉽게 나의 일상을 적기부터 시작한다. 힘든 일이 있었으면 오늘 이런 일로 힘들었는데 이렇게 극복했다는 내용을 담는다. 학생은 학생이 느끼는 점, 공부하면서 힘든 점, 사춘기는 사춘기로 달라진 점, 감정적으로 변화한 점, 10대들의 꿈, 성인이 되면 무엇이 되리란 꿈을 가졌던 시절, 20대 이후가 되고 나니 10대에 아쉬웠던 점들을 10대들에게 이런 것은 놓치지 않았으면 하는 것들, 엄마는 아이를 키우며 육아의 노하우, 워킹맘은 직장을 다니며 육아로 힘들었던 점, 아빠 육아의 도움이 함께여야 하는 필요 점이나 중요 점들, 취업 준비생은 직장에 들어가기 위한 자소서 쓰는 법 등 면접에서 유리한 점, 직장인은 신입 때부터 승진을 하려는 노하우, 노후 창업자는 은퇴 후 창업을 하게 된 계기, 은퇴 후 새로 찾은 인생을 즐기는 방법 등 여러 가지 적을 것들은 남녀노소 쓸 내용은 무수히 많다.

두려워하지 말자. 나의 꿈을 실현해 나가고 언제 펼치게 되었는지에 대해 충분히 적으면 글이다. 풍부한 인생 경험이 많으면 나만의 스토리로 노하우가 넘친다. 당신의 스토리는 누군가에게 꿈이자 희망이다. 우리에게는 한계가 없다. 모든 것을 체험하며 원하는 것을 이루는 삶으로 살아간다. 직접 글을 쓰면서 변화를 느껴봐야 한다.

나의 글은 나를 반성하게 해주고 정리하게 해주고, 나의 내면을 들여다볼 수 있게 할 정도로 특별하다. 쓰겠다는 의지가 넘치면 열정으로 시작하는 계기가 된다. 글쓰기의 영역에서 점점 멀어지고 글 쓰는 자체를 못 쓰는 영역이라고 차단부터 하지 않으면 쉽게 써지고 재미가 난다.

나의 생각 정리가 되는 기회이고 나를 돌아보는 소중한 시간을 누린다. 내가 경험한 것들이야말로 값진 글감 재료이다. 글을 쓴다는 것은 아무나 하는 것이다. 특별해서 글을 쓰는 것이 아니다. 유명해서 글을 쓰는 것이 아니라 글을 써서 유명해지는 것이다. 글이 되고 책이 되는 경험도 글을 쓰면서 꼭 한번 해보라고 권하고 싶다.

나한테 현실이란 어두운 터널에서 마음속 꿈이란 등불을 들고 비틀거리며 끝없이 전진하는 마라톤 선수의 모습이었다. 시를 향한 열정으로 외로움을 삼켰다. 벽에 걸려 있던 시는 글자가 아니라 땀과 피가 어려 있는 꿈이다. 독설과 욕설의 환경 속에 가혹한 현실로 깨부숴졌던 꿈이었다.

매일 시 한 수를 눌러 쓸 때면 어둠보다 꿈이 주는 간절함이 더 컸기에 행복했다. 자존감을 지킬 수 있었다. 어둠은 꿈을 포장한 선물이라고 생각한다. 반복되는 인생의 낭비를 줄여 성공의 문에 더 바짝 다가서자. 나의 처지를 돌파하게 만드는 글을 쓴다는 것은 심장을 두근거리게 한다. 글만 썼을 뿐인데 삶이 바뀐다. 나를 스스로 지키자. 평범한 것에 나만의 이름표를 붙이자.

#3
글을 쓸 때 비로소 보이는 것들

인생의 가장 큰 기쁨을 느낀다. 내가 그냥 멈춰있었다면, 꿈을 꾸지 않았다면, 일반 직장인으로 회사를 위해 만족해하는 나로 살아가고 있을 것이다. 왜 하루 십만 원도 안 되는 돈을 벌며 만족하고 있을까? 왜 직장 다니면서 다른 꿈을 꾸고 변화하기 위해 노력하지 않는 것일까를 생각했었다. 사람들은 이런 나에게 말한다. '그냥 하던 일이나 잘해', '그냥 하던 일이나 하지 뭘 자꾸 일을 벌여', '그냥 애나 잘 키우지 뭘 한다고 저래' 등 무언가 다른 생각을 하려 할 때 한 번씩 들려주는 소리이다.

난 결심했다. 나는 글을 쓰면서 성장한다. 내가 얼마나 큰일을 해낼 수 있는 사람인지를 그들에게 보여주리라. 글을 쓸 때 정신이 맑아지고 기운이 났다. 뭔가 머릿속 나쁜 것들이 빠져나간 느낌이었다. 가뿐하고 깨끗해진 느낌이 들었다. 뇌에 비타민을 준 느낌이었다. 자신감이 생기고, 시간 가는 줄 모르게, 힘들지만 참으로 행복한 시간이다.

가치 있는 목표를 향해 성공하기를 원한다면, 목표를 생각만 해선 안 된다. 목표를 잡는 순간 움직임을 시작해야 한다. 그래야 성장한다. 우린 항상 바쁘다. 이것저것 챙길 것이 많으므로 바쁜 생활이 계속된다. 그렇다고 짬 시간이 전혀 나지 않는 것은 아니다. 충분히 글을 쓸 시간은 있다. 글쓰기는 시간이 부족한 것이 아니라 노력이 부족한 것이다.

글 쓸 시간이 없다고 생각하는 것 자체가 마음에 한가득 글에 대해 짐을 안고 있어서 그렇다. 시간 많이 뺏어가며 스트레스받지 말고 주어진 시간만큼 최선을 다해 글을 적으면 된다. 어찌 보면 평범한 일상이 가장 글쓰기에 좋은 시간이다. 괜찮으니 누가 뭐라 든 충분히 지금 잘하고 있는 것에 집중해라. 부족한 시간 쪼개어 알찬 결실이 나온다. 우리는 모두 메뚜기가 아닌 거인이다. 생각지도 못한 방법으로 좋은 일이 생긴다. 지금 내가 하는 생각은 현실이 되어 줄 것이다.

내 눈에는 보이고 당신 눈에는 왜 보이지 않을까? 미처 보지 못했던 비밀은 처한 상황에 따라 달라 보인다. 나의 결심이 나를 이롭게 한다. 결심 후 반복된 행동이 더욱 신뢰감을 준다. 걱정이 실천되면 설렘으로 바뀐다. 자기계발 종결판이다.

자신이 평범한 직장인이라면, 평범한 남편이자 아내라면, 자신의 지식과 경험 스토리를 담아 책을 써서 인생 2 막을 시작해야 한다. 또 다른 인생 2 막을 위해 성공 마라톤을 시작하는 순간 '꼭 완주한다.' 앞으로 어떻게 하겠다가 중요하지 않다. 실천하는 것이 중요하다. 한눈에 보는 성공 수업, 또 다른 월급통장으로 미래를 바꾸는 공식이 환경을 바꾸는 것이다. 평균은 항상 나를 속인다. 세상의 진실을 아는 나이니, 주인공으로 살아라. 배경 처리된 인생으로 살지 마라.

'평생 일을 할 수 있을까?', '더 무슨 일을 할 수 있니?' 나는 스스로 질문을 던진다. 자신에게 질문을 해본 사람은 이것이 무슨 암시인 줄 안다. 많은 일을 하면서 다양하게 살아왔다. 시련이 있었기에 가능했다.

파산의 시련으로 인해 어려움 난관 엄청 많았다. 빚을 경험하지 않다가 빚을 접하니 수렁에서 못 빠져나왔다. 허우적거리지도 못했다. 굴욕적이었다. 생각을 달리 가졌다. 내 인생이 안 좋아진 건 경험이다. 돈을 벌어서 나혼자 독식하지 않고, 맨발로 맨몸으로 이루었다. 더 좋은 집안 더 잘 나가는 집안에서 태어났다면 나란 존잰 없었을 것이다. 금수저이니 은수저이니 요즘 수저 얘기를 많이들 한다. 금수저가 아닌 것이 불행이 아니다. 나의 불행과 행복은 남과 비교할 때이다. 높은 곳을 향해있는 남과 비교할 때 불행해진다.

"문 하나가 닫히면 이내 다른 문이 열린다는 것은 특별할 것 없는 인생의 규칙이다. 그러나 닫히는 문에 연연하여 열린 문을 소홀히 한다는 것이 인생의 비극이다." 앙드레 지드의 말이다. 나에게 열린 문은 글쓰기였다. 글을 쓸 때, 인생이 비탈길이어서 보이지 않았던 나의 실체를 보게 되었고, 고스란히 글에 담았다. 어렵고 힘들 때, 인생의 돌파구가 있다. 죽은 것처럼 살지 마라. 요즘은 가만히 있다고 중간 가지 않는다. 나의 미래를 글로 표현하고 시각화하며 상상의 힘으로 빠르게 성장했다.

나는 글을 쓰면서 두려움을 없앴다. 나의 인생을 유람선 여행하는 느낌이다. 인생도 마찬가지다. 투자는 더러운 이야기가 나오는 바닥에서 사야 한다. 내 목표와 내 꿈의 투자는 더러울 때 사야 하는 고통의 사업과도 같아 보인다. 투자의 팁처럼 힘들 때 고통이 올 때 자신에게 가치 투자를 하자. 예쁠 때 사면 고점일 가능성이 높듯이, 살면서 예쁜 길만 꽃길만 있지 않다.

잔잔한 물에 돌멩이를 하나 던지면 물결이 일어나며 퍼진다. 잠자는 꿈에 작은 돌멩이 하나 던져 보자. 성공한 인생을 살아보고 싶다면, 가치 있는 일을 하고 싶다면, 빨리 결정해야 한다. 결정하는 자와 결정하지 않는 자의 선택은 크다. 망설이는 하루가 일 년을 망칠 수 있다. 일 년에 맞먹는 시간을 허비하는 것이다.

힘들 때 극복해라. 큰 인물이 될지 아무도 모른다. 건강하게 꿈을 잃지 않는 것이 제일이다. 젊었을 때 도전하라. 젊었을 때는 실패는 없고 좌절만 있다. 돈이 없으므로 잃을 것도 없다. 실패할 것이 없다. 실패한 것이 아니라 좌절했을 뿐이다. 도전을 멈췄을 때 그것이 실패다. 찬바람 맞은 꽃은 죽지 않는다. 비닐하우스 속 꽃은 비닐을 걷는 순간 죽는다.

옛날 기억 아픈 것 되새길 필요 없어서 안 하고 살았다. 단점을 계속 묻는 건 폭력이다. 지금 이 순간 꿈꿀 때 제일 좋다. 내 갈 길은 내가 간다. 더 나아가 가슴 뛰지 않은 건조한 삶을 살아가는 많은 이들의 가슴을 뛰게 하고, 항상 감사하고 행복한 삶을 살 수 있도록 도움을 주는 삶을 산다. 더 나은 삶, 멋진 인생을 살아갈 수 있도록 긍정 에너지 듬뿍 나눌 수 있어 행복하다. 알아서 척척 잘 해내는 최고가 되어 함께하는 사람들이 잘 될 때 제일 행복하다. 나의 인생은 글쓰기와 봉사로 충분히 행복하다는 것을 글로 쓸 때 비로소 보게 된 것이다. 내가 행복해야지 봉사를 하는 것이 아니다.

글쓰기와 봉사도 같다. 작지만 그 속에 있는 뭉클함이 자리를 빛내고 있다. 글쓰기가 필요하지 않은 인생도 없고 글쓰기에는 왕이 없다. 찬물이 미지근해지고, 미지근한 물이 점점 뜨거워지는 것이다. 절대 갑자기는 없다. 부동산 시장에서도 투자할 때 비로소 보이는 것들이 존재한다. 부동산 시장에서 바닥일 때 꿈을 꾸면 안 된다. 바닥일 때 꿈이 없다. 꿈이 없어 보인다. 왜냐

하면, 더러운 이야기만 나오기 때문이다. 역으로 생각해보면 바닥일 때 사면 망할 수도 있는 모험인데 투자자들은 더러운 바닥에 모여든다. 더러울 때 사야 하는 투자는 고통의 사업이기도 하다. 지나고 보면 고통이었을 때가 가장 매력적인 가격이고, 투자는 더러울 때 사는 게 진리이다. 아프기만 한 인생이 어디 있고 행복하기만 한 인생도 없다는 것도, 글을 쓸 때 비로소 보이는 것들의 진리이다.

벼랑과 난관에 빨리 행군하여 앞장섰기 때문에, 도전을 멈추지만 않으면 당신은 성공한다. 벼랑에 설 때 떨어지면 실패다. 벼랑에 설 때 스스로 일어나야 한다. 당신 스스로 습득하여 익혀야 한다. 이 마음을 한 번쯤은 갖고 시작하자. 간절히 원하면 내가 아니어도 주위에서 이루어지는 나침반이 되어주기도 한다. 끝이 어떻게 될지 아무도 모른다. 젊은 사람들한테는 책의 영향력이 큰데 책 읽기만 해서는 인생이 달라지지 않는다. 요즘 독자 신분 시대가 아닌 저자 신분 시대이다.

나는 글쓰기 시작하여 책 쓰기로 당당하게 사는 법을 배웠다. 자신을 알리면 성공이 따라서 온다. 당신을 알리는 최고의 방법이다. 자신만의 책이야말로 박사학위보다 더 위대한 것이라 감히 말하고 싶다. 현재 여러 전문가가 시간이 지날수록 학위가 유명무실하다는 것을 알고 책을 펴낸다. 요즘 많이 느끼는 실제 상황이다. 수천만 원의 돈을 들여 고생하며 공부해서 이룬 학위로 인생 2막에 크게 도움을 받은 사람은 그리 많지 않다고 한다.

자신의 이름으로 책을 써낸다면 자신이 써낸 책으로 작가 선생님으로 전문가로 인정된다. 새로운 인생으로 가족뿐만 아닌 주위 사람들에게 인정과 존중을 받게 될 것이다. 나의 스토리를 고스란히 담아 펴낸 책으로 성공하여

라. 책을 써야 하는 시기는 바로 지금이다. 자신의 꿈과 미래를 가치 있는 인생으로 살아가길 바란다. 당신의 책은 힘든 시련을 겪는 사람들에게 도움 되는 책이 될 것이다.

#4
당신의 모든 기록이 글이다

알코올중독 가정에서 자란 사람들은 알코올중독이 얼마나 중요한지를 안다. 아버지가 술만 좋아하는 것이 아니다. 경제적으로 무능하게 되고, 정서적으로도 무능하게 되고, 술을 먹기 전과 후가 너무 두렵다는 것을 안다. 너무 끔찍하다는 것을 안다. 이런 가정에서 자란 아이들이 끔찍함을 알면서도 정상인의 4배 이상으로 중독자가 된다고 한다. 중독을 가진 사람과 결혼을 한다고 한다. 이 통계가 맞는다는 것에 깜짝 놀란다. 내가 후자였다. 어떻게 상처를 치유하고 회복할지 고민했다. 불행은 반복된다는 말도 맞다고 생각했다. 상처를 피하려다 더 큰 상처를 만난 것이다.

이런 환경을 극복하고 회복한 안데르센에 대해 적어볼까 한다. 교과서의 위인 동화작가 안데르센을 모르는 사람이 없을 것이다. 나도 안데르센의 동화를 보고 희망을 꿈꿨던 어린이였다.

안데르센은 가난한 구두 가게 주인의 아들로 태어났고 글 쓰는 것을 좋아했다. 안데르센 엄마는 매춘부였고 친엄마한테 맞으며 매춘을 하기 위해 길거리를 돌아다녔고 길에서 임신하고 임신한 배로 다른 곳으로 도망가 한 남자를 만났다고 한다. 그 후 태어난 아이가 안데르센이다. 의붓아버지는 정신분열자로 자살하고 엄마는 알코올중독으로 죽는다.

안데르센은 가난으로 사람들에게 멸시받고 고생했던 일들이 떠올라 정원을 걸었다. 연못에서 못생긴 아기 백조를 보았고 물에 비친 자신의 모습을 보고 생각에 잠겼다. "지금은 볼품없지만 곧 어미처럼 멋진 백조가 되겠지." 그런 생각을 하다가 쓰게 된 작품이라고 한다. 안데르센의 "미운 오리 새끼"가 자신을 이야기한 셈이다.

안데르센의 삶에 대해 알고 나니 슬펐다. 어릴 때 "미운 오리 새끼"는 희망을 주고 꿈을 꾸게 했었다. 어른이 되어서 다시 읽어보니 큰 감동이 밀려온다. 안데르센 삶 자체가 백조가 되었다.

나의 어린 시절도 미운 오리 새끼였고 외로웠다. 나 또한 중독, 가난, 폭력 모든 불행의 종합세트였다. 불행하다고 불행한 경험만 생각하며 분노하곤 했다. 그럴수록 더 화가 났다. 내가 한 것은 그저 원망하고 분노만 했던 것인데, 불행은 반복되었다. 결국 피하려 했던 알코올중독 아빠 모습과 똑같은 사람을 선택하고 말았다.

안데르센은 아프고 힘들었던 시간을 받아들였다. 불행을 경험하고 행복을 찾는 상상으로 방향을 잡았고 난 불만과 분노만 채웠던 것이었다. 그와 다른 선택이 큰 차이가 있다. 이처럼 상상이 우리를 지배한다. 상상의 힘으로 원하는 그림을 구체적으로 제대로 그려야, 틀린 그림을 두 번 그리지 않게 되는 것이다. 이젠 다른 그림을 그릴 준비를 한다.

불행이 축복이라고 생각해 본 적은 없지만, 불행 종합세트의 경험들이 나에게 큰 자산이 되었다고 생각한다. 시련으로 인해 나는 많은 경험을 하였고 경험으로 깨달은 것들이 자산이 되었다.

　과거의 상처에서 벗어나려 노력해도 잊는다고 잊히지 않는다. 용서하는 것 또한 어설프게 용서가 되지 않는다. 불행을 반복하지 않으려면, 불행을 바라보는 관점에 변화를 끌어내야 벗어나는 힘이 된다. 지혜가 있는 사람은 기쁜 일이 있어도 크게 기뻐하지 않고, 슬픈 일이 있어도 크게 낙담하지 않는다. 모든 것은 한때의 모습일 뿐이라고 한다.

　내가 예상하지 못한 일이 바로 글이다. 결국 뿌리를 하나 표현하고자 하는 욕망이 글쓰기로 오게 됐다. 난 늘 포기가 빠른 편이었다. "할 수 있어"라며 포기하지 않는 사람이 내 주위엔 별로 없다. 포기가 빠른 사람이 많아서 나도 항상 포기하고 별 미련을 보이지 않았다.

　닥쳐온 사업 실패로 갈수록 어려워지는 집안과 일하고 또 일해도 벗어나지 못하는 가난과 이런 것들은 마지막 자존감까지 무너뜨렸다. 가난은 그저 돈이 없다는 것을 의미하지 않는다. 인생을 자살이라는 단어로 매도시키려 했던 시간도 있었다. 죽음의 그림자가 찾아오고 난 그림자와 손을 잡은 것이다. 나에게 죽는다는 것이 내 인생이 더는 새로울 것도 대단할 것도 없었던 시기라고 여겼다. 인생의 마지막 페이지를 예감하며 죽음의 시간으로 손목을 그었다.

　눈을 뜨니 병원이었다. 자살하는 사람을 이해할 수 없다고 "죽을힘으로 살아야지" 했던 내가 자살을 시도한 것이다. 깨달음이 왔다. 인생을 집어삼킬 것 같은 공포에 압도당해 우왕좌왕하다 죽음을 선택한 행동을 한 것이었다.

　이후 나에게 변화가 왔다. 자유의지로 선택한 죽음이기에 누구도 옳고 그름을 이야기할 수 없다. 더는 남의 죽음에 관해 자살이라는 이유로 함부로 입

방아를 찧는 짓 따위는 하지 않게 되었다. 삶이라는 것이 아무리 잘 살아도 마지막엔 후회가 남을 수밖에 없다. 그런데도 최대한 후회하지 않는 삶을 살아야 한다. 인생의 적기를 놓치지 않는 그것을 깨달은 것만으로도 가치가 있다고 본다.

어제 나에게 죽음을 넘나드는 그 사건이 있었는데도, 오늘이 똑같이 왔다. 하루는 매일 그렇게 똑같이 온다. 똑같은 오늘이 없을 번한 오늘이 세상은 아무 일 없는 듯 똑같이 흐르고 있다. 난 어떻게 오늘을 똑같이 보낼까? 이렇게 혼자 적당히 아파하다가 적당히 우울해하다가 세상이 그렇듯 아무 일 없는 듯 휩싸이면 된다.

힘든 상황을 뚫고 나오는 희망은 살아갈 용기를 되찾게 해준다. 무엇을 결정하더라도 그것이 어려울 때 당장 결정하지 말자. 우리가 언제 한시라도 편안했고 걱정 없던 때가 있었는가? 이래도 걱정, 저래도 걱정인 게 사람이다.

기회는 어려울 때 온다. 이제부턴 부정적인 사람들과 절대 어울리지 말고 긍정적이고 도전적인 인생을 살아라. 기회다. 지금부터 나에게 기회가 왔다. 어려움 극복할 힘을 길러주고 마음을 다스리고 다시 살아가게 해주는 기회를 만든다 여겨라.

세상을 움직이는 건 바로 희망이다. 나는 희망의 글을 만난다. 붓이 가까이 있고 종이가 가까이 있는 것은 나 자신의 숨통이다. 환경에 불만이 많았지만 인생은 내가 개척하는 것이다. 힘들어도 난 웃는다. 더 크게 웃는다. 웃으면서 인생이 달라졌다. 나의 인생을 사랑하게 되었다.

인생을 두고 협상하지 말자. 행복에도 학습이 필요하다. 학습하지 않으면 사육당하고 이용당하게 된다. 행복을 학습하게 되면 자존감이 높아진다. 행복을 물질적인 충족으로 설정해버리면 가치의 기준이 흔들리지만 행복학습을 통해 행복지수로 충족감과 행복감이 높아진다면 웃음이 절로 나온다. '나는 행복하다'를 되뇌는 것이 행복해지는 데 도움이 된다. 효과는 있다. 그러나 그렇게만 하면 오래가지 않는다. 무의식의 행복에도 관리가 필요하기 때문이다.

사람 때문에 힘이 들 때도 사람이 힘이 될 때도 있다. 사람이 답이다. 사람으로 힘들다고 혼자 고립되지 말자. 혼자 있으면 비 오듯이 우울해진다. 나를 위해서는 먼저 나와 친해져야 한다. 나를 억압하고 밀어내면 나의 내면은 분열된다. 몸이 있는 곳에 마음이 있어야 한다. 남에게 집착하지 말고 주변 사람들과 친해지자. 우리는 더불어 살아가는 존재다. 사람을 만나며 웃으며 소통하는 것이 나의 우울함을 극복했던 수단이었다.

몸이 아프면 병원을 간다. 약을 처방받고 급한 불을 끈다. 건강 유지하려고 운동을 한다. 왜냐하면, 다시 아프지 않으려는 노력이다. '마음이 아프면 어떻게 할까?' 마음이 행복해지려면 학습을 해야 한다. 훈련이 필요하다. 그렇게 하지 않고 그냥 행복해지는 일은 없다.

선택했으면 무조건 밀고 나가라. 후회나 평가는 그다음에 해도 된다. 버스 떠나면 다른 버스를 기다리면 된다. 놓친 버스를 타야 늦지 않을 것 같은 건 착각이다. 그 버스가 중간에 고장 나서 멈출 수도 있고 사고가 날 수도 있고 놓쳤기에 모르는 일이다. 놓친 버스를 타야 일찍 도착할 것 같지만 인생을 살다 보니 그렇지만은 않았다. 뒤따르느라고 늦은 것도 앞선다고 빠른 것도 아녔다.

#5
당신을 바꾸는
글쓰기 엔딩 수업

우린 학교에서 답만 찾고 답만 말하며 살았다. 정작 성인이 되어 나 자신의 인생의 답은 말하지 못하고 있다. 인생에 질문하고 싶다. 답에는 나 자신이 없지만, 질문에 나 자신이 있다. 우리는 질문하는 사회에 익숙하지 않기에 질문을 싫어하고 꺼린다. 학교에선 지식을 가르쳐 답만 요구된다. 그 답엔 지혜가 없다. 나에겐 인생수업이 필요했다. 인생엔 지식이 아닌 지혜가 있어야한다. 질문 속에 지혜가 요구된다.

질문을 잘 못 하는 것도 병이다. 말하고 싶은데 말 못 하는 난 거의 중증일 정도이다. 자존감이 낮아서 마음속에 수많은 질문지가 있는데 밖으로 꺼내 보이지 못했다. 꺼내지를 않으니 질문하는 방법을 알 수가 없었다. 대화하다가 끊기는 현상이 발생하곤 한다. 질문할 줄 모르기 때문이다. 글쓰기도 꺼내 쓰지 않으려 하기 때문에, 쓸 줄 모른다고 말하는 것이다. 톱니바퀴처럼 돌아가는 인생을 개발하며 살아가려 나는 연속해서 모험을 시도하고 겪는다. 끊임없는 인생수업이 필요하다.

말을 잘하고 싶었다. 쇼핑호스트처럼 애드리브 되는 스피치를 하고 싶어서 유명한 선생님을 찾아 등록을 했다. 기술을 배우려 투자를 아끼지 않았다. 4주 과정으로 진행되었고 과정이 종료된 시점에 난 변화가 없었다. 다시 7주 과정으로 업그레이드 시켜 스피치과정을 다시 들었다. 과정 중에는 목소리와 말투가 변하는듯하더니 다시 수업이 종료되면 그대로였다.

난 나의 목소리와 말투는 변하지 않는다고 스스로 판단하고 포기하려 했다. 선생님이 노력만 한다고 되는 것이 아니라고 방법을 몰랐던 것이라며 개인 코칭을 해주면서 좋아지기 시작했다. 시험 범위 안에 있는 것을 공부 안하고 핵심에서 벗어난 것만 분량만 늘려 공부한 학생이 바로 나였던 것이다. 무대에 오르게 되었다. 가슴은 쿵쾅쿵쾅 요동을 쳤지만 말이 떨리는 현상 없이 술술 나왔다. 스스로 동기부여가 되니 달라졌다.

말을 잘 하지는 않지만 많은 관객 앞에서 용기 내어 준비한 말을 다 해낸 것에 기뻤다. 그동안 훈련받은 스피치로 무대공포증이 사라진 것만으로도 훌륭한 결과였다. 가족과 함께 결과를 공유하고 싶은 마음에 한 걸음에 달려 들어갔다. 마주하는 가족 앞에 난 소외되어 있었다. 인생에서 또 다른 가족을 그들을 안다는 게 얼마나 좋은 일이라고 부풀어있었는데 난 소외되어 아파했었던 날이다.

내 옆을 지켜주는 가족과 함께 행복을 꿈꿔왔건만 지나친 욕심이었다. 그들에게 보여주고 싶었다. 나의 외침을 들려주고 싶었다. 나의 모든 도전을 솔직히 말할 수 있고 가장 어려운 시기도 함께 헤쳐 나갈 수 있는 가족이 되어 줄 거라 믿었다. 가족들은 이 세상에서 다른 누구보다 더 낫다는 걸 내가 상심할 때 항상 북돋아 주려고 하는 가족이기를 내 가족들이 최고이길 바랐다. 나와 다른 방향으로 다른 곳을 보고 있었던 시댁 가족들의 그때를 기억 저편으로 보냈다.

나의 외침을 들어줄 글이 있기에 썼다. 부정적인 일들이 글쓰기로 엔딩되어 사라진다. 내 마음이 평온해진다. 나를 옭아매던 풀리지 않던 일들도 부딪히지 않게 되었다. 소소한 글들이 큰일을 해내고 있었다. 나에게 용기 주는 글이 나쁜 기운을 제압하고 뛰어넘어 설 용기를 나에게 심어주었다.

주변에 관심을 가지지 않는 삶은 어떤 좋은 인간관계의 형성이 어렵다. 나와 다른 행동에 관심이 있다면, 그 사람의 행동에 이유를 찾아내 주고, 따뜻한 좋은 시선으로 보아준다. 그 사람을 모르고서야 어찌 좋은 관계가 남겠는가? 이런 사람 저런 사람 다양한 사람들 있지만, 겪으면서 풀어가지 않는 삶은 한 면만 보는 것과 같다. 자신을 바꾸는 글쓰기로 편견과 선입견을 내려놓으면 삶이 한결 가벼워진다.

나를 바꾸기 위해 과거와 결별했다. 과거와의 엔딩을 글쓰기로 한 것이다. 글쓰기를 통해 과거와 이별하는 것이 자신을 바꾼다. 글쓰기는 나의 가장 큰 힘이었으며 모든 발자취이다. 요즘 정말 많은 사람이 글쓰기에 관해 관심을 보인다. 좋은 글쓰기 수업이 없을까? 찾는 사람이 많다. 듣고자 하는 목적이 무엇일까? 단순히 글을 잘 쓰기 위해서일까? 글을 잘 쓰기 위해 배우는 것이라면 최종적인 꿈이 될 수 있는 '작가'가 되고자 하는 것은 어떤가? 글쓰기의 최종 정착지는 자신의 이름으로 낸 책을 쓰는 것이다.

글쓰기를 한다면 책을 쓸 수 있는 모든 것이 해결된다. 단순히 글쓰기가 아니라 명확한 결과물을 낼 수 있는 글쓰기가 답이다. 제대로 배운다면 누구나 글쓰기를 넘어 책 쓰기를 할 수 있는 시대이다. 글을 쓴다고 결심하는 순간 당신의 인생이 달라진다.

차이를 만들어내는 인생을 살고, 그것을 다른 사람들에게 가르쳐라. 하고 싶다는 생각도 할 수 있다는 생각도 모든 것은 생각에서부터 시작된다. 긍정적인 생각은 내일을 향한 추진력의 원동력이므로 실행의 리더십이 필요하다. 할 수 있다는 굳은 의지로 이기는 하루가 되어가게 해야 한다. 일을 많이 한다고 해서 삶이 나아진다는 법칙은 없다. 일만 하지 말고 나를 보살피며 잘 살기 위해 열망하여라. 일의 차이를 두어라. 차이를 열망하여라.

내가 의욕 없이 나태해지려고 할 때 끊임없이 노력하는 사람이 무수히 많다. 그만 멈춰있어야 한다. 어서 일어나야 한다. 긍정은 또 다른 긍정을 낳는다. 용기 내어 힘을 내야 한다. 어떠한 일에도 연습한 사람에겐 대적할 수가 없다. 더 빠르게 효과적이다. 행동이 먼저이다. 실패를 두려워하지 않는 최후에 웃는 인생이 펼쳐질 날들을 상상하며, 늦은 나이라고 생각하지 말자.

당신을 바꾸는 글쓰기 엔딩 수업을 위한 조건은 곁에 멘토를 두는 것이다. 당신은 초보이고 주위에 물어볼 고수가 없다면 당신은 반드시 한 번 이상 실패할 수 있다. 성공하기 위한 조건은 고수를 만나는 것이다. 그렇게 시행착오를 줄여야 한다. 과정을 경험한 사람들의 이야기를 들어라. 선배들에게 교훈을 들어서 같은 실수를 저지르지 않도록 하라. 확실한 문제 해결 능력과 전략적 사고 능력을 보유한 사람들을 찾아라.

머릿속으로 하지 말라. 직접 써야 한다. 약점을 하나하나 살펴보고 어떻게 보완할지 결정된다. 쓰는 게 싫어도 써라. 꼭 필요한 재능을 가진 사람에게서 직접 새로운 기술을 배울 것인지 정하라. 정하였다면 집중력을 잃지 말고 끈기 있게 버텨라. 상상력과 공감력을 키워 행동 장치로 만들어라. 실패를 보는 태도를 바꾸어라. 작게 시작해서 천천히 성장하라. 그래야 자기 속도를 지킬 수 있다.

들기 좋은 말을 해 주는 사람이 아니라 솔직한 사람이어야 한다. 잠재력을 극대화하는 코치를 두어라. 코치는 긍정적인 방향을 지원한다. 멘토의 도움을 얻기 위해 실제 꼭 만나야 할 필요는 없다. 절대적으로 직접 만날 수 없는 역사 속 인물도 있다. 멘토로 삼은 글과 이야기를 통해서 배움을 터득하고 연구한다.

스스로 코치나 멘토가 되어주는 것도 가장 좋은 방법이다. 피드백을 받는 것만으로 뇌가 긍정적인 기분 좋은 물질이 나오는 건 아니다. 피드백을 주고 용기를 줄 때도 긍정적인 기분 좋은 물질이 나오는 같은 증상이 일어난다고 한다. 남을 도우면 스스로 나를 돕는 셈이다.

멘토를 꼭 만나야 한다는 고정관념을 깨고, 만날 수 없는 사람도 나에게 멘토가 될 수 있으니, 인생을 바꾸고 싶다면 멘토를 만들어라. 일상에서 당신에게 계속해서 자기 생각들로 직행할 수 있는 혜택을 안겨준다. 당신을 바꾸는 글쓰기 엔딩 수업이다.

6

부를 끌어당기는
글쓰기를 하라

경제적으로 자유로운 건강한 부자를 꿈꾸는가? 두 번째 월급통장을 만들어라! 왜 한 달에 한 번만 월급을 받아야 하는가? 월급을 넘어설 때 경제적 자유가 생긴다. 경제적 자유를 누리는 방법을 배우며 매일 꾸준히 반복하고 절대 포기하지 않는게 성공 법칙일 것이다. 가장 쉬운 법칙이지만 아무나 할 수 없다. 희생을 감수하겠다는 정신과 끈기와 인내는 성공자들이 가진 가장 큰 무기다. 성공하고자 한다면 우리도 이 무기를 장착해야 한다. 반드시 성공하겠다고 다짐하자! 지금 당장 집중해서 노력하자! 포기하지 않겠다고 결심하자! 오차 없이 꿈은 이루어질 것이다.

우리는 최대한 사소한 일상을 줄임으로써 자기계발을 위해 시간을 투자해야 한다. 나도 온전히 직장과 가정생활에 쏟아부은 시간 외에는 자기계발에 집중하며 꿈을 향했다. 자기계발을 위해서는 '집중'과 '선택'이 중요하다. 목표를 세웠다면 우선순위를 목표대로 놓고 선택한 것에 집중해야 한다. 선택만 하고 집중하지 않으면 중요하지 않은 일에 급하지 않은 일에 시간을 뺏기고 정작 나의 목표는 점점 희미해지고 만다. 그러다 보면 내가 정했던 목표가 해야 하는 이유보다 하지 말아야 하는 이유가 더 많아지면서 결국 포기하게 된다.

글을 쓰는 건 대단한 건 아니지만, 쓰다 보면 세상이 보이기도 하고 중간에 포기하면 아무것도 못 보고 세상을 탓하기도 한다. 나는 힘든 일이 있어도 글 쓰는 것이 이것처럼 마음을 좋게 하는 일이 없다. 글을 쓰고 다들 힘냈으면 하는 마음도 크다. 나는 글을 쓰면서 작게는 청소부도 되었다가 크게는 대통령이 되기도 한다. 상상하고 적는 글 속엔 나만 누릴 수 있는 행복이 있다. 목표란 하는 만큼 되는 일이다. 힘내서 하기만 하면 된다. 글쓰기를 통해 목표를 다짐하는 건 내 어깨를 다독여주는 느낌 같다.

일을 하면서도 글 쓰는 것을 멈추지 않았다. 더 치열하게 글을 썼다. 고달팠던 과거를 글쓰기로 극복했다. 나에겐 기적을 만들었다고 할 수 있다. 결국 그 기적은 책 쓰는 작가의 명함을 주었다. 내가 진정으로 좋아하는 일을 만나게 된 것이다. 책을 읽는 독자에서 책을 쓰는 작가로 신분 상승한 것이다. 글을 쓰고 책이 만들어지고 강연을 다니며 상상만으로도 기분이 좋았던 기억이 난다. 그렇지만 그 상상이 이젠 현실이 되었다.

은퇴 후 앞으로 30년 어떻게 살 것인가? 나의 지식과 경험을 가지고 어떻게 시작해야 할지 막막하다면 지금 바로 당신의 콘텐츠를 발견하여야 한다. 억을 쓰는 창업이 아닌 억을 버는 지식창업을 해야 한다. 은퇴 없이 사는 법이다. 글쓰기를 통해 자신의 꿈을 현실로 만든 경험으로 지식창업에 도전했다.

소통의 장으로 카페가 필요해서 〈브랜딩 글쓰기연구소〉 카페를 만들었다. 가겠다고 결심하면 그곳으로 향했다. 자신의 경험과 지식으로 1인 지식창업가로 나아가는 것이 노동력 투자 대비 최고다.

내 길을 개척하는 대로 간다. 내가 글을 쓰고, 강연하고, 코칭하고, 컨설팅하면서 다른 꿈을 키우고 다른 꿈을 꾸는 이유는 꿈이 이루어지는 것을 보면서 살아가는 가장 큰 행복이기 때문이다. 내가 쓰고 있는 이 책을 읽고 단 1명이라도 삶이 달라지는 글쓰기를 도전한다면 그거면 족하다. 새로운 길을 열어 삶이 달라지는 경험을 곧 느낄 것이고 앞으로 더 달라질 것이기 때문이다. 다른 인생으로 살아가는 첫발을 내디딘 것이다. 부자 되는 습관과 행동이 정말 중요하다. 성공하는 습관을 나의 모습으로 만들어 부를 끌어당기는 글쓰기를 한다.

반복을 통해서 학습을 통해서 반복의 기술로 인해 원하는 부를 끌어당기는 그 길로 갈 수 있다. 힘들어함이 맞설 때 이것이 과연 시험일까를 고민했다. 나의 삶은 형벌과 같은 반복을 했기에 힘들기만 한 것이 반복되니 벌을 받고 있는 듯했다. 잘못된 습관의 반복으로 부를 차단하기까지 한 것이다. 부를 끌어당기기 위해 목표를 설정하고 목표를 즐겁게 즐겼더니 극복이 되어 갔다. 부가 다시 끌어 올라오면서 길을 개척해 나가는 모습이 생겨났다.

반복으로 나쁜 습관은 이미 경험을 했기 때문에, 좋은 습관이 몸에 익숙해지기까지는 단속을 철저히 해야 한다. 부정적인 의식이 접근하는 순간 다시 망가지는 건 많은 시간이 걸리지 않는다. 작은 것부터 목표를 잡고 실천해 보자. 조금씩 달성하면 목표 달성의 성취감과 함께 자신감도 생겨 다음 목표는 쉽게 접근이 가능하다. 목표를 놓치지 않게 붙들어 제대로 좋은 의식을 심어주고 좋은 습관을 반복하면 부를 끌어당기면서 축복 된 삶을 누리게 된다.

부를 끌어당기는 진정한 글쓰기란 목표를 위해 의식을 확장하고 비전을 점검해서 행동 변화를 끌어내야 한다. 잘 써야 한다는 조급한 마음이 가득해 여유도 없이 걱정하는 것은 금물이다. 풍요로운 마음을 가지면 글은 알아서 써지기 마련이다. 부를 끌어당기는 글쓰기는 가슴이 끌려야 하는 이유다. 좋아하는 글을 웃는 마음으로 즐기며 최선을 다해 쓰면 된다. 마음가짐이 달리하면 성과 크기가 달라진다. 돈과 시간을 글쓰기에 집중하면 잘 써진다. 그럴수록 배움에 투자하라. 가치를 줄이는 행동은 그만하고 새로운 나를 받아들여 흔들림 없이 행동하자. 머릿속에만 있으면 변화하지 못한다. 죽은 사고나 마찬가지다. 묵혀도 좋으니 무조건 글을 써라. 아주 작은 차이가 큰 차이를 만든다.

정말 중요한 일만 하라. 글은 고생스럽게 써야 한다는 말은 요즘 시대에 어울리지 않는 말이다. 틀에 박혀있는 사고는 지우는 게 좋다. 고생하며 참는데 많은 에너지를 소모해서 그렇다. 작은 일에 많은 신경을 쓰면 정작 중요한 일에 쓰지 못한다. 제한적인 에너지를 쓰는 것이 더 효과적이다. 기회는 자주 오지 않는다. 제안을 해오면 바로 받아들이겠다고 응답하자. 처음에 받아들이고 고민은 나중에 해라. 풍요로움을 맛볼 수 있다.

나쁜 습관

1. 험담하기

2. 비판하기

3. 부정성 - 모든 것을 다 부정부터 한다.

4. 불평, 불만

5. 변명 - 남 탓을 하며 자신은 책임지려하지 않는다.

6. 치장이나 과장 - 거짓말하는 사람 말은 듣고 싶지 않다.

7. 독단주의 - 사실과 의견을 혼동하는 것

좋은 습관

1. 정직 - 말을 솔직하고 진실하게 한다.

2. 진정성 - 자연스러운 것

3. 도덕성 - 말을 지키면 신뢰하게 된다.

4. 사랑 - 사람들이 잘 되게 하는 마음이 생긴다.

나쁜 습관과 좋은 습관을 간단하게 살펴보았다. 당신이 해당하는 습관이 있다면 바꿔보길 바란다. 오늘 그 사람이 누구를 만난 지를 보면 10년 뒤의 모습이 보인다. 왜 그럴까? 매일 살아가는 모습이 나의 전체 모습이다. 제대로 된 인생을 만들려면 오늘 무엇을 해야 할까? 내 몸 깊숙한 것까지 빼내어 생각해 보라. 습관부터 고쳐보도록 하자. 부를 끌어당겨 보아라. 습관이 바뀌면 당신의 매력으로 중력의 법칙처럼 부가 끌린다.

감정을 덜어내는
글쓰기를 하라

난 독한 말을 많이 들어서 의욕이 없어졌기 때문에, 다시 회복하는데 상당히 많은 시간이 필요했다.

나에게 독한 말을 쏘아붙일 때 "닥쳐"라고 하지 못했다. 맞서기가 두려웠기에 나쁜 표현을 계속 들었다. 내가 무슨 말을 해도 받아주고 들어주는 친구가 바로 글쓰기가 되었다. 글로 "닥쳐"를 쓰고 "그만해"를 수없이 털어놓으며 써 내려가면 "넌 잘하고 있어" 나의 어깨를 토닥여 주는 친구가 되었다. 과도한 행동으로 아픔을 숨겨온 것도 다 털어놓게 되니 감정을 덜어내는 글쓰기로 진정한 나와 만나게 되는 것이었다.

용기 있는 말을 많이 들어야 한다. 응원해주는 것이 필요하다. 나한테 집중해주는 사람을 보게 되어있다. 긍정적인 글은 긍정의 힘으로 용기를 갖게 해준다. 부정적인 글은 절대 쓰면 안 된다. 나에게 희망을 주는 글을 쓰고 에너지를 끌어낼 수 있는 긍정적인 감정 덜어내는 글쓰기 법칙만 따른다면 습관이 되어 제대로 무게를 덜고 깨달음을 얻게 된다. 쓰는 대로 사람은 생각하고 그것만 보기 때문이다.

변화를 느낄 수 있다면 글을 써야 한다. 흔들리는 마음으로 힘들 때 나에게 격려한다. 그러고 나면 보물 같은 에너지와 활력이 생겨 흔들리지 않는 마음으로 바로 잡히는 기적 같은 일이 일어난다. 몸이 강한 것이 아니라 정신력이 강한 것이 진정한 맷집이다.

불운으로 시작된 만남이 있었기에 감정을 덜어내는 습관을 키우게 되었다. 화내지 말고 관심 갖지 말고 어차피 일어난 일을 받아들여 보기로 했다. 내 감정에 의심하는 순간 모래성을 쌓았다가 부수었다가 하였다. 의심은 앞으로 나가는데 1할의 도움도 되지 못한다. 마음이 떠나있었기에 상처로 남은 배신에 대한 그런 걱정은 나에겐 사치일 뿐이었다. 누가 잘못했는데 내가 이렇게 그들에게 애원해야 하는 건지 슬픔이 밀려왔고 막상 알았을 때 그곳은 이미 전쟁터였다.

불행의 동굴에서 빠져나와야 한다는 확신이 들었다. 이런 모습으로 엄마를 만날 수가 없었다. 아직 자리도 잡지 못해 집안에 보탬도 되지 못하는 원망을 나에게 쏟아부었다. 실패한 패배자의 모습을 보이며 빈손으로 집으로 가서 가족을 실망하게 하고 싶지 않았다. 자식 된 도리가 아니라고 생각했다. 죽을 것 같고 하늘이 무너질 것 같았다. 걱정할 때가 아니었다. 한 줄기 빛과 같이 그늘에서 살짝 비춘 햇살이 살아낼 용기를 생기게 하였다. 용기를 갖는 것만으로도 걱정을 덜고 감정을 덜어낼 수 있었다.

빛을 경험하지 않다가 빛을 접하니 어디 가 시작점인지 알 수가 없었다. 나의 불행과 행복은 남과 비교할 때 불행하기만 했다. 한없이 남과 나를 비교하는데 시간을 쓰고 괴로워하고 내가 고작 한 것이 한심한 내 모습을 한탄하는 것이었다. 남과 비교하는 것만큼 어리석은 것이 없었다.

나에게 소리쳤다. "언제까지 남과 비교하고 살 거니? 이제부터 어제보다 나은 오늘을 비교해" 나보다 못한 사람들과 나를 비교하지 않고 나보다 잘된 사람들과 나를 비교하므로 불행하다고 여길 때 나와 비교하면 한없이 초라한 나만 있었다. 내가 행복하다고 만족하여도 또 다른 큰 행복 앞에 비교되면 작게만 느껴 그 행복도 큰 의미로 다가오지 않았다. 나와 나를 비교할 때 어제를 돌아보며 오늘을 비교하면 그보다 더 나은 오늘을 만드는 데 집중하게 된다고 했다. 나를 바꾸는 건 어제와 오늘의 나를 비교할 때 어제보다 나은 오늘이 온다. 주머니 속의 송곳처럼 반드시 티가 난다.

나는 감정 기복이 별로 없는 사람이다. 내가 무엇을 하는지 숨기지를 잘 못 한다. 조금만 자세히 보면 주변 사람들이 안다. 이렇게 난 예측 가능한 사람이다. 그런데 가족들은 날 예측하지 못할 때가 많았다. 가족의 응원보다는 늘 반대에 맞서야 할 땐, 그들로 인해 가슴이 저릴 때도 많았다. 있는 그대로 나를 인정해 주지 않았다. 크든 작든 조언의 이름으로, 조언자의 뜻대로 움직여줄 것을 강요받았다.

선택은 나에게 있는 것인데 결국 강요로 제압당해 버린다. 그렇다고 강요로 인한 책임은 져주지 않는다. 서글프지만 선택에 대한 책임은 나에게 주어지는 것이다. 내 의지와 상관없는 영역이라, 마음속으로 파동치는 요동을 느껴도 내 몫이다. 내 의지를 개입시키지 못한 비겁한 소리뿐이다.

내가 행복해야 가족도 행복하다. 내가 행복해야 가족이 불편하지 않다. 내가 살맛 나게 살아야 가족을 살맛 나게 하고 나의 행복 안에 가족의 행복이 있다. 나의 행복은 가족이 있기에 존재하지만 내가 행복해야 가족도 행복한 걸 뒤늦게 알았다. 내가 나를 먼저 인정하면 자연스레 가족도 나를 보게 되고 인정한다. 가족으로 힘들어하는 어려운 사람들을 보며 좋은 말을 많이 해주었다. 나처럼 실수하지 않기를 바라며 진정성을 담아 말해주면 듣는 눈빛으로 따뜻함을 보내준다. 사람의 눈으로 보고 대화를 통해 좋은 영향력을 주고받고 나면 온기가 전해진다. 원하지 않으면 그 변화는 안 온다.

내가 글을 쓸 때 생각하지 않는 건 전문 용어와 관련된 기술적인 부분이다. 그것에 맞추려다 보면 글을 쓸 수가 없기 때문이다. 주객이 전도되어 내가 글에 끌려다니는 꼴인 글이 되어 버리는 것이 싫다. 감정에 충실하고 다 쓰고 난 후에도 계속해서 불필요한 감정을 덜어내기를 위한 글쓰기만 한다. 아무리 덜어내도 다음날이면 또다시 덜어낼 감정이 눈에 띈다. 나는 여전히 부족한 사람이다.

매일 사람들과 좋은 관계를 유지하기 위해 꼭 필요한 덜어내는 글쓰기는 필요하다. 자신의 감정에도 솔직한 사람들은 일 처리가 투명하다. 그렇기에 결과물이 일정하다. 사람들은 누구나 어렵고 힘든 감정이 생길 때면 각자 생존 방법이 있다. 누군가는 눈 감아 버리는 방법으로, 누군가는 나를 희생시켜 모두 잘 지내게 하는 방법으로, 누군가는 부딪혀서 해결을 찾는 방법으로 각자 나름대로 다양하다.

감정을 덜어내는 글쓰기를 준비하는 순서는 큰 것부터 덜어낼 상대를 잡고 그것으로 파생된 일들의 가닥들을 하나로 정리한 다음 어떻게 쓰면 나에게 좀 더 쉽게 덜어낼 수 있을까에 관련된 생각들을 준비하고 써 내려가면 그걸로 끝이다. 내 마음에 있는 흑색을 흰 종이에 옮겨놓는다. 아무것도 없었던 흰 종이엔 나의 감정들이 흑색으로 물들여진다. 그러므로 감정을 덜어내는 글쓰기는 나의 거울과 같다.

글을 잘 써보려고 온갖 기술을 부린 글보다 나는 한 사람이 내려놓은 한 사람이 품은 글이 좋다. 한 사람을 품은 글로 누군가는 위로를 받는다. 요즘은 나를 대변하는 시대에 살고 있기 때문이다. 내가 원하는 글은 외부 정보로 인해 알고 있는 글이 아닌 느낀 사실을 쓴 글이다.

감정을 다스리는 것이 무엇보다 중요하다. 균형을 안 깨기 위해 그 사람 입맛만 맞춰주는 끌려가는 삶을 살았던 내가, 육체와 정신이 균형이 맞아야 삶이 지탱된다는 것을 깨달았다. 아프다고 퍼져있어도 누구도 나를 기다려주지 않기에, 얼른 감정을 다스려 제자리를 찾아야 한다. 상대방의 태도를 내 방향으로 오게끔 원하는 건 욕심이다. 상대방의 중심은 이미 내 방향이 아니다. 그렇다고 눈도 막고 귀도 막고 일방적으로 회피해버리는 태도로 벽을 만들면 안 된다. 감정의 중심에 좀 더 냉정하게 바라보고 적게 되면 미숙함이 보인다. 내 마음을 덜어내는 그때가 가장 중요한 때이다. 감정의 무게가 너무 무거우면 무너진다. 중요한 건 균형이기 때문이다. 감정을 덜어내는 글쓰기를 하라.

8

글쓰기로
인생이 통하다

혼자 글을 쓰면서 여러 사람과 소통하면서 글과 접해 보고 싶었다. 글쓰기 모임을 만들었다. 당연히 글쓰기를 좋아하고 뜻을 같이하는 사람과 모임이다. 중요한 것은 모임을 결성하고 글쓰기를 지속할 수 있는 장치가 중요했다. 직접 물어보며 의견을 모았다. 매주 만나서 하는 것이 좋을까? 한 달에 한 번 만나는 것이 좋을까? 어떤 방법으로 운영해 갈까? 고민이 계속되다가 해보면서 바꿔가기로 했다. 시도하면서 체계적으로 발전하는 것이 효과적일 수 있다는 결론을 내렸다.

매주 글을 써와서 토론도 하였고 자신의 글을 강연하기도 하였고 정해진 주제로 글을 쓴 것을 직접 읽고 평가를 받기도 하고 그중에 내용이 괜찮은 것을 모아서 강연을 녹화해서 모니터 하기도 했다. 이렇게 글쓰기로 인생이 통하는 사람과 모임의 시간을 알차게 보냈다. 꼭 정기적인 모임을 해야 하는 것이 아니다. 규칙을 정해 모임 횟수를 정하고 만나서 성과를 거두는 것이 목적이다.

큰 감동과 공감이 있는 당신은 위대하다. 혼자 글을 쓰는 것이 지루한 싸움이 될 때 누군가에게 용기를 받고 싶을 때 모임을 해보아라. 쓸 것이 마땅히 없다고 하지 말고 가장 최근의 경험담을 글로 쓰자. 그 글을 읽고 토론해 보아라. 모임에서 발표하는 자신을 높이 평가하여라. 마음이 통하는 글쓰기 인원을 모아도 되고 그것이 어려우면 기존에 하는 모임을 찾아가도 된다. 그것도 어려우면 나에게 010.4754.0509로 연락하여라. 어떤 모임에서 글을 쓰는 것은 특별한 경험이다. 글을 쓸 때 정보를 얻을 수 있다.

나는 시작부터 매번 불행했다. 사람 다 사연들이 있는 세상이고 나의 글도 아픔에서 시작되었다. 마음에 담아둔 사연이 밖으로 표출되는 것이 글이다. 부끄럽고 창피하고 그런 과거를 들춰내기가 쉽지 않지만 화려하기만 한 꽃이 어디 있겠는가? 예쁜 모습만 보면 질린다. 고통을 숨긴 채 나의 이야기가 빠진 글은 팥 없는 찐빵이다. 인생의 수많은 실수로 나는 성장했다. 거창할 것도 없는 단순하게 자신을 찾는 글쓰기로 소통한 것이다. 하고 싶은 건 많은데 시간이 없다고 미루지 않기로 했다. 늦었다고 생각할 때 늦을 때다. 더 안 늦은 게 다행이다.

나다운 것과 나답게 사는 것이다. 나다운 것을 알고 나답게 사는 것을 실행하는 것이다. 지금까지 살아오면서 형성된 나는 이런 사람이라고 단정 지어졌다고 꼭 그게 나다운 것은 아니다. 신기하게도 나다운 것을 찾기가 어려울 때가 있다. 실제 모습을 감추고 살아온 것들이 많다. 가면을 쓰고 연기를 하며 살았다 하여 그게 나다운 것이 아니지도 않다. 나다운 나와 나답지 않은 내가 따로 있는 게 아니라 나는 하나뿐이니 결국 나인 것이다.

진짜 모습을 잊어버리고 살아가려면 그만큼 긴장이 따른다. 힘을 빼고 꾸밈이 없고 가장 자연스러운 그게 바로 나다운 나이다. 나의 재능과 능력을 이용해 나를 자랑스럽게 만들고 소심하게 행동하지 않고 당당하게 행동해야 한다. 재능 발견을 위해 끊임없는 도전이 필요하고 행동으로 옮기는 것이 나답게 사는 것이다.

나 자신에게도 질문을 던져보자.
내 인생의 목표는 무엇인가?
목표를 위해 나는 무엇을 해야 하는가?
목표를 이루기 위해 당장 필요한 것은 무엇인가?

한 단계씩 질문에 대한 답을 찾아보자. 실력을 키워야 하는 부분은 배우며 바로 실천하면 된다. 목표를 잡아 방향을 제대로 보는 것이 가장 중요하다. 성공자들은 반드시 목표 설정을 명확하게 한다. 그리고 성공자들을 그대로 따라 한다. 가장 빠른 길이기 때문이다. 나의 시련 실패 좌절로 수많은 글은 경험 속에서 커진 보약이다.

이젠 당신의 인생과 소통하라. 생각이 글로 옮겨져 글 쓰는 동안 인생이 그대로 담긴다. 글쓰기로 인생이 통하게 되는 과정이다. 대부분 유명해서 글을 쓰는 것이 아니라 글을 써서 유명해진다. 성공하고 싶다면 글을 써라. 진짜 글쓰기가 답이다. 지금 바로 시작하라. 글을 쓰고 성공한 사람들의 기본이 모두 글쓰기이다. 막연한 소망이나 추상적인 꿈이 아닌 명확하게 이루고 싶은 것을 바로 답할 수 있어야 한다.

인생 경험과 사회 경험이 풍부한 시를 짓고 글을 쓰는 선배님들과 교류하면서 글쓰기뿐만 아닌 인생이 통하는 기분을 맛본다. 평소 중요하게 생각하지 않던 것에 소통하면서 새로운 시각으로 보게 된 것도 있다. 내 생각을 뒷

받침해주는 다른 사람들의 의견과 경험을 듣고 더욱 강한 확신을 얻기도 한다. 그렇지만 때론 가슴 아픈 기억까지 불러내지 않고 진솔함을 피하는 경우가 있다. 글 쓰는 사람의 생각을 혼란스럽게 하는 부분이다. 상처를 들어내면서까지 소통하지 않고 기분 좋은 소재로만 소통하는 경우가 있다. 집중적인 글쓰기는 상처까지 글로 표현되는 순간 내면적인 진정한 글쓰기와 만나게 된다.

글을 쓸 때 좋은 기억을 남기기 위해서도 쓰지만, 아픔을 잊어버리기 위해서도 쓴다. 상처를 쓰는 동안 모두 털어내 버리고 잊어버리면 된다. 애써 기억하려 하지 말고 나의 아픔을 글이란 쓰레기통에 버렸다고 생각해라. 그 쓰레기통의 소각 문제는 나중이다. 글을 쓰는 것은 완전히 자유에 의해 행한다. 원하지 않는 글을 썼다면 비밀로 혼자 간직하고 지켜내면 된다. 끈기 있게 글을 쓰는 것에 대한 장애가 되어서는 안 된다. 모든 글은 가치를 갖는다. 글로 표현된 것은 인생의 선물이다. 글쓰기로 인생을 하나로 묶을 수 있다.

일상생활에서 늘 새로운 소재를 찾아 글을 쓰려고 애쓴 적은 없었다. 구속되지 말고 그저 단순하게 쓰면 되는데 소재가 떠오르지 않을 때가 있다. 그런 날은 쥐어짜 내 쓰려 하지 않고 낙서를 많이 한다. 솜씨 없는 그림을 마구 그리기도 하고 큰 글씨 작은 글씨 나열시켜 키 자랑하기도 하고 마구 끄적이는 낙서를 한다.

낙서하는 중에 전화가 왔다. 나는 통화를 끝내고 꽉 채워진 낙서장을 보았다. 통화하면서 의식하지 않고 무의식에 낙서장에 무언가를 적었다. 낙서장에 써놓은 것에 살을 붙였더니 글이 되었다. 만약 의식하면서 적었다면 꽉 채워진 낙서장은 없었을 것이다.

사람들은 낙서를 즐긴다. 글을 그냥 적는 행동이 바로 낙서다. 당신이 지금 하고 싶은 것을 낙서로 끄적여 보아라. 완벽하게 하지 말고 그저 손이 가는 대로 단순하게 재미있을 것이다. 의식하지 않고 한 행동이 좋은 결실을 가져올 때도 있듯이 우리 인생도 비슷한 것 같다. 우리에게 글이 있고 언제나 글쓰기로 인생이 통한다.

3

인생을 바꾼
아침 글쓰기의 힘

저녁형 인간에서 아침형 인간으로 치열한 아침을 보내기로 맘먹고 계획도 없이 시작하였다. 처음엔 너무 무리하게 하지 않았다. 눈이 떠지면 일어나서 감기는 눈으로 책을 읽곤 했다. 처음엔 의식하고 일어나니 잘 일어났다. 그런데 점점 5분만 더, 10분만 더, 결국은 다시 저녁형 인간으로 돌아갔다. 습관이 들기 전에 멈춰버렸다.

아침에 일찍 일어나기 위해 고민하고 있을 때 유튜브에서 멜 로빈스의 동영상을 보게 되었다. '5초의 법칙'이었다. 당장 따라 했다. 행동으로 옮겼다. 딸에게 '5초의 법칙'의 동영상을 보여주고 난 제안했다.

"륜희야, 우리도 아침형 인간 되자. 5초 클럽 어때?"
"엄마 5초는 너무 길어, 우리 1초 클럽 하자."
"1초는 너무 짧은데 일어나겠니?"
"그럼 엄마 3초 클럽 어때? 난 일어날 수 있어."

이렇게 우린 3초 클럽의 회원이 되었다. 초등학생인 딸을 동참시켜 3초 클럽이라고 이름 짓고 30일 동안 실천하고 성공하면 선물을 주기로 했다. 3초가 지나고 일어나지 않으면 미션 실패가 아닌 처음부터 복귀되어 다시 1일차가 되는 방식의 규칙을 정했다. 계속 미션이 진행되어야 하므로 도전 30일차 성공하는 날에 선물이 주어지는 것이다. 5초의 법칙인데 우린 3초 클럽이다.

내 삶을 변화시킨 "5초의 법칙"은 이렇다. 5,4,3,2,1 실천할 때 어떠한 생각도 하지 않고 5초를 세고 일어나는 것이다. 알람이 울리면 아무 생각하지 말고 5초를 세고 그냥 일어나는 것이다. 5초가 지나고 나면 두려움과 나태함이 찾아온다. 그 이후에는 소용없다. 괜히 10초로 타협하지 않고 5초 안에 행동하면 된다. 나태한 생각이 들지 않도록 그전에 실행해 버리는 것이다.

얼마나 보다 어떻게 하느냐가 중요하다. 아는 만큼 이긴다. 잘 일어나야 집중할 수 있다. 머리보다 습관을 믿어라. 습관을 들이자. 습관의 시작은 시간 관리이다. 습관을 들이는 것이 중요하다. 3,2,1 3초 클럽으로 작은 성취감을 경험하게 되면서 치열한 아침을 보내고 있다.

이젠 아침에 간단히 물을 마시고 심호흡을 하고 상쾌한 공기와 하루를 시작하는 글 쓰는 습관으로 아침을 연다. 아침 습관은 작은 틀에서 만족해야 한다. 최소 작은 습관으로 인생이 바뀐다. 우리의 삶을 특별하게 만드는 것은 최소한의 작은 습관이다.

아침에 거창하게 많은 것을 할 것처럼 목표를 잡는다면 아침부터 펼쳐놓은 일만 가득하게 된다. 그런데도 내 손만 닿으면 척척 해결되리라 여긴다. 시작한 며칠은 미션을 성공해야 하므로 완성을 하기 위해 치열하게 아침을 보내게 될 것이다. 이렇게 거창한 목표 설정은 계획은 세워놓고 곧 하기 싫어져서 당신을 지치게 한다. 작심삼일로 이어지는 실패력을 키우는 꼴이 되어버린다. 처음부터 잘하는 사람은 없다. 의지가 있고 흡수력이 좋아야 한다.

습관은 끈기와도 연결되어 있다. 항상 계획을 세우면 실행력이 부족해서 끈기력이 부족해서 이루지 못하는 경우가 많기 때문이다. 작은 습관부터 시작이다. 뭐든지 쉬운 것, 우스운 것, 하찮게 여긴 것, 이 정도로 별 것 아닌 작은 습관부터다. 이 작은 습관들로 당신을 변화시킬 때 특별해지는 단계가 된다.

습관 근육을 단련해야 한다. 이것이 단련되면 습관의 힘으로 위대한 결과를 낸다. 작은 것들이 모여 습관이 된다. 당신이 하루 계획을 작게 시시하게 시작하더라도 하나도 하찮게 여겨선 안 된다. 최소 습관으로 아침의 변화를 시작하자. 아침 글쓰기 습관을 시작하자. 어떤 것을 처음 준비할 때 시작은 항상 미약한 것이다.

나는 참 게을렀다. 남편 또한 게을렀다. 우린 게으름을 놓고 시합하듯이 서로 늦게 일어나기 대회에 참가한 선수처럼 팽팽하게 먼저 일어나려 하지 않았다. 밥 먹는 것보다 자는 것이 더 좋았다. 아침형 인간이었을 때도 있었는데 지금은 지극히 저녁형 인간으로 변해있었다. 새벽 2시 때론 새벽 3시에 잠들고 아침 8시에 일어나서 출근 준비로 빨리빨리 하면서 이러다 늦는다 소리치며 바쁘게 그렇게 살았다.

회사와 집이 가까울 땐 아침에 더 늦게 일어나기도 했다. 저녁형 인간으로 살다 보니 아침이 너무 여유가 없었고 한숨 돌리니 점심이었다. 할 일은 아직도 많은데 해놓은 일도 없는데 돌아서니 저녁이 되었다. 아이를 재우고 새벽 2시까지 못했던 일을 마무리 짓는데 졸린 눈으로 몰입하려고 하니 집중도 되지 않고 피로가 몰려오니 정신이 맑지가 않았다.

잠들기 전 글을 쓰면 오늘은 이걸 했고, 이것을 했고, 이것도 했지, 이런 식으로 한 것에 대한 것만 적게 되었다. 예전에 아침형 인간이었을 때로 나의 습관을 되돌리기로 마음먹고 강제 기상을 다짐했다. 새 나라의 새 어른이 되기로 했다.

꿀잠을 자기 위해 밤 11시가 되면 불을 끄고 은은한 분위기 등만이 집을 비추게 하니 저절로 눈꺼풀이 무거워져 잠이 들었다. 밤 11시에 잠들어 새벽 5시에 일어났다. 늦잠 말썽꾸러기인 내가 아침을 맞이한다. 딸과 함께 미션을 수행하며 딸이 열어주는 아침을 맞는다. 아침형 인간이 되니 하루가 예전과는 다르게 흘러간다. 아침에 글을 쓰니 오늘은 이걸 할 것이고, 이것을 해야 하고, 이것도 하자, 이런 식으로 해야 할 것을 적게 되었다. 할 것 들을 적고 시작하니 도달률이 높았고 결과가 더 효과적이었다.

아침 햇살이 이토록 좋은 것인지도 모르고 지냈다. 패턴을 바꾸기 위해 시작한 것이 이렇게 큰 변화를 줄지 몰랐다. 아침의 여유를 즐기니 우울증도 넣어 두게 되었고 상쾌함과 기쁨이 동시에 왔다. 이처럼 순간순간의 행복을 발견하고 살게 되었다.

아침형 인간으로 변한 건 안정감을 느낀다. 아무 생각 없이 지내다가 너무 많은 생각을 하기도 한다. 저녁형 인간이었던 내가 원래부터 아침형 인간이었던 것처럼 몸에 익숙한 옷이 되었다. 긍정적 자기암시로 기상시간을 일정하게 더 자고 싶은 유혹을 뿌리치자. 오늘 아침을 바꾸면 인생이 바뀐다. 흘려보냈던 시간을 휘둘리지 않고 지배한다. 습관 바꾸기는 끝없이 시도하는 것이다. 일상은 늘 부족하다. 아침에 일찍 일어나도 할 일이 없으면 습관을 만들기 어렵다. 아침 시간을 활용할 수 있는 프로그램을 시작하는 것이 좋다.

아침 시간을 활용하기 위해 3가지 실천 사항

1. 아침에 일찍 일어나려면 저녁에 일찍 잠들어라

2. 다른 사람의 도움을 받아라 - 모닝콜 활용

3. 일어나자마자 물을 마시거나 샤워를 하거나 자는 몸을 깨워라

무작정 일찍 일어나려고 하면 쉽지가 않다. 일찍 일어나야 하는 이유가 있어야 한다. 또 중요한 것은 필요한 만큼 충분히 잠을 자야 하는 것이다. 그래야 일어나서 깨어있을 때 시간을 충분히 활용할 수 있다. 제대로 된 발전을 하려고 하면, 미래 계획에 맞지 않는 행동을 조금씩 줄여야 한다. 미래의 목표 방향을 제대로 숙지하고 흐트러질 때 다시 주입하는 장치를 마련해야 한다. 그것을 아침에 하라. 설정한 목표를 살펴라. 목표를 정해놓고 돌보지 않으면 내가 만들어 놓은 길에서 이탈해 버린다. 거북이처럼 장기적으로 훈련하길 바란다.

글쓰기로 아침을
최적화 하라

아침에 눈 뜨기가 참 쉽지 않다.《커피 한 잔의 명상으로 10억을 번 사람들》이란 책이 있다. 당신의 미래는 당신이 생각하는 대로 열린다는 포인트의 잠재의식 활용으로 생각을 성공시키는 해답서 같은 책이다. 커피를 마시는 5분 시간이나 자투리 시간에 하루에 한 개씩 보면 금방 이 책은 다 읽게 된다.

잠자기 전에 생각한 것이 자는 동안 머릿속에서 반복되어 굉장한 힘을 준다고 되어 있다. 잠들기 전 내일 꼭 일찍 기상한다고 깊게 생각한 다음 날은 그 시간에 자동으로 눈이 떠지는 이유라 하겠다. 한 번씩 우린 경험을 통해 이 현상을 알고 있을 것이다. 긴장이 풀어진 잠들기 직전 잡생각이 없어지면서 자기암시의 효과를 반영시키는 법칙이다.

학습은 잠자는 동안에도 진행된다. 효과적으로 구체적인 정확히 무엇을 하는지 알아야 한다. 잘 해결되지 않는 문제가 있다면 소망을 요약해서 생각해 보고 잠들기 전에 활용해 보아라. 의식에 씨 뿌리는 효과가 있다.

신데렐라 취침 법에 따라 12시가 되기 전에 자야겠다는 다짐을 한 후 지금까지 잘 일어나고 있다. 한동안 의욕이 꺾이기도 했지만 태양과 함께 일어나 태양의 양기를 받으며 아침을 최적화시켰다. 충분한 수면으로 개운한 아침에 나는 글쓰기를 한다. 아침 1시간은 낮 3시간의 효율이 난다. 최적화된 아침 시간은 그야말로 황금률이다.

시간이 물 흘러가게 내버려 두면 절대 안 된다. 점진적으로 습관을 바꾸기 위해 아침 7시 기상을 했다. 의미도 감동도 있는 습관이었다. 시간을 앞당겼다. 30분 앞당겨 기상했다. 잠자는 시간 30분씩 줄어들고 아침 시간 30분씩 늘어나게 되었다. 그렇게 5시 기상이 습관이 되었다. 출근 전 2시간을 번 아침 시간이 많은 것을 가져다주었다. 나에겐 최적화된 글쓰기 환경을 구축됐다고 할 수 있다.

최적화된 아침 글쓰기에 빠져들면 시간이 한참이 흘러있다. 글이 안 써져서 많은 시간을 보낸 사람들은 이렇게 말한다. 원래 글을 잘 쓰니깐 가능하다고 하나같은 답을 한다. 일상 속 글쓰기는 어렵지 않다.

수다 떨며 말하는 시간이 재미있어서 언제 그렇게 시간이 지난 것인지 모르게 흘러있는 시간을 본 적이 있는가? 대화에 빠져들어 몰입했다는 것이다. 그것과 유사하게 일치한다. 그런데 대화한 이야기를 그대로 글쓰기로 옮기라고 한다면? 힘들다고 한다. 분명 금방 이야기한 것인데 글을 쓰려고 하니 펜만 잡고 시간을 흘려보내며 어려워한다.

말하는 건 잘하면서 쓰는 것은 왜 안 되는 걸까? 글을 못 써서 그렇다고 생각하지만 그렇지 않다. 못 쓰는 것이 아니라 안 쓰는 것이다. 우리는 글쓰기를 일상에서 꾸준히 해오고 있는데 뭔가 특별하게 쓸려고 하니 안 써지는 것이다.

글쓰기는 결국 수다이다. 사람과 사람의 대화이다. 말하기도 잘하려 하면 버벅거리며 더듬게 되듯이, 글쓰기도 잘 쓸려고 하면 버퍼링이 생긴다. 사람들은 긴장하면 말도 글도 잘 안 되는 현상이다.

수다가 왜 재미있을까? 나의 이야기들을 실제 사실을 지금 일어나고 있는 일들을 전달하니 관심도 집중도 함께 불러온다. 중간에 멈추면 그 뒷이야기가 궁금해져서 더 집중하게 된다. 이처럼 글쓰기도 사실이 담겨있는 나의 이야기를 담고 풀어내면 호기심을 사로잡는다. 지루하지 않게 끝을 맺을 수 있다. 글이기 때문에 흐르는 맥이 끊기면 수다와 다르게 호기심 자극에 큰 효과를 못 볼 수도 있다. 호기심을 자극할만한 당기는 맥을 짚어내는 기술이 들어가면 잘 살릴 수 있다. 그럴듯한 글이 된다.

우리는 같은 시대를 살아가고 있지만 각자 다른 인생을 살아간다. 경험이 다르고 벌어지는 일들이 다르다. 이렇게 다르니 한 권의 책마다 다른 느낌과 읽는 사람의 경험, 가치관이 틀려 각기 다른 해석을 내린다는 것이다.

글쓰기의 매력에 빠져 나의 이야기를 많은 사람에게 전해보고 싶은 마음이 들었는가? 들었다면 망설이지 말고 시작하면 된다. 빠져들면 된다. 당신과 똑같은 인생은 그 어디에도 없다. 존재하지 않으니 당신의 마음을 움직이는 글을 충분히 쓸 수 있다. 이 세상 사람들의 얼굴이 다 다르듯 글도 다 색깔이 다르다. 글을 쓰겠다고 마음먹고 종일 얽매여 있지 않아도 된다.

아침을 활용해라. 아침에 일상을 기록하는 것으로 시작하면 된다. 아침에 일어나 글쓰기로 최적화시킨 아침을 맞이해 보아라. 나만의 아침 의식을 만들어라. 단 5분만 투자하면 글쓰기의 명상이 실천 가능하고 펼칠 수 있다. 여기서 포인트는 최적화된 아침 의식이다. 의식에 씨 뿌리기는 단 5분이면 충분하다.

글은 손으로 적기 때문에 정확하게 이해할 수 있고 깊이 생각할 기회가 된다. 매일 아침 감정을 이입해서 써 보아라. 인생에서 가장 중심적으로 진행해야 할 계획을 확신의 말을 만들어 종이에 적음으로 당신의 아침은 점점 최적화될 것이다. 특히 그 과정을 즐기면서 어떤 존재가 되어야 되는지 분명해진다. 자신에게 맞는 최적화를 배치하고 시간 배분으로 적절히 짜놓은 당신이 보일 것이다. 아침 의식 만들기의 도전으로 당신의 아침은 최적화된다.

나는 아침에 글을 안 쓰면 배고픈 증상이 남게 된다. 이젠 환경에 맞춰진 것이라 하겠다. 예전엔 글이 안 써지면 천 가지 이유를 생각해내 합리화시켰지만 지금은 수천 가지 변명을 생각해낼 시간에 닥치고 쓴다. 가장 먼저 떠오른 생각들을 적어나간다. 번쩍 떠오른 생각을 붙잡아 그저 쓴다. 쓰는 것 자체에만 집중하는 것이 우선 중요하다.

매일 어떻게 일어나고 매일 아침을 어떻게 활용하고 아침을 최적화시켜 보내느냐 아니냐에 따라 성공의 등급 차이가 난다. 아침에 일어나는 방법을 바꾸면 인생이 삶이 바뀐다. 난 지극히 평범한 삶을 살았다. 그런데 이런 평범함조차도 힘들어했다. 평범한 것이 평범한 게 아니라는 불평과 불만에 시간을 쓰고 있었다. 남이 사는 평범한 모습같이 난 왜 못 사는 것일까? 내 모습이 평범해 보이지 않았다. 난 수동적인 삶을 살았기에 목적 없이 살았기에 평범한 삶이 남들보다 못하다 생각한 것이다.

아침기상으로 목적을 달성해 나가는 지금은 결코 수동적인 삶이 아니다. 성취감으로 아침은 매일 연속된 기적이다. 밖은 어둡지만 아침이 오기 전이 가장 어둡다. 어둠이 걷히면 아침이 온다. 아침은 굉장한 힘이 있고 방전된 육체와 정신에 에너지를 실어준다. 내가 무언가를 해야 무언가가 해결된다.

오롯이 나만의 시간을 쓸 수 있는 최적화된 아침 시간으로 일과를 시작하기 전 오늘에 대한 설렘과 기대감까지 충만하게 한다.

룸미러 증후군이라는 것이 있다. 과거의 환경을 한계로 삼아, 지금 가능성을 제한하는 것이다. 사람은 5~6만 가지 생각을 하는데 이 중 95%가 전날 했던 것과 동일하다는 것이다. 우리의 선택을 필터링하게 하고 습관적으로 어제의 스트레스와 두려움 걱정을 끌어온다고 한다. 불필요한 한계를 짓게 한다는 것이다.

충분히 생각하고 판단하고 결정하자. 충동적인 의사결정으로 이런 결과를 냈던 적이 나도 있다. '이번 한 번 정도는 괜찮겠지', '이번 한 번인데 뭘', '에이 이번만 이렇게 하지', 이렇게 타협점으로 스스로 결론지었던 적이 있다. 결과는 뻔했다.

성공한 삶을 살지 못했다면, 과거의 실마리를 찾아 해결하라. 지금에 당연한 현실을 바꿀 수도 있다. 습관적으로 과거의 경험에 근거하여 생각하고 판단하지 않는다면 가능하다.

당신의 선택 하나하나가 내 삶이라는 것을 인식하고 선택과 행동을 적당히 타협하지 말자. 하루 시작의 아침의 분위기는 일과의 영향을 미친다. 아침의 일어났을 때 최적화된 아침을 맞는다면 수면의 양과 질과는 상관없다. 수면의 양보다 아침에 일어났을 때의 컨디션이 어떠냐에 따라 아침 시작이 가뿐할 수도 무거울 수도 있기 때문이다.

수면시간으로 아침이 결정되는 것이 아닌 당신의 의지가 아침을 결정한다. 수면 부족하다고 입에 달고 살았던 핑계를 내려놓고 당신의 의지를 점검해 보아라. 그리고 바로 실천에 적용해 보아라.

3

아침 글쓰기로
하루를 시작하라

난 자존감이 참 낮았다. 그래서 내 주장보다는 남이 하자고 하면 잘 따라주는 한 명이었다. 결정 장애에 인정 중독으로 살았다. 미래의 행복은 희생한다고 오는 것이 아니었다. 희생은 필요하지만 강요하면서 희생을 위해 노력할 필요는 없었다. 희생하면서 참으면서 더는 살지 않으려 했다. 착한 사람이 아니라 명확한 사람 강한 사람이 되어야 했다. 알았다고 쉽게 바뀌거나 다 되는 것이 아니었다. 이것도 용기가 있어야 했다. 용기 내 시도하였다. 그것이 나를 보호하는 것이라 판단했다. 신기하게도 나중엔 내가 살아 숨 쉴 수 있었다. 무조건적인 희생은 필요악이다. 배려하는 것과 희생하는 것을 구분해야 한다.

아침 글쓰기로 하루를 시작하면서 제일 먼저 나에게 글을 쓴다. 사람들의 말에 신경 쓰지 말아라. 남 눈치에 신경을 끊어라. 적극적인 나의 삶을 살아라. 글을 쓰면서 자신과 대면하게 되니 자신감이 생기며 아침이 달라졌고 인생이 바뀌었다. 주위보다 내 마음이 먼저이다. 내 마음의 소리에 먼저 집중한다. 용기가 오히려 위로된다. 나의 미래는 내가 생각하는 대로 열린다.

나의 잠재의식 세계를 모두 토해내는 글쓰기 명상이라고 할까? 상상의 날개를 폈다 접었다 자유로운 아침 글쓰기로 하루를 시작하면서 평온해졌다. 잠재의식은 노력이나 특별한 힘이 필요 없다. 내가 마음으로 생각하는 좋은 것과 나쁜 것을 무조건 다 실현한다. 어떠한 부정도 마음속에 키워선 안 되고 절대 의식하지 말아야 한다. 내가 소망하는 것을 이루어졌다고 행동하고 말하면 현실에서 구체적인 형태로 실현된다. 잠재의식은 늙지 않는다. 시대를 초월하며 끝이 없다. 아침을 바꿀 열쇠는 잠재의식의 마음속에 있다. 진정한 잠재의식의 힘을 깨달으면 부와 성공을 현실로 완벽하게 세팅해준다.

사람들은 잠재의식을 잘 사용하지 않는다. 가보지 않은 길과 경험하지 않은 길을 선뜻 가려고 하지 않는다. 모르는 길을 접하면 발걸음을 멈추게 된다. 나의 능력이 어디까지 인지도 모른 채 그렇게 변화 없는 삶을 살아간다. 성공한 사람들은 잠재의식을 활용하여 꾸준히 자신의 재능을 찾는다고 한다. 잠재의식 역시 매우 중요한 요소다.

기적을 바라지 말고 행운을 기다리지만 말고 아침 글쓰기 명상으로 잠재의식을 활용하자. 적고 부딪혀 보아라. 사람들은 행운과 기적이 오기를 기다리지만 행운과 기적은 사람을 찾아다니지 않는다. 망설이고 자신 없어 하는 사람은 아무도 믿지 못한다. 잠재의식의 힘을 믿고 내 안에 힘을 끄집어내 발휘하자.

모든 일이 하루아침에 변하지 않듯이 계속해서 관심을 가지고 글을 쓰면서 나의 잠재의식을 통해 습관화를 추진한다. 먼저 나부터 변해야 한다. 다른 사람들을 변화시키려면 자신이 변하면 주변 사람들도 다르게 보인다. 보물은 마음이 열린 자에게만 보인다.

아침이 밝아오면 간단한 운동을 한다. 아침에 영혼을 채운 후 글과 씨름을 한다. 처음에 느꼈듯이 글쓰기는 보물섬이다. 아는 것이 힘이 아니라 아는 것을 실천해야 힘이 된다. 하루를 결정하는 아침 활용법을 만들어라. 아침에 홀로 즐기는 글쓰기의 힘과 독서의 힘은 엄청나다. 당신도 아침 글쓰기로 행복이 함께 왔으면 좋겠다.

위를 보고 사는 사람과 아래를 보고 사는 사람은 실천의 속도가 틀리다. 잠의 노예로 그만 살고 저녁형 인간에서 아침형 인간으로 방향을 바꾼 후 난 달라졌다. 방향만 바꿨을 뿐인데 이토록 다른 느낌의 아침은 나의 인생과 같다. 성공할 때까지 기다리지 마라. 그땐 늦다. 하려는 의지를 알고 실천하며 방향을 바꾼다면 이미 성공을 장착한 것과 같다. 행동하는 사람들이 세상을 바꾼다. 완벽한 세상의 빈틈을 노리는 하나에 미쳐라. 내일이 늦게 오지 않는다. 항상 어제와 같은 시간에 온다.

글쓰기는 모든 사람에게 요구되는 능력이다. 학교에서도 어른이 되면 직장에서도 글쓰기의 영역이 모두 필요한 곳이다. 하지만 글을 쓰려고 하면 미친 듯이 영감을 받아써지는 사람은 없다. 글쓰기는 모든 사람에게 공평하게 끊임없는 도전인 것이다.

글을 쓰는 데 중요한 것은 글쓰기를 시작하는 것부터이다. 글도 쓰지 않고 아무것도 하지 않고 글 쓰는 것이 두렵다고 하고 있진 않은가? 글을 쓰고 있다면 무엇을 적을지 생각하게 되면서 간단히 정리하게 된다.

나는 글쓰기의 정리를 아침에 한다. 아침 글쓰기로 하루를 시작한다. 쓰고 싶은 것을 쓰는 일상을 썼든 작품을 썼든 자신이 만족하였다면 그것으로 충분하다. 글쓰기의 신이 강림하여 미친 듯이 써지는 날은 어쩌다 있는 일이다. 강림의 신은 결코 없다. 꾸준하게 쓰고 또 쓰면 된다. 글쓰기의 재능이 따로 있는 것이 아니다. 아침에 상쾌한 정신으로 글과 마주하며 쓰는 것이 매우 좋은 조건이라 하겠다.

아침을 충분히 활용하자. 아침에 일어나 글을 쓴다는 것이 하루아침에 성공하지 않을 것이다. 아주 단순하게 하나만 실천하면 된다. 아침에 제일 먼저 글부터 쓰는 것이다. 다른 것을 생각하며 이것저것 생각하다 보면, 이것도 저것도 아무것도 하지 못한 채 아침이 그냥 흘러 있을 것이다. 자신을 믿어라. 자신의 행동과 사고를 그대로 글로 옮겨라. 자신의 삶을 변화시키고 완성시키기 위해 가장 먼저 아침 공기와 아침 글쓰기를 만나 보자.

나는 아침에 많은 것을 생각한다. 현재의 나의 삶에서 필요한 것이나, 가족과 함께했던 추억이나, 나의 과거나, 그런 기억들이 고스란히 담긴다. 기억에 빠져 글을 끌어내고 아침은 글쓰기의 시간이 된다. 생각으로만 있을 땐 내 생각들이 온전하지 않았다. 글쓰기 시작하면 내 생각들이 드러나고 내가 무엇을 생각하는지 알 수 있었다.

글을 쓰다 보면 명확한 글이 되어 명확한 나를 만들어 준다. 아침에 글쓰기를 시작한다는 것을 부담으로 받아들이지 마라. 완벽한 글을 아침에 쓰라고 한 것이 아니라 그저 낙서 일부로 끄적이면 된다. 아침 글쓰기로 내 생각을 남기는 것일 뿐 잘 쓰기 위해 쓰는 것이 아니다. 잘 쓰는 것이 중요하지 않다. 나를 돌아보는 계기를 열어주는 아침 글쓰기를 즐기면 된다. 나의 글에 너무 부담 가질 필요 없다. 내가 남을 의식하는 만큼 남들은 큰 관심이 없다.

아침에 일어나 생각나는 대로 글을 남겨 보아라. 인생을 아름답게 더 꾸미며 살려고 하면 돈이라는 것이 참으로 많이 필요하다. 돈이면 다 되는 것 같은 세상에 인생을 바꾸려면 얼마가 필요할까? 돈이 없어도 시간 투자로 인생이 바뀌는 것이 글쓰기이다. 돈이 필요 없는 아침 시간을 이용하여 노력을 발휘하면 글쓰기의 힘이 생긴다.

　당신이 인생을 바꾸고 싶다면 고요한 아침을 깨워 아무 글이나 그 무엇이든 글쓰기를 하자, 인생을 바꾸기를 원하는데 전혀 의욕이 나오지 않는다고 걱정을 품지 마라. 지금까지도 아주 열심히 살아왔겠지만 이제부터는 오롯이 자신만의 시간을 가져보아라. 한 단계 더 앞으로 나아가기 위한 사색의 시간을 가져보아라. 사색하기에는 아침 시간이 딱 맞다. 아침을 채워라. 더 큰 앞날로 채우기 위한 사색을 즐기길 바란다. 이 아침에 일어나서 무슨 사색이냐고? 글과 사색은 통하기 때문이다. 어쩌면 쓰기나 말하기나 읽기나 모두 하나라고 해도 될 것 같다. 어려운 세상일수록 쓰고 읽고 말하는 것이 중요한 만큼 제대로 아침 글쓰기를 적극적으로 활용하는 것도 중요하다 하겠다.

　인생이 마라톤에 비교를 많이 한다. 그렇듯 인생의 마라톤에서 중간에 잠시 걷기도 하며 쉬기도 하다가 쳐진다 싶으면 뛰기도 할 것이다. 결국 이 과정을 모두 넘어서야만 결승선을 통과하지 않는가? 완주하는 것이 결승의 승리자인 것이다. 1등보다 완주하는 인생으로 삶을 채우자. 아침 글쓰기로 하루를 시작하여 글쓰기의 매력에 빠져 보자.

#4
하루 10분 아침 글쓰기
이렇게 하라

긍정의 힘은 내가 매일 아침에 일어나는 이유다. 칭찬이나 감사 표시 등으로 긍정 메시지를 보낸다. 24시간 안에 겪었던 긍정적인 일 중 한 가지를 선택해서 적는다. 이런 연습을 매일 반복하면 나의 뇌는 매일 실천하게 하고 행동으로 바꾸어준다. 부정적인 단어들도 행복으로 뒤집기를 한다. 행동하라. 당신을 시작하게 만드는 빠른 결정의 힘이다. 시간을 끝내줄 나만의 법칙은 간단하다. 목표를 향해 행동하고 싶은 본능이 생기는 순간, 몸을 움직이면 되는 것이다. 지금 아침을 시작하게 만드는 방법이다.

의도와 상관없이 다른 길로 가고 있는 나에게 무언가 절실히 필요했다. 돈도 없고, 도와줄 사람도 없고, 육아도 해야 하고, 생계를 위해 돈을 벌어야 하고 힘든 상황이었다. 어려운 상황을 극복할 수 있었던 도구가 하루 10분이라도 쓰는 아침 글쓰기였다. 생각을 혼자 정리하면서 글을 쓰고 매일 시를 적으며 내면을 다스렸던 것이 힘이 되었다. 하루 10분이라고 꾸준히 쓰면 인생이 바뀐다.

나는 아침에 일어나는 것조차 힘겨웠다. 학습된 무기력에 빠지지 않았을까? 라고 걱정하게 될 정도였다. 학습된 무기력은 스스로 자기의 모습에 좌절해서 자신을 무능력한 사람으로 생각하게 되는 것이다. 학습된 무기력에 빠진 가장 큰 문제는 극복해야 하겠다는 의지력이 없다는 것이다. 뻔한 이야기이지만 사실이다. 포기하지 않으면 이루게 되어 있다.

잠시 쉬어도 좋지만 놓아서는 안 된다. 그렇지만 쉬는 타임이 길어지면 느슨해지므로 스스로 방향을 빠르게 짚고 넘어가는 튼튼한 사고를 길러야 한다. '빠르다는 게 뭐지?', '밥을 10분 안에 다 먹는 것?', '제한속도를 10퍼센트쯤 넘어서는 것?' 계획한 삶을 당당하게 살아가라. 의식의 근육을 만들어야 한다. 이젠 의식에 눈떠 최고의 인생을 살아야 한다. 알 듯 모를 듯 외부 환경의 영향을 받지만 나의 삶을 나답게 살아내야 한다. 나중에 하지 말고 지금 바로 하여라. 고요한 명상을 통해 내면을 되돌아보고 계획된 삶을 용기 있게 펼쳐 나가야 한다.

혹 이른 아침에 일어나 시험공부 하다가 졸리거든 자라. 인생, 일, 시험공부 즐기며 하면 얼마나 좋을까 싶다. 가다가 졸릴 때 잠깐 자는 작은 행복을 즐기자. 괴로움의 시간이 아닌 좋은 기억의 시간이 된다. 꿀잠이 건강에도 좋다. 누가 그러는데 공부가 제일 쉽단다. 나에겐 꿈에서 하는 소리와 같다. 시험 날짜가 다가오면 느끼는 심적 변화가 아주 파동을 친다. 여태 해놓은 게 하나도 없는데 어쩌지 걱정이 앞선다. 하지만 포기란 것을 하기엔 너무나 아쉽다. '나는 된다'는 의식을 가지고 있다는 것을 믿고 곧 공부에 좋은 그것을 알아봐야 한다.

운전하다 깜박 졸았던 경험들이 더러 있을 것이다. 큰일 날 뻔한 순간이다. 운전하다가 깜박 조는 지경에 이르면 절대 안 된다. 그때는 얼른 멈춰 잠시 눈을 붙이고 가야 한다. 급할수록 돌아가라는 말이 있지 않은가? 천천히 하지만 속도감 있게 하면 된다. 그냥 달리면 모든 것이 강제로 멈춰버려 삶이 내동댕이쳐질 수 있다. 자신의 삶은 말할 것도 없고 다른 사람의 삶조차도 빨리 끓다 보면 탄다. 끝을 보지 않고 할 수 없다고 포기하지 말고 끝까지 해치워 버리고 마는 그런 사람이 돼보자.

남들 다 가진 스펙은 스펙이 아니라 하겠다. 글쓰기 능력은 타고나는 것도 아니다. 하고 싶은 말을 미리 10분 정리하고 쓰면 효과적이다. 글쓰기는 최고의 자기계발이다. 글쓰기는 인생에 꼭 필요한 요소이고 이제는 글쓰기가 스펙이다. 글쓰기를 통해 나의 꿈을 현실로 만든 경험으로 지식 나눔에 1인 창업을 도전했다. 글쓰기로 나의 브랜드를 만든 것이다.

누구에게나 자신의 스토리는 있다. 글을 쓰면 솔직한 나를 만나게 된다. 글을 쓰면 계속 뇌를 쓰기에 치매 예방도 된다. 진실한 글쓰기로 대중을 녹일 수 있다. 나는 글만 쓰는 것이 아니다. 인생을 쓰고 새로운 발견을 한다. 자존심은 기본이고 그다음에 자존감 높이는 요령이 글쓰기가 되었다. 글쓰기로 나의 자존감을 키우고 있다.

아침에 글을 쓴다는 것이 실천이 잘 안될 경우가 있다. 아침에 일어나는 과정에 목표를 담고 경로를 만들면 된다. 성공한 사람들은 시각화를 통해 경로를 완성한다. 경로를 제대로 파악하여 실패하더라도 쉽게 포기하지 않고 원인을 경로 재탐색으로 목표 달성을 시킨다.

일찍 일어나기 위해 처음 시도는 이러하다.

첫째, 아침에 일어나 글 쓰고 있는 모습을 생생하게 생각하고 잠든다.

둘째, 일어나지 못하는 돌발 상황을 예상하여 본다.

셋째, 일어나지 못했거나 일어났지만 문제의 벽에 부딪혔을 때 효과적인 대비책 마련한다.

긍정적으로 이끌어 가지만, 현실에서 목표를 완성해 습관이 몸에 익숙해질 때까지 난관들이 있다. 한두 번이 아니지만 장밋빛 최종 목적을 시각화한다. 난관에 부딪힐 때도 계획이 필요하다. 다양한 방법을 통해 달성 방법 찾아내야 한다. 긍정적으로 생각하고 긍정의 힘만 믿고 실천하지 않는다면 아무 소용없다. 실행하지 않는 목표는 아무것도 이루어지지 않는다. 목표를 세워보자. '자전거를 잘 타고 싶어' 자전거를 잘 타기 위해 자전거 잘 타는 법을 익히기 위해 자전거 타는 법을 배우고 넘어지지 않는 법도 배우고 책을 통해 알아냈다. 금방이라도 자전거를 잘 탈 수 있을 것 같다. 자전거를 실제로 타보지 않는다면 실천하지 않는다면 착각에 빠져 머리로는 페달이 움직이지만 자전거는 스스로 움직이지 않는다.

난 어릴 적 수영을 배우고 싶었다. 다른 친구들처럼 수영장에 가서 배우고 싶었지만 가난했기에 엄마한테 수영을 배우고 싶다는 말을 차마 하지 못했다. 수영을 집에서 했다. 집에서 자유형을 연습하고 배영을 연습하고 방바닥에서 헤엄을 쳤다. 집에서 많이 연습했으니 수영을 잘 할 수 있을 것 같은 착각에 빠졌다.

학창시절 고등학교 때의 사건이다. 친구들과 거제도에 있는 구조라 해수욕장을 갔다. 수영을 할 수 있다는 자신감에 너무 기뻤고 물속으로 마냥 질주했다. 결국 물속에 빨려 들어가 구조되었다. 물에 들어가지 않는다면 결코 물에 뜰 수도 없다. 이처럼 실천하지 않는 상상은 상상으로만 남는다.

우린 많은 실천하지 않는 목표를 세웠다가, 시도조차 하지 않는 경우가 많다. 시도하지 않고 성공과 실패를 말할 수 없다. 실행력이 곧 의지력이다. 의지가 빈약하다고 스스로 책망하지 말고 문제점을 찾아 실천해 보자. 시도할 때 제대로 문제점이 무엇인지 명확하게 결정지어진다면 의지력이 앞장서 실행하고 있을 것이다.

워런 버핏과 빌 게이츠는 성공 비법으로 "다른 사람의 좋은 습관을 내 것으로 만든다"라고 말했다. 실행력이나 의지력은 타고난 자질이 아니다. 자신을 분석하고 연습하면 된다. 하루 10분이면 아침 글쓰기가 충분하다. 아침 짧은 그 10분에 몇 자나 적겠냐 싶겠지만, 시작해보면 알 것이다. 점점 글쓰기 탄력이 붙게 되면 무수히 많은 글이 적힌다.

오늘 해야 할 일 한 가지를 찾아 적는 것부터 실천에 옮겨보자. 너무 완벽하게 해내려고 진땀 빼지 말고 적으면 된다. 초보적인 글로 시작하다 보면 조금 더 나아지게 되고, 이미지화된 방법을 생각하게 되고, 미래와 현재의 위치를 생각해 보게 되는 중요한 사고를 길러주는 것이 글쓰기의 힘이다.

치밀하게 계획하고 큰 노력이 필요하지가 않다. 대충 가볍게 적다 보면 시간이 조금씩 지나면서 부족한 부분이 채워져 간다. 아침에 10분이라도, 생각한 것을 글로 적는 것이 보물 같은 시간이 될 것이다.

아침 10분의 보물을 찾아라. 생각이 행동으로 이어지지 않으면 머릿속에서 쓰레기로 소각되어 버린다. 기억은 오래가지 않는다. 기록으로 쓰며 남겨라. 실행은 아예 하지도 않고 생각만 하는 것보다, 한 번의 실천이 얼마나 중요한지를 느껴보았으면 한다.

5

아침 30분 글쓰기로
인생을 바꿔라

당신은 지금 행복한가? 당신이 지금 불행하다고 생각이 든다면 글쓰기를 해보아라. 아침 30분 글쓰기로 인생을 바꿔라. 30분이지만 글쓰기의 아침은 마음이 배부른 시간이다. 나는 매일 조금씩 글을 쓰면서 하고 싶은 걸 찾게 되고, 갖고 싶은 걸 말하게 되고, 좋은 사람을 발견하고, 좋은 일을 발견하고, 상황에 따라 기회를 노려보는 눈도 만들어졌다. 건강한 삶이 아침 30분으로 만들어 갔다.

꿈을 꾸고 산다는 건 기회이고 희망이다. 꿈은 긍정 에너지로 자신을 변하게 해주려 애쓴다. 행동하면 얻는다. 하루하루가 행운과 함께하는 아침이 온다. 글쓰기로 부의 추월차선 타라. 노하우를 배워서 효과적인 글쓰기로 부를 대물림해 주어라. 자신감 있게 어필하면 효과적인 글쓰기 방법을 금방 터득한다. 우물쭈물할 시간 없다. 지금 당장 글을 써라. 끌리는 글쓰기의 법칙과 글쓰기 정리 기능, 글 쓰는 방법으로 인생은 바뀐다.

글쓰기는 안심되고 안정될 때가 아닌 매일 조금씩 써야 한다. 글쓰기는 나에게 큰 활력소이자 에너지이다. 화려한 글 솜씨 없어도 30분은 써보도록 해라. 글을 쓰고 있는 당신은 점점 밝은 기분으로 행복하게 될 것이다. 지금 행동하여라. 행동 지침의 답은 당신이 쓴 글 속에 있다.

나는 하루 시작 전 준비해야 할 것들 중 하나가 글쓰기이다. 아침에 큰 그물이 던져진다. 현실을 뒤바꿀 수 있는 가장 간단한 방법이라 하겠다. 대부분 많은 사람은 아침에 글을 왜 쓰는지 모른다. 글쓰기가 중요한지는 알지만 아침부터 글을 써야 하는 필요성을 느끼지 않는다.

첫 만남을 떠올려 보자. 적어도 첫 만남에서는 그 사람을 모르니 보이는 것으로 판단한다. 외모가 매우 중요하다. 그러니 외모를 가꾸는 건 기본적이고 중요한 과정이다. 첫 만남과 같은 첫 아침 글쓰기는 별표를 수없이 그려 넣어도 부족할 만큼 알리는 수단이 되고 가장 경제적인 방법이다.

아침의 매력에 꽂히도록 하라. 어쩌면 당신이 아직 글쓰기를 만나지 못한 건 매일 똑같은 일상을 반복하면서 특별함을 갖지 못하는 것이 아닐까? 일상을 바꿔라. 당신이 원하는 세상의 폭은 넓은 편이면서 다른 곳에서 매일 허탕치고 있을지도 모른다. 매일 아침 30분 일찍 일어나 스타벅스에서 우아하게 커피를 마시는 것도 해볼 만한 일이다.

별 관심이 없더라도 움직여 보아라. 모든 일을 익숙함에 작은 의미를 부여하고 있지는 않은가? 내가 매일 찾아가는 아침 시간 커피숍 풍경 안엔 나와 같은 행동을 하는 글 쓰는 사람이 있다. 항상 오픈된 상태로 혼자 앉아 사색하는 모닝커피 한 잔이야말로 제일 맛있는 커피다. 미소 띤 표정은 기본으로 짓게 된다. 방망이를 많이 휘두를수록 홈런을 칠 기회도 더 많아진다는 말과 같이 아침 30분 글쓰기를 시작한다면 기회를 잡는 것이다.

아직 아침과 친하지 않은 상태라면 30분이 적당하다. 당신은 건강이나 인생의 중요한 가치에 대해 논의할 만한 상대가 생겼다. 다정하게 글쓰기로 보여주는 인생을 진지하게 생각할 줄 아는 가장 쉬운 방법이다. 정기적인 글쓰기를 하는 시기에 이르렀다면 인생의 목표가 있는 것처럼 행동하게 된다.

글쓰기 전에 우선 마음에 걸리는 일을 정리한다. 걱정거리가 있거나 마음이 안정되지 않으면 집중력은 생기지 않는다. 그렇다고 신중하지 못한 행동은 하지 말아라. 글쓰기를 편의를 위한 존재로만 생각할 가능성이 있다. 오히려 흥미를 잃어버려 안간힘을 쓰기도 하니 마음껏 누려라. 가파른 곡선을 그리며 줄어들면 길을 잃는다. 글 쓰지 않으면 방향을 잃기 때문이다. 30분 글쓰기훈련으로 다져지면 금세 글 쓰는 실력이 늘게 된다. 생각의 폭이 넓어진다.

아침에 하고 싶은 일을 하는 시간이 되면 하루가 즐겁다. 매일 30분 이상씩 천천히 쓰다 보면 반성을 하게 되고 하고 싶은 일이 생기고 더 좋은 일을 발견한다. 글쓰기는 바로 그런 일을 찾고 유유히 즐기게 한다. 끊임없는 쓰기 학습이 키워드이다. 아침 시간을 어느 정도 극복하는 단순한 기술에 가깝다. 너무 서두르지 말고 한 단계 차근차근히 하다 보면 좋은 결과가 있다.

아침 글쓰기가 습관이 되면 작은 혁명이 일어난다. 당신의 아침은 30분에서 1시간 이상을 뭉그적거리고 허둥대고 있지는 않은가? 시간에 관해서는 금수저나 은수저나 모두 같은 수저이다. 돈이 많다고 명예가 좋다고 해도 특권은 없다. 같은 시간을 당신은 아침부터 어떻게 사용하고 있는가? 어떤 사람은 시간 활용에 성공하고 어떤 사람은 그렇지 않다.

하루의 아침 설계는 당신의 몫이다. 5분만 더 외치며 이불을 얼굴까지 끌어당기지 말아라. 시간은 가장 소중한 자산이다. 당신은 귀중품을 아무렇게나 낭비하고 있다. 버려지는 시간을 문제 삼으려 하지 않는다. 기적이 일어날 수 있게 토대라도 만들기 위해 아침 습관을 채워라. 아침 30분 글쓰기로 인생을 바꿔라. 아침 30분의 습관은 누구나 쉽게 할 수 있는 작지만 소중한 시간이 된다. 실천의 힘은 크다. 시간 관리의 습관을 터득하게 되면 인생이 바뀐다.

아침 글쓰기는 자극제가 된다. 글쓰기는 나를 숨 쉬게 한 도구이다. 평범한 일상의 습관들이 인생의 변화를 만들어낸다. 성공한 사람들의 아침은 다르다. 아침을 잘 활용한 사람이 하루를 잘 마무리하고 그 결과로 인생을 성공으로 지배했다. 나의 아침과 성공한 사람들의 아침이 어떤 모습일지는 보지 않아도 알 수 있을 정도로, 난 아침잠이 많았다. 나에게 맞는 수면을 충분히 하고 아침에 일찍 일어나는 습관을 몸에 익혔다. 그리고 아침을 맞이하는 하루를 매일 성공시켰다. 일찍 일어나기를 성공한 아침으로 습관이 자리 잡고 난 후 눈에 띄게 변화된 나를 발견했다.

아침에 할 일과 저녁에 할 일을 구분 짓게 되었다. 계획을 세우거나 아이디어를 내거나 등의 일은 아침에 하였다. 복잡하거나 판단이 잘 서지 않는 일일수록 아침에 고민했다. 아침에는 이성적인 일을 하였고 저녁에는 감성적인 일을 비교적 많이 했다. 아침과 관련된 명언이나 속담을 머릿속에 늘 각인시켰다. 늘 자극을 줄 수 있는 문구를 선택하여 매일 보는 효과가 좋았다. 아침 공기와 뻥 뚫린 도로 위 아침이 밝아오는 모습들은 아침의 좋은 점들이다. 준비된 여유가 생기게 되었고 남보다 일찍 시작하는 즐거움도 있었다. 아침의 상쾌함을 즐겨 보아라. 아침 활동은 산뜻한 하루를 위해 좋다.

아침 30분의 변화를 시작하고 깨어 있는 동안은 무엇이든지 온 힘을 다한다. 목표로 정한 기상을 향해 30분 일찍 일어나기도 한다. 바로 눈을 뜨자

마자 벌떡 일어나야 한다. 뭉그적거리려는 생각이 파고들 시간을 내어주어선 안 된다. 어느 땐 일찍 일어나 피로가 밀려오는 오후쯤 몸이 신호를 보낼 때가 있다. 그럴 땐 낮잠으로 도움을 받았다. 잠이 금방 쏟아질 때는 몇 분 만에 잠들기도 하였고 집중을 못했을 때는 늦게 잠들기도 하였다. 몸의 신호에 맞게 20분에서 30분의 낮잠을 잤다.

아침 습관 만들기를 잘 따라준 나의 몸에 선물을 준다. 나에게 맞는 비타민을 선택해 복용한다. 육체의 나이도 고려해서 건강식품은 챙겨야 건강한 아침을 맞이한다. 아침 샤워를 할 때 피부가 충분히 자극되어 잠을 깨우는 효과로 좋았다. 햇빛을 온몸으로 받으며 심호흡하는 아침 또한 몸과 정신건강에도 큰 선물이 되었다.

공부하고 독서를 하는 등의 자기 계발은 아침 시간을 활용하는 것이 무엇보다 좋다. 저녁 활동은 중독성이 강하므로 당장 끊어 내야 한다. 습관적 저녁 활동을 과감히 버려야 습관적인 아침 활동을 하게 된다. 불규칙한 야행성 생활을 만드는 요소를 제거하는데 집중해 보아라. 상습적인 음주나 습관적인 야근을 멀리해 보아라. 지나친 취미 생활도 억제하여 보아라.

당신은 아침이 유용하다는 것을 잘 알고 있다. 정작 실행하는 것은 단순하면서도 어렵다. 아침 습관이 길들고 나면 일어나야 하는 압박감의 걱정은 아무 필요 없다. 그때는 몸이 알아서 움직인다. 만들기가 힘들지 결국 모든 이치와 같다. 몸에 배고 나면 힘들지 않을 뿐 힘들이는 노력 없이 당연한 듯 자연스러워진다.

6

막힘없이 써지는 아침 글쓰기 전략

새벽에 영혼을 채운 후 꿈과 씨름을 한다. 그리고 아침이 밝아오면 간단 운동을 한다. 아는 것이 힘이 아니라 아는 것을 실천해야 힘이 된다. 내가 믿고 생각한 대로 삶은 흘러간다. 즐거운 마음이 성공을 불러온다. 싫은 일을 하면 마음이 즐겁지 않기에 성공하지 못한다. 즐겁게 시작하고 목표 방향대로 시도하면 길은 열린다. 세상을 탓하거나 원망하지 말고 세상에 맞춰 살면서 내 꿈을 펼치는 것이 필요하다. 원망은 시야를 가리는 어리석음이다. 누군가와 툭 터놓고 이야기하고 싶은데 어디에 이야기할지 고민하고 있다면, 나만의 글을 쓰면 된다. 막상 생각하면 어떻게 시작해야 할지 막막한 글쓰기라도 쓰면서 달라진다. 나만의 글쓰기가 시작되게 된다. 미래를 예측할 수 있도록 나의 미래를 창조하는 일에 최선을 다해야 한다. 미래는 내가 만드는 대로 창조된다.

예전에는 설득이란 것을 불편하게 바라봤다. 상품이나 서비스가 좋다면 왜 군이 억지로 설득해야 하나? 그런 생각이 많았다. 하지만, 현대인에게 설득은 살아가는 꼭 필요한 기본 요소란 걸 느끼게 되었다. 그렇다. 우린 많은 매체를 통해 설득당하고 있다. 전단지 배포의 설득과정을 살펴보자.

목표

상대가 전단지를 가져간다.

프로세스

1. 전단지를 들고 유동 인구가 많은 곳으로 간다.

2. 멘트와 함께 전단지를 내민다.

3. 사람들이 가져간다.

만약 전단지 배포로 설득하지 못했다면 전부 실패한다면 원인과 결과를 분석해야 한다.

원인 분석

1. 손에 가방, 짐을 들고 있는 사람은 전단지를 거절할 확률이 높다.

2. 남자들이 전단지를 가져갈 확률이 높다.

3. 가는 길에 비스듬하게 서서 나눠주면 확률이 높아진다.

4. 지하철 입구가 좋다.

이렇게 수정된 방식으로 1시간 해보고 효율을 따지고 수정하며 수정한다. 전단지는 복잡한 프로세스는 없지만, 각각 효율을 높이는 방법을 분명히 찾아야 성공확률이 높다. 광고하고 전단지 배포를 하고 이런 행위들이 결국 설득 과정이다. 설득의 상황에서 우리는 어떤 일을 우선 할 수 있을까?

1. 모든 사람은 각자의 개성이 있고 다르게 반응하는 것을 염두에 둔다.

2. 설득 대상자에 대한 정보를 최대한 많이 파악한다.

3. 설득의 주체. 대상 모두 사람이기에 사람에 대한 공부를 최대한 많이 한다.

4. 설득의 4단계를 파악한다.

  1) 상대의 주위를 끌어둔다.

  2) 특정의 욕구를 일으키게 한다.

  3) 욕구를 설득의 목적과 연결한다.

  4) 바람직한 반응을 일으키게 만든다.

글을 쓸 때도 설득이 활용되어야 한다. 순서를 정하고 목표를 뚜렷이 한 다음, 자극과 반응을 명백히 밝히는 것이다. 이것이 도전이다. 설득이 말하는 기술에만 필요하기보단 글쓰기에도 적용된다.

1. 연습하면서 지우는 훈련으로 간단한 중요 요점 남기기

2. 의견을 적을 때 "맞죠?" 등 질문하지 말고 명확하게 적기

  1) 군소리 없이 의견만 명료하게 적되 애매하게 적지 않기

  2) 질문이면 질문, 의견이면 의견. 똑 부러지게 명확하게 적기

3. 포커페이스 활용하여 무슨 패가 들었는지 모르게 흥미를 유발하기

  1) 감정을 너무 노출하면 상대가 내 정보를 가져간다.

  2) 글이 우습게 된다. 협상 같은 걸 할 때 불리할 수 있다.

  3) 일상에서도 필요하다. 패를 몰라야 흥미 있게 이긴다.

4. 중요하게 읽히는 글쓰기 정석

  1) 술술 읽히는지 평소에 소리 내서 읽는 연습 훈련하기

2) 힘 있을 때 정확하게 많이 적기

3) 파워를 가진 자신에게 맞게 글쓰기 파워 높이기

4) 키워드는 알맞게 정확하게 잡기

5. 글을 쓰는 데 집중이 안 되면 불필요한 내용 생략하기

6. 몸을 너무 뻗대지 않고 너무 움츠리지 않고 필요한 자세 확보하기

7. 최적화된 공간으로 집중 가능한 장소 활용하기

나는 말하기와 글쓰기에서뿐만 아니라 인간관계에서도 명확하지 못했다. 착한 사람보다는 이제는 자신을 챙기는 명확한 사람이 되라는 지인으로부터 충고를 받은 적이 있다. 명확한 사람이 되려고 노력했던 것들을 글로 많이 표현했다. 문제점을 하나씩 적었다. 연습하면서 지우는 훈련으로 요점만 간단히 압축되었다. 우선순위를 글쓰기로 정한 다음 글쓰기는 삶의 방향을 잡게 해주었다. 그리고 변화가 시작되었다.

내가 가진 글 쓰는 재능을 최대한 활용하자. 명확한 선택이 실력이다. 자기에게 맞는 선택을 잘하는 게 중요하다. 글을 적을 때 대담하라. 시간이 없어서 글을 쓰지 못한다면, 시간이 없을수록 글을 써야 한다. 지치고 피곤해서 글을 쓰지 못한다면 지치고 피곤할수록 글을 써야 한다. 머리가 시키는 대로 멈추고 싶다면 마음이 시키는 대로 따라 해야 한다. 포기하지 않고 마무리로 끝날 때까지 끝나는 게 아니다. 시간을 나에게 선물해라. 시간은 막힘없이 써지는 글쓰기의 힘을 안겨준다.

#7
아침 글쓰기
7가지 활용 법칙

아침 글쓰기를 시작하는 것도 어렵지만 지속하는 것도 진통에 가깝다. 아직 미숙한 나를 얼어붙게 만든다. 나는 아침을 시작이라는 시선으로 다르게 생각했다. 철저한 마음가짐으로 아침을 완벽하게 시작하고 싶었다. 야행성이던 우리 집은 늘 새벽이 오는 시간까지 제일 늦게 불이 켜져 있는 유일한 집이다. 그런데 이젠 아침이 오는 시간에 불을 밝힌다.

기상미션은 도전이면서 새로운 삶의 시작이었다. 아침에 무엇을 해야 하기보단 시작할 수 있는 것부터 시작하게 되었고 즐거움까지 저절로 생기게 되었다. 이런 시작으로 나는 다른 일을 해야 할 때도 다른 일을 대할 때도 내가 할 수 있는 것부터 시작하는 단순함으로 시작하고 있다. 아침 글쓰기 덕분이다.

당신도 이젠 몸을 던져 행동으로 옮길 차례가 왔다. 몸을 던지는 그 자체로 결과가 뒤따른다. 결과란 실제로 행동한 자만이 누리는 성취감을 느끼는 단계다. 가볍게 하루를 즐거운 마음으로 시작해 보자. 무언가를 하지 못할 때, 집중이 되지 못할 때, 운동으로 심호흡을 해보자. 규칙적인 신체 활동이 집중하지 못할 때, 낮은 단계인 스트레칭조차도 해소가 된다. 짧은 명상은 정신이 맑아진다. 두려움도 버려지고 글쓰기가 집중된다. 말하는 대로 쓰는 것부터, 이루어진 것처럼 생각하고 행동하고 상상하는 글쓰기까지, 부담없이 써진다. 간절한 글쓰기를 해보자. 간절하면 간절히 원하면 내가 아니어도 주위에서 이루어진다. 끝이 어떻게 될지 아무도 모른다. 스스로 습득을 잘 익혔어야 한다. 큰 인물이 될지 아무도 모른다.

감정에 충실하자. 자신의 감정을 부끄러워하지 말자. 자신의 감정을 살피는 것은 바람직한 일이다. 일기 적듯이 자신의 감정을 글로 표현하자. 나는 아침 글쓰기를 쓰고 나니 정신적으로 더 건강한 것은 물론 직장생활의 일에 대한 성취감도 더 높았다. 직장동료들의 말도 더 열심히 경청하게 되었고 좋은 점을 기억하려고 하였다. 경청을 통해 기억의 기술까지 길러지는 듯하였다.

아침 글쓰기를 하는 것을 즐겼던 나는 다작을 하면서 연습했다. 다작의 시간이 많아질수록 글과 씨름한 시간이 아까웠다. 엉망인 글조차도 버릴 것이 하나도 없음을 알았다. 버리려고 했던 것들도 모두 나의 경험이었고 저절로 노하우가 생겼다. 매일 몇 시간씩 글을 쓰는 것이 전혀 힘들지 않았다.

글을 써보려는 마음먹은 사람이 글에 대한 공포심을 느낀다면 글로 표현하는 것이 서너 배가 힘들다. 그만큼 마음에 새겨지면 까다로운 문제에 부딪히게 된다. 글을 쓰기 위해 읽기부터 연습해 보자. 글쓰기와 독서는 지우개와 연필 같은 관계이다.

아침 글쓰기 7가지 활용 법칙이다.

첫째, 훑어보기를 해라. 흐름 파악하기 위한 전체를 훑어보는 방법이다.

제목과 목차를 보면 책의 주제가 보인다. 목차 보면서 주제가 무엇인지 파악하기 단계이다.

둘째, 질문하기를 해라. 궁금한 것 질문하는 식으로 적어보는 방법이다.

소제목으로 궁금한 내용을 적는다. 빠르게 답을 찾아 질문에 답하기 단계이다.

셋째, 읽기를 해라. 처음부터 끝까지 책 읽기 방법이다.

찾지 못한 답을 천천히 여러 번 읽어보며 찾아보기 단계이다.

넷째, 암기를 해라. 저자의 주제 기억하고 싶은 것 암기하는 방법이다.

다시 한 번 보며 소리 내어 읽어보기 단계이다.

다섯째, 요약을 해라. 나만의 방식으로 요약하는 방법이다.

암기된 읽은 내용을 요약하기 단계이다.

여섯째, 다시 읽기를 해라. 전체적으로 빠르게 다시 읽어보는 방법이다.

요약한 내용이 내 것이 되었는지 기억하며 다시 읽기 단계이다.

일곱째, 다른 사람에게 소개를 해라. 읽은 내용을 복습하는 방법이다.

다른 사람에게 소개하며 확실히 내 것으로 만들기 단계이다.

아침 글쓰기 7가지 활용 법칙을 적어 보았다. 가장 효율적으로 반복하는 이해 7단계를 끝내면 읽은 내용은 자동으로 글이 써진다. 물론 글을 써야 활용할 수 있다는 것을 강조한다. 요즘 시대를 살아내기엔 글쓰기에 능해야 한다. 모든 사람에게 글쓰기가 필요하다. 사업가들도 글쓰기는 필수이다. 글은 공적인 연설 등 경영의 도구인 셈이다.

자기 생각과 전하고 싶은 원칙 정도는 스스로 글로 표현이 가능해야 하는 시대이다. 그런데 큰일 났다. 사람들이 글 쓰는 법을 잊어버렸다. 웬만하면 글을 쓰려 하지 않는다. 글 쓰는 건 전문가들도 막막하긴 마찬가지다. 꿈쩍도 하지 않는 당신에게 사용할 마지막 노력이 아침 글쓰기다. 아침 글쓰기는 욕구를 자극하는 것으로 아침이 주는 기운이 전반에 걸쳐 적용되는 결정적 신호탄이 되어 준다. 아침에 무조건 글을 쓰고 당신이 편한 시간에 언제든지 열람하여 보면 된다.

SNS 발달로 마케팅 시장도 달라졌다. 바쁜 시간에 불쑥 들이닥치는 판매 사원보다, 자료를 미리 챙겨 메일을 보내주는 온라인 판매 사원에게 더욱 눈길을 주고 호감을 주고 있다. 이젠 마케팅도 판매하고 싶으면 글을 써야 하고 물건을 사고 싶으면 사는 사람은 읽어야 한다. 소통의 방식이 달라졌다.

고객에게 정보를 제공하는 것이 모두 글쓰기의 팁이다. 이것이 글쓰기가 존재하는 이유며 글쓰기를 강조하는 이유이기도 하다. 쓰기 기술을 아침 글쓰기로 익히자. 하고 싶은 말을 다 적으면서 고쳐 쓰는 테스트를 아침 글쓰기로 다지는 것이다. 이젠 글로 소통하는 시대이다.

아침에 일어나면 물도 맛이 다르다. 정신도 맑아지고 기분이 좋다. 자기 전 새벽과 기상 후 새벽은 다르다. 당신의 인생은 구체적인 목표와 계획을 세우고 있는가? 지금 구체적으로 목표와 계획을 큰 그림에서 작은 그림까지 그려보자. 무슨 일을 하든 프로가 되어야 한다. 장난삼아 대충 하면 안 된다. 대충 하면 이도 저도 죽도 밥도 안 된다. 티끌 모아 티끌이다. 하려면 제대로 하자.

글쓰기가 나침반이 되어 큰 힘이 발휘된다. 아침 글쓰기로 가치 있는 삶을 살고 가치 있는 사랑을 하는 게 최고의 삶이다. 머리가 아닌 종이에 토해 내야 발휘된다. 재미로 쓰다 보면 나를 위한 좋은 과정이었음을 알게 된다.

부정적인 외부의 말을 들어도 무시하고 쓰면 된다. 끈기를 가지고 쓰다 보면 얻는 것이 항상 있다. 열정을 쏟아낸 글은 독창과 창조성이 있다. 당신을 믿고 써라. 마음을 사로잡는 강력한 무기인 글쓰기로 사람들은 유혹된다. 이 단계만 거치면 큰 노력을 기울이지 않아도 고객들이 알아서 내 글을 읽어준다. 내 글을 읽어야 하는 이유가 아니라 내 글을 읽음으로써 이득으로 돌아오는 글이어야 제대로 유혹할 수 있다.

글쓰기의 관건은 읽는 사람이 편해야 한다. 당신만의 특별함은 아침 글쓰기를 수없이 할 경우 내 글을 살피게 되면서 비로소 변신하게 된다. 다작으로 충분한 힘을 가져라. '무엇을 쓸까?' 하는 단계와 '어떻게 적을까?' 하는 단계로 아직도 고민하고 있다면 지금 이 순간을 인식하고 써보아라. 영화 포스터처럼 말이다. 보는 순간 바로 인식되는 글을 표현하는 방식으로 써보는 것도 도움이 된다. 글쓰기를 보는 순간 인식되는 방법인 것이다. 눈으로 읽는 것이 아니라 눈으로 보게 만드는 것이다. 읽히는 것이 아닌 본다는 의미이다.

단순 명료하게 쉽게 쓰는 것이 중요하다. 당신의 생각을 그냥 글로 알리는 정도로 쓰면 글은 매끄럽다. 잘 쓸려고 하지 말고 광고 포스터처럼 짧게 쓰면서 고쳐쓰기를 반복하면 된다. 쓰기는 얼마든지 고쳐 쓰면 된다. 생각하고 쓰기를 반복하고 고쳐 쓰면서 목적 달성까지 이룬다. 아침 글쓰기를 가능하게 하는 힘이다.

8

아침 글쓰기가
당신을 변화 시킨다

글쓰기를 시작하면서부터 나의 인생은 모든 것이 변했다. 나의 의식세계가 마법처럼 건강해졌다. 아침이 오면 제일 먼저 내가 보는 것은 컴퓨터 앞에 나의 꿈을 시각화한 버킷리스트이다. 나는 버킷리스트를 보면서 내가 성공하는 상상을 하며 글을 썼다.

아침은 나에게 꿈을 펼치는 최고를 제공한다. 나만의 작은 공간에서 상상으로 펼쳐진 성공을 향한 몸부림이 시작되었다. 때론 신경을 바짝 쓰며 조바심을 내기도 했다. 우울증과 자괴감에 빠져 허우적댈 시간이 없다며, 더욱 강해지기 위해 매일 글을 썼다. 불안한 현실이 나를 지탱해 주었던 꿈과 희망을 짓누르게 놔둘 순 없었다. 의지가 약해질수록 더욱 글을 써야 했다. 그랬더니 어느새 좋은 상황이 오고 버킷리스트에 적은 것들이 하나씩 이루어지는 신기한 일들이 벌어지는 것이었다.

월급만 의존하며 생계유지에 배고픈 시절이 있었다. 월급을 다 쓰고 가지고 있던 돈이 줄어들 때쯤은 가슴이 타들어 갔었다. 기본적인 먹을 것조차 챙기지 않으니 체력 또한 바닥이 되어 갔다. 그럴수록 생계를 유지하기 위해 돈을 벌기 위해 사방으로 뛰어다녔다. '나는 매일 조금씩 나아지고 있다. 곧 그동안 뿌렸던 씨앗들이 열매되어 온다.'를 적어 수첩에 넣고 다니며 매일 몇 번이고 보고 읽었다. 힘들수록 더 많이 보면서 용기를 얻었다.

하나씩 결과가 보이기 시작했다. 식비를 줄이고 최대한 아껴 라면에 김치만 의존하던 밥상도 일주일에 한 번씩 외식도 할 수 있는 여유가 생기게 변했다. 이처럼 힘들다고, 고통스럽다고, 슬프다고만 막막하게 현실을 대하면 경제적 사정은 나아지지 않는다. 나의 의식 즉, 생각 속에 확고한 마음을 가지고 실행한다면 그것을 실현하기 위해 노력하게 된다. 현실이 되는 순간이 분명히 온다. 글을 쓰면 쓰는 대로 이룬다는 것을 믿게 된다.

몸이 극도로 허약해지면 정신도 허약해지기 마련이다. 하루 기운을 제일 먼저 받는 아침에 태양의 기운을 받는 글과 만나야 한다. 현실의 두려움을 없애는 것뿐만 아니라 나의 인생도 마법처럼 변화되는 것을 알게 된다. 더 나아가 가슴 뛰지 않은 무미건조한 삶을 살아가는 많은 이들의 가슴을 뛰게 할 것이다. 항상 가슴 뛰는 꿈을 꾸는 삶을 살 수 있도록 도움 되는 삶이 될 것이다. 마음을 울린 꿈은 이미 성공을 장착한 것과 같다.

우리 인생은 내가 뿌린 씨앗들이 열매를 맺는다. 위를 보고 사는 사람과 아래를 보고 사는 사람은 열매가 다르다. 방향만 바꿨을 뿐인데 이토록 다른 느낌이다. 그동안 내가 뿌린 씨앗이 얼마나 많은지를 떠올려 보면 나에게 열릴 열매를 짐작할 수 있을 것이다. 하려는 의지를 알고 있다면 실행으로 옮겨라. 성공할 때까지 기다리지 마라. 그땐 늦다. 어렵고 힘들 때 인생의 돌파구가 있다. 당신이 행동해야 세상을 바꾼다.

변질은 되지 않으려 했지만 본의 아니게 놓치고 가는 것들이 점점 늘어났다. 목소리조차 피로감이 묻어날 정도로 몸과 마음이 지쳐 있었다. 사람이 하는 일은 다 해결된다. 모든 일이 지나고 보면 아무 일도 아닐 때가 있다. 힘든 고비 이겨내고 용기를 잃지 말자.

아픔과 상처는 지나간다. 지금의 아픔을 반복하지 않게 하는 것에 집중하자. 혼자이고 싶은 세상이지만 혼자여선 안 되는 세상이다. 혼자도 충분히 좋은 세상이지만 혼자는 안 되는 세상이다. 작전을 미루면 시작이 어려워질 수 있다. 작전이 없으면 무조건 패한다. 작전을 모르면 무조건 당한다. 하나에 미쳐라. 글쓰기는 자기계발의 종결판이다. 작전을 짜고 변화를 거침없이 시도하라.

변화하기 위한 마음 바꾸기 4단계

1단계 생각을 바꿔야 한다.

2단계 관점을 바꿔야 한다.

3단계 습관을 바꿔야 한다.

4단계 행동을 바꿔야 한다.

변화하기 위한 마음 바꾸기 4단계를 실행에 옮겨 보도록 하자. 직면해 보자. 많은 사람과 다른 방향으로 가는 것으로 다른 선택을 하는 것이 용기이다. 용기를 내어 다른 선택을 하면 새로움이 오는 것이 도전이다. 도전을 즐기며 선택을 향하는 땀방울이 인생이다. 책 속에 빠지는 아침 시간이 참 좋다. 하루를 잘 버틸 수 있게 해주는 보호막 같다. 어제 지는 해는 잊고 오늘 뜬 해를 맞이한다. 어제의 해와 오늘의 해는 분명 다르다.

나는 자신감을 갖고 삶을 만족하게 살지 못했다. 늘 불안했고 늘 부족했고 늘 힘들었다. 겉으로는 자신감이 넘쳐 보여도 움츠린 그림자는 항상 곁에 따라붙어 좀처럼 떠나지 않았다. 고통에 직면하게 되면 어김없이 난 무서웠고 저만치 달아나 있었다. 고통은 피한다고 되는 건 아니다. 부딪히고 사는 것이다. 고통을 마주하기가 쉽지 않았다. 행복한 길은 고통을 피하지 말고 마주하는 것이었다.

자신감은 싸움에서 이기고 지고를 늘 반복한다. 이젠 꿈을 꾸고 살자. 꿈을 꿀 자격이 충분히 있다. 꿈을 꾸지 않고 살면, 몸이 부서져라 일했어도 형편은 그다지 나아지지 않고, 가난은 벗어나지 못하고 건강만 나빠진다. 꿈을 꾸고 산다면 명확한 그림을 그리게 된다. 힘들게 일해도, 꿈의 명확한 그림을 바탕으로, 형편은 좋아지게 되고 가난과 이별하게 된다. 건강을 챙길 시간적인 여유까지 생기니, 건강유지도 철저히 할 수 있다. 꿈을 꾸는 것만으로도 난 가슴이 뛴다. 꿈을 가진 당신이라면 글쓰기를 시작만 하면 된다. 아침 글쓰기로 당신의 변화된 모습을 상상하라. 상상한 그곳이 당신의 미래다. 아침에 미래 일기를 써본다면 미래의 상상 속 모습이 당신의 현실로 곧 온다.

예전에 전화로 말을 전달하거나 직접 약속을 잡고 만나서 말을 전달하는 것이 더 많았다. 지금은 SNS가 발달하여 글쓰기가 중요하게 되어 버렸다. 그러면 어떻게 글쓰기를 하고 어떻게 글 쓰는 능력을 키우면 좋을지 사람들은 고민한다.

엄마 뱃속에 있던 태아가 세상에 태어나 아기가 말을 배울 때를 생각해 본다. 소통하기 위해 부모는 "엄마라고 해봐. 엄마! 엄마!" 말을 가르치고, 아기는 말을 배우고, 커가면서 글자를 배우고, 반복을 한다. 계속된 반복을 한다. 글쓰기는 평생 쓰는 것이다. 쉬운 것을 반복을 통해 반복연습을 꾸준히 한다.

모든 것이 하루아침에 이루어지는 것은 없다. 아무 글이나 쓰기 시작하면 재미있는 글이 되기도 하고 감동적인 글이 나오기도 한다. 나만의 방식으로 나만의 노트에 글을 적는다면 큰 부담을 줄일 수 있다. 어떤가? 이젠 당신도 글을 쓸 만할 것이다. 내 생각을 어떻게 글로 표현할 것인지 머리만 굴리다 보면 사고만 하게 되고, 결국 한 글자도 못 적을 확률이 높다. 생각은 그만하고 글을 쓰길 바란다.

하루 중 너무 슬픈 일이 있었거나 마음 상한 일이 있는데 하소연할 곳이 없을 때, 글을 쓴다면 감성적인 글이 되어 나온다. 그 감정들이 멋진 글로 태어난다. 하고 싶을 때 하면 가장 좋은 글이 나오고 좋다. 억지로 좋은 문장을 연출하거나 어려운 낱말을 찾아서 쓴다면 금방 당신은 지쳐 버린다.

과거의 퍼즐들을 꺼내 글로 맞춰 보아라. 쉽게 지나칠 수 있는 사건을 글로 적게 되면 당신을 대변해 주는 글이 된다. 글쓰기는 글을 쓰는 것이 아니라 나를 종이에 쓰는 것이다.

4

나를 단단하게 하는
글쓰기 습관

1

하루에 한 줄이라도
써보자

두려워 쓰지 못한다면 한 줄로 시작해 보자. 누구나 말하지 못하는 것에 서부터 시작한다. 글을 잘 써야 한다는 강박에서 벗어나야 한다. 솔직한 글을 쓰기까지는 긴 시간이 필요하긴 하다. 보는 사람 없어도 나의 감정을 그대로 쓴다는 것은 굉장히 어려운 일이다. 처음부터 나의 감정을 모두 드러내겠다는 그런 글을 쓰는 것이 아니다. 테마를 정해놓고 쓰면 된다. 내 인생의 버킷 리스트 작성을 하는 등 자연스럽게 습관화시켜야 한다.

글쓰기만큼 재미있는 놀이가 없다. 큰돈이 드는 것도 아니고, 누군가랑 꼭 함께하지 않아도 되고, 종이 위에 기적을 만들 수 있는 놀이이다. 언제 어디서든 시작할 수 있는 놀이 중에 최고의 놀이인 것이다. 내 인생의 모든 가능성과 상상을 나의 글쓰기 세계에 담을 수 있다. 나의 상처들, 나의 계획들을 글 속에 담는다는 매력까지 있다. 글쓰기를 해보면 이룬다. 내가 원하는 방향으로 인생이 바뀌는 경험을 글을 쓰는 순간 알게 될 것이다.

한 줄이라도 쓰는 것이 답이다. 난 뜬구름 잡는 글쓰기 표본 이런 걸 쓰지 않는다. 살아가는 진솔한 경험은 그 어떤 종류의 글쓰기와 다르다. 혼자 있을 때 못하겠다고 혼자 울지 말고 혼자 힘으로 이겨내는 글을 쓰면 따뜻해진다.

이불을 챙겨와 두 겹 세 겹 덮는 효과를 받는다.

나는 글을 만나고 무거웠던 마음이 가벼워졌다. 당신이 변화를 쉽게 바꾸지 못하는 것이 안정이다. 변화로 시작되는 보다 낯선 환경보다 안정된 것에 안주한다. 안정에서 행복을 느끼는 것이 최고의 삶이라 여긴다. 영원한 안정도 없고 영원한 불행도 없다.

내 옆에 있는 사람과 나는 다만 재미있게 살려고, 웬만해선 안정권에서 벗어나지 않으려고 아무렇지 않은 척 지냈다. 완벽하지 않은 것들인데 완벽을 추구하면서 애쓰며 치열하게 살았다. 매일 슬픔을 삼키며 언제나 들어도 좋은 말을 되새기며 기쁨을 주려고만 했다. 인정하지도 않는 애쓰는 모습이 가끔은 격하게 외로웠다. 지금 여기서 무너지지 않으려 깨어 있어야 했다. 부러지지 않는 마음을 만들려 단속했다. 좋아하는 일만 하고 살순 없지만 져주는 대화에 지쳐갔다. 믿음을 쌓아하는 과정에 문제가 많았다. 그 문제 앞에서 약해질 때면 한 줄이라도 힘이 되는 글을 쓰면서 뛰어넘어 설 용기를 나에게 심어주었다.

위기가 닥칠 때마다 두려움이 고개를 내민다. 내밀었을 때 튀어나오지 않고 튕겨 보내는 글쓰기가 자양분이 된 셈이다. 더 이상 오늘의 만족을 내일로 미루진 않기로 했다. 이젠 내 자존심이 다치지 않게 나는 뻔뻔하게 살아간다. 감정을 극복하기 위해 각기 다른 종류로 고비와 맞서지만 매일 한 줄이라도 쓰는 글쓰기로 나와 마주한다. 나에게 쓰기의 힘은 세상까지는 아니지만 나 자신은 구하고 있다.

당신은 지금 행복한가? 당신이 지금 불행하다고 생각이 든다면 글을 써라. 글 쓰는 방법으로 인생은 바뀐다. 화려한 글 솜씨 없어도 한 줄이라도 써보도록 해라. 글을 쓰는 당신은 밝은 기분으로 점점 행복해지는 글을 쓰게 될 것이다. 인간의 본능을 글로 표현하자. 털어내고 싶은 감정과 드러내고 싶은 생각이 있다면 글로 표현해 보자. 행동이나 말로 표현하기 어려운 걸 글로 표현하자니 두려 울 것이다. 쓰고 싶어 쓰는 글마저 잘 쓰지 못할 수도 있다. 만족하지 않는 두려움이 쓰지 못하게 방해까지 한다. 간단히 한 줄부터 다양한 방법으로 써보자.

시간을 어떻게 확보해야 하나? 어떻게든 시간을 확보하여 잠자고, 밥 먹고, 화장실 이용을 제외한 모든 시간에 글쓰기 관련된 일에 신경은 곤두세워라. 뜻이 있는 곳에 길이 있다. 쉬고 있을 때는 뇌에 소재를 찾으라는 상큼한 명령을 내려놓고 글을 쓸 때는 거침없이 글을 써준다.

좋은 글을 쓰지 못하면 어떻게 하나? 일단 무조건 써라. 쓰다 보면 크게 두려운 것도 없다. 두려움과 걱정 따위는 치열하게 글을 쓰면서 날아간다. 어차피 책상에 앉아 노트북을 켜고 글을 쓰겠다는 마음만 있으면 글은 써진다.

당신은 아무 일 없던 사람보다 강하다. 걱정할 필요가 없다. 기록해두고 싶은 것, 소중한 기억, 자랑할 것, 고민되는 것, 힘들었던 것, 결정 못 내린 것들에 의미를 담아 스토리를 만들어라. 글재주가 없어서, 문장이 서툴러서, 완벽하지 않아서, 못쓴다고 하지 말자.

어떻게 써야 할까? 어떻게든 써도 된다. 완벽한 글쓰기는 인생 그 자체가 완성이다. 인생은 완벽하지 않다. 서툴다. 문장력이 뛰어나고 전문적인 언어로 높은 지식이 담긴 책은 화려하다. 그런데도 공감을 얻지 못하는 경우가 많다.

온실 속 꽃은 안에 있을 때 화려하다. 보기 좋고 평화롭다. 그렇지만 온실에서 벗어나면 금방 찬바람에 죽고 만다. 찬바람을 견뎌낸 꽃은 강풍이 와도 이겨낸다. 그런 꽃을 우리는 더욱 공감해 준다. 인생도 그렇다. 꾸미지 않고 있는 그대로의 삶을 쓰는 솔직한 글이 가슴을 울린다. 삶이 글로 담기면 그냥 보낸 일상도 가치가 있고 의미로 쓰이게 된다.

내 인생의 하루가 얼마나 소중한지 그 시간을 글로 담아 보아라. 내가 보낸 하루의 그릇에 담는 글을 쓰게 되면 지나친 일상들이 큰 그릇에 담길 것이다. 그 정도로 우리는 많은 것을 하루라는 시간에 해내고 있다.

지금 하는 말과 행동들, 옆 사람과 나눈 대화, 아침에 집을 나서면서 한 행동, 교통수단을 이용하며 이동하면서 본 것들, 전화통화 내용, 일하면서 진행했던 것들, 직장동료나 친구들을 만난 것들, 회식 자리나 동호회 모임들, 이런 것들이 모두 평범한 일상 이야기이다. 쓸 이야기가 없는 것이 아니라 안 쓰는 것이다. 모든 것이 글을 쓰는 자료이다. 그냥 보낸 하루를 당신이 글로 적으면 자신의 가치를 돌아보는 계기가 된다.

내가 겪어온 아픔, 가족이나 친구와의 싸움, 사랑했던 사람의 배신, 첫 직장, 해고 위기, 은퇴 걱정, 가족과의 여행, 부모님과 통화 내용, 오순도순 모여 TV 보기, 아이들과 놀기, 싸우고 화해하기, 가족들과 맛있는 음식 만들기, 피곤함에 일찍 잠들기 등 우리들의 삶은 이러하다. 이 모든 것들이 의미 없는 일이 결코 아니다. 특별한 것이 없는 것이 아니다. 특별한 것을 찾으려고 애쓰지 말고 특별하게 적으면 된다. 당신이 적으면 특별해진다. 작품이 아닌 일상을 쓰는 것이다. 글을 쓰면서 자신의 변화를 나의 성장을 제대로 보라는 것이다.

글쓰기를 가볍게 접근하면 된다. 사람들은 하고 싶은 것들이 많은데, 그것을 내 힘으로 직접 하기를 싫어한다. 살이 자꾸 찌는 모습을 보면서 살을 빼고 싶어 하지만 운동을 하기 싫어한다. 부자들을 보면 나도 부자가 되고 싶어 하지만 땀 흘려 일하는 건 싫어한다. 좋은 대기업에 취업하고 싶은데 공부하기는 싫어한다. 배가 고파서 배에서 요동을 치는데 밥만 차리면 되는 것을 싫어한다. 이처럼 손 안 대고 코만 풀고 싶어 한다.

꾸준히 글쓰기를 병행하면 예술적인 감각이 살아난다. 언어, 감성, 예술 등 무궁무진한 사고를 구상해준다. 글을 쓴다는 것은 종합예술이다. 우리 몸의 감각기관을 글쓰기는 모두 열어놓고 당신이 쓰기만 기다린다. 토질 좋은 비료가 되어 준다.

성공한 사람들이 있는 그 자리는 결코 그냥 생긴 것이 아니다. 아무것도 하지 않으면 아무것도 이룰 수 없다. 내 삶을 노트 위에 펼치면 백지인 노트에 길이 생긴다. 길이 모여 지도가 그려진다. 나의 보물 지도를 만드는 과정이다. 글을 쓰면 진정 원하는 것을 생각하는 시간이 된다. 나조차 잘 알지 못했던 나의 다른 부분을 분명 잘 알게 되기도 한다. 글쓰기는 나를 볼 수 있는 시간이다. 글을 쓰고 자신을 자세히 알아가는 시간을 만들라. 하루에 한 줄이라도 써보자.

#2
일기 쓰듯이
블로그에 글쓰기

글쓰기는 선택이 아니라 필수인 시대가 되었다. 많은 사람이 SNS로 온라인 소통을 한다. SNS 글쓰기의 시작은 돈도 필요 없다. 하루하루가 비슷한 하루이고 오늘이 어제이고 어제가 오늘인 일상을 블로그에 글을 남기자. 매일 블로그에 글을 올리고 작은 일상을 공유하면서 여유로운 다른 삶의 재미를 맛본다.

나는 블로그에 일상 글을 올리며 글 쓰는 습관을 길렀다. 일상에 대한 진지한 고민이나 재미있던 사건들을 매일 일기 쓰듯이 적었고, 지금은 모인 글들이 거울이 되어 있다. 글쓰기습관의 전략을 가볍게 다르게 세워라. 일기 쓰듯이 온라인 블로그에 글을 쓰고, 온라인 블로그에 습관적으로 댓글 남기기를 하여라.

기록이든 메모든 소소한 글들이 시절이 지난 후 꾸준히 쓰인 것이 엄청난 분량이 되어 큰 의미를 주기도 한다. 자신이 평범한 직장인이라면, 평범한 남편이자 아내라면, 자신의 지식과 경험 스토리를 담은 글을 써서 일상의 나의 스토리를 블로그로 펼쳐라.

블로그에 글을 쓰는 게 두렵다고 피해선 안 된다. 내가 오늘 보낸 하루의 경험을 막상 쓸려고 하니 걱정된다면 부족한 건 쓰면서 채워 나가자. 유치하다고 생각이 들어도 괜찮다. 그저 일상이겠지만 다르게 보면 치열하게 살아온 시간이 녹아 있다. 당신의 글은 그 시간에 쌓아온 노력의 집합소이고 경험이다.

사람들의 비난이나 나쁜 걱정 버리고 과감하게 써라. 그들은 쓰고 싶은데 용기가 없어서 첫발을 내딛지 못한 사람일 수도 있다. 또는 신경도 안 쓸 수 있다. 완성도 높은 글이 아니어도 된다. 꾸준히 글을 블로그에 올리다 보면 글이 풍성해진다. 풍성해지면 읽을거리가 많아진다. 자연스럽게 사람들이 읽기 시작한다. 이것이 글쓰기의 비법 중 하나이다.

정작 한 줄도 쓰지 않으면서, 노력은 하지도 않으면서, 글을 잘 쓰기만 바랐던 시절이 나에게도 있었다. 이 글이 또 다른 누군가는 나와 상관없는 글이라고 생각할지 모른다. 그저 남의 이야기에만 머물러 있을지도 모른다. 분명 글쓰기는 이젠 소수의 혜택만이 아닌 SNS 기능으로 스마트폰 이용하는 사람들은 누구나 동일한 글쓰기 조건이다. 글은 우리와 뗄 수 없는 존재가 되어 있다. 글 쓰는 재미도 있고 소통하는 글로 블로그면 충분하다. 이런 작은 시도가 이어지면 글 쓰는 것을 좋아하게 되고 필력에도 도움이 된다.

어느 순간부터 꿈의 그림자를 감췄다. 길 잃은 사슴처럼 방황하고 싶은 날이 많았다. 심장이 움직이지 않는 에너지가 없는 삶에 익숙해졌다. 그냥 살기로 한 뒤에 심한 우울증에 시달렸다. 혼자 울고 짜고 흐느적거렸다. 감정은 무뎌진 마음을 날카롭게 자극하는 칼날 같았다. 길을 걷다가도 목이 메어

꺼이꺼이 소리 내 울기도 하였다. 감성이 폭발했다가 슬그머니 주위를 둘러 눈치 보고는 "좋아질 거야, 괜찮아"라고 생각하곤 갑자기 신이 나서 폴짝폴짝 뛰기도 하였다. 도대체 이런 감정은 정상적이라 볼 수 없는 행동을 하곤 하였다.

블로그에 일기 쓰듯이 글을 쓰면서 춤추던 나의 감정들이 안정적으로 자리 잡아갔다. 나는 인생의 전환점을 글쓰기로 하였다. 시간을 과일 쪼개 나누듯 하루 4시간만 자고 글 쓰는 활동에 몰두했다. 어떤 핑계도 사치에 불과하다는 생각이 들었다. 연습으로 두려움이 쫓아오지 못하게 글을 썼다. 주어진 상황에서 모든 것을 쏟아부었다. 나에게 글은 살기 위한 미래로 향하는 통로였다.

노력해온 지금의 모든 것은 미래를 위한 준비였는지 모른다. 치열하게 살아왔다면 그 자체만으로 충분한 콘텐츠가 된다. 모든 것을 갖추고 있다고 확신해라. 당신의 이름조차 콘텐츠이다. 블로그를 운영하던 사람들의 글이 책을 써보자는 제의를 받는 케이스도 있다. "아프니까 청춘이다" 김난도 교수가 이러하다.

날마다 기록하는 블로그를 만들어 보자. 다른 사람이 쓴 글을 읽는 것과 내가 직접 글을 쓰는 것은 큰 차이가 있다. 처음엔 어설픔이 당연하다. 계속 반복적으로 블로그에 매일 글을 쓰다 보면 나만의 노하우가 생긴다. 꾸준히 쓰게 되면 블로그에 글 쓰는 솜씨가 늘고 좋은 글이 된다.

실행하여야 당신이 원하는 것을 얻는다. 글 쓰는 것도 마찬가지다. 당신의 글에 마음을 담아 쓰다 보면 블로그를 읽는 사람들이 당신의 마음에 공감한다. 한두 번 블로그에 글을 쓴다고 좋은 성과가 바로 나오진 않는다는 점을 기억하고 지속해서 하다 보면 콘텐츠가 된다. 당신의 콘텐츠가 또 다른 기회를 가져다줄 수도 있다. 특히 내가 하는 순간들을 글로 적게 되니 현재 상태를 점검하기도 한다. 또한, 꿈을 그리게 되고 꿈으로 한발 앞서가게 되는 것도 느낄 수도 있다.

나 역시 블로그를 잘 활용했던 것은 아니다. 처음 시작할 때 무엇을 적어야 할지도 망설이다가 닥치는 대로 쓰기 시작했다. 글을 올리면 '좋아요'를 눌러주고, 댓글로 좋은 말도 남겨주는 사람들에게 감사함을 느꼈다. 하루라도 글을 미루면, 사람들이 남겨준 댓글을 보고 싶어지기도 했다.

당신도 지금 일기 쓰듯이 블로그에 글쓰기를 시작하여라. 당신의 글에 공감을 표현하고 분명 응원해 주는 메시지를 남기는 이들이 생겨날 것이다. 당신의 꿈을 위한 날개를 달게 해주는 힘이 생길 것이다.

여러 가지로 다양한 색을 가진 블로그가 많다. 자신만의 색과 향기를 가진 블로그는 엄청난 독자들을 확보하고 있다. 이런 블로그를 일명 파워 블로그라고 한다. 처음부터 파워 블로그에 욕심내지 말고 보통 평범한 블로그로 글 쓰는 습관을 익히는 것이 중요하다. 파워 블로그보다 평범한 블로그들이 더 많다.

자신만의 글 쓰는 습관으로 노하우를 터득하여 올리는 진솔한 포스팅이 방문자 수를 늘리고 공감을 받는 사람들이 몰리는 블로그가 된다. 블로그로 유명인이 된다는 것이다. 블로그에선 유명인이 외모나 학벌이나 부자이거나 전혀 문제가 아니다. 소통하는 SNS에선 나도 당신도 유명인이다.

자신의 마음을 담은 글은 독자는 기억하고 다시 방문한다. 초보 블로그는 매일 포스팅이 쉽지는 않다. 매일 써야 한다는 압박에서 벗어나 쓰고 싶을 때

일기를 쓰듯이 글을 남겨보는 것이다. 예전에 미니홈피에 매일 글을 썼던 기억이 난다. 그 시절엔 싸이월드 미니홈피가 영원할 줄 알았다. 매일 일기 쓰듯이 적었다. 홈피도 예쁘게 꾸밀 수 있고 항상 인기가 좋았던 싸이월드가 갑자기 확 죽어버렸다.

요즘의 대세는 SNS이다. 블로그가 대세이다. 일기 쓰듯이 블로그를 하여라. 세상은 모를 일이다. 매일매일 쓰는 글이 행복을 채우는 글이다. 작은 삶의 활력소 같은 공간이다.

일기 쓰듯이 내 블로그를 활용하여 글 쓰는 습관을 만들어 가는 것이다. 틈틈이 일기 쓰듯이.

3

매일 3가지
감사일기 쓰기

　미국 최고의 방송인이었던 오프라 윈프리가 있다. 그녀는 1986년에서 2011년까지 25년 동안 방송을 했다. 자신의 프로그램이 미국인이 가장 좋아하는 최고의 프로그램이 되었고 세계적인 방송 역사의 기록은 세운 주인공이 되었다. 그녀가 언급하면 물건을 금방 품절이 되고, 읽은 책은 다음날 바로 베스트셀러가 될 정도로 영향력이 뛰어났다. 그런 그녀의 어린 시절도 핑크빛이었을까?

　오프라 윈프리는 가난한 흑인 가정의 사생아로 태어났다. 부모와 떨어져 할머니 손에 키워졌고 9살에 사촌 오빠에게 성폭행을 당한다. 심지어는 14살에 삼촌에게 성폭행을 당해 아이를 출산하게 된다. 2주 만에 아이는 세상을 떠난다.

　충격과 절망과 좌절에 휩싸여 가출과 마약까지 어둡고 힘든 시절을 보낸다. 그렇지만 오프라 윈프리는 매일 하루도 빠짐없이 감사일기를 쓰며 자신의 현재 가진 것에 감사함을 일기를 통해 습관적으로 쓰면서 인생이 바뀌었다. 오프라 윈프리의 감사일기를 보면 그리 어렵게 쓴 것이 아니다. 매일 5가지 습관적으로 감사한 일을 썼다.

1. 오늘도 거뜬히 잠자리에서 일어날 수 있어 감사합니다.

2. 유난히 눈부시고 파란 하늘을 볼 수 있어 감사합니다.

3. 점심때 맛있는 스파게티를 먹은 것에 감사합니다.

4. 얄미운 짓을 한 동료에게 화를 안 내고 참은 나 자신에게 감사합니다.

5. 좋은 책을 읽었는데 그 책을 쓴 작가에게 감사합니다.

우리도 매일 3가지 감사 일기를 쓰자. 5가지가 많다고 여긴다면 3가지 감사 일기를 쓰며 습관을 기르자. 그것을 실천하면서 긍정적인 마인드를 갖게 된다. 현실은 바뀌지 않지만 긍정적인 힘으로 마음을 바꿀 수는 있다. 실천의 첫걸음이 감사일기이다.

우리는 모두 힘든 세상을 살고 있다. 사소한 것 하나에도 감사함을 부여하며 쓰는 일기는 인생을 바꾸게 해준다. 감사는 할수록 늘어나고 감사 일기를 쓰다 보면 행복한 하루만 일어난다. 우리는 어떤 감사할 일이 있는지 지금 떠올려 보자. 적어보자.

1. 이웃에게 봉사할 수 있어 감사합니다.

2. 내 아이가 기쁘게 웃는 모습에 감사합니다.

3. 오늘도 우리 가족 무탈하게 집으로 귀가하여 감사합니다.

3가지 적어 보았다. 이렇게 3가지 내용을 하루 일상에서 감사의 마음을 부여하여 간단히 적으면 된다. 큰 사연의 감사함보다 매일 일어나는 일상에서 감사함을 표시하면 하루가 기쁘다. "만약 당신이 당신 앞에 나타나는 모든 것을 감사히 여긴다면 당신의 세계가 완전히 변할 것이다"라고 오프라 윈프리가 그랬듯이 일상에서 감사할 소재를 찾아 쓰자.

첫째, 고마운 소재를 찾는다.

둘째, 왜 고마운지 '~ 때문에'가 아닌 '~덕분에'로 쓴다.

셋째, '감사하다'로 긍정 마무리하여 끝낸다.

생각만 하지 말고 써야 한다. 쓰는 것이 우선이다. 감사 일기를 쓰면 긍정적인 마음이 생긴다. 감사일기로 마음 근육을 만들도록 하자. 처음부터 많은 양을 쓰지 않고 하루라도 빠지지 않고 쓰는 것이 최선이다. 복잡하게 생각하면 어렵게만 느껴진다. 단순하게 하루 중에 감사할 사건들을 떠올리고, 감사함에 집중해보면 된다. 놀라운 변화를 이끌어주는 시작이 된다. 쓰다 보면 내면이 단단해진다.

나는 봉사를 하는 것이 나에겐 '감사' 그 자체였기에 이웃에게 봉사할 수 있어 감사한 기억을 출판사에 보낸 적이 있다. 감사 일기를 쓴 것만으로 〈인생을 바꾸는 감사일기의 힘〉 제목으로 책이 나오게 되었다. 오늘은 감사일기로 인해 다시 감사하는 날이다. 책에 실린 감사일기는 대략 이러하다.

나는 우리 동네 엄지 마을 지역봉사활동가 복지 통장을 맡고 봉사를 하고 있다. '나는 우리 동네 엄지 마을 상담사이다. 보안관이다.' 통장 일을 하면서 이렇게 말을 하곤 한다. 사람들은 통장이라면 어떤 생각을 할까? 내가 통장 일을 하기 전에는 통장은 우리 집에 방문하는 그냥 오지랖 넓은 아줌마로만 생각했었다. 그런데 통장의 역할은 다양했다. 매월 2회 열리는 회의에 참석해 우리 구와 동 행정의 홍보사업에 대해 교육받고 주민들의 건의사항을 전달해주는 걸어 다니는 알림판인 것이다. 난 매일이 감사했다.

어느 날 복지사무장님의 전화를 받고 급하게 달려가 방문한 할머님 한 분이 계신다. 할머니는 사흘째 굶고 있다고 부산시청에 민원을 제기하셨고, 시에서 구로, 구에서 동으로, 동에서 통장인 나에게 복지 사각지대 구원의 손길이 필요한 분이 계신다고 했다. 이미 동에서 1차 방문조사를 하고 갔지만 난 저녁쯤 걱정이 되어 방문했다.

할머님께선 제대로 먹지도 못해 사흘이 넘게 굶고 누워만 계신다고 했다. 밥통을 열어보니 말라비틀어진 밥 톨 몇 알만 밑바닥에 깔려 있었다. 깜짝 놀라 집으로 달려가 김치와 반찬 몇 가지를 가져다 드렸다. 내일 오전에 동사무소에 같이 가서 복지혜택을 받을 방법을 찾아보자고 하고는 돌아왔다. 다음 날 할머님을 모시고 행정복지센터로 갔다. 복지 사무장님께서 할머님을 위해 가족들과 소통을 하였다. 침해가 심하시다 했다. 요양이나 복지나 최대한 협조하겠다고 동으로 방문해줄 것을 부탁드렸다. 우선 쌀과 반찬을 지급해 주었다. 복지혜택을 위해 노력을 아끼지 않았다.

이런 일을 통해서 나를 돌아보는 계기로 감사를 적는다. 매일 감사를 적을 것이 없어서 어렵다고 생각하는 사람이 많다. 그렇지 않다. 하루에도 많은 감사할 일들이 있다. 오프라 윈프리도 가난하고 힘들어도 열심히 살아가는 사람들을 도왔다. 그녀는 자신이 어려운 상황에 부닥쳐보았기에 감사와 나눔을 통해 행복과 기쁨을 전파하는 강인한 여성이 되었다. 나 또한 어려운 고충을 알기에 매일 감사일기를 쓴다는 것은 내 삶의 큰 의미로 다가온다.

난 행복해야 남에게 행복을 전해줄 수 있다고 생각했다. 그런데 그 생각을 조금 비틀고 남에게 기쁨을 주니 내가 함께 행복해지는걸 알았다. 남이 느겼던 슬픔을 꺼내어 함께 나누니 그 사람이 기뻐했다. 내 안에 있는 기쁨을 함께 나누니 행복이 찾아 왔다. 내가 가지고 있는 생각을 바꾸면 얼마든지 행복해질 수 있었다. 스스로 행복한 소재를 감사함으로 적어 나가면 생각이 바뀌게 된다.

우리도 매일 3가지 감사일기 쓰기를 통해 긍정적인 힘을 장착해야 한다. 감사일기를 써라. 매일 다른 내용의 감사 거리를 사냥해라. 쓰다가 말다가 내킬 때 쓰다가 하지 마라. 감사일기는 감사라는 단어 자체가 긍정이므로 읽는 사람까지 긍정 기운이 전달된다. 감사일기는 감사한 긍정적인 것을 쓰는데 부정적인 감정을 담아 쓰는 경우가 있다. 이런 실수는 하지 말아야 한다.

감정 일기를 쓰는 것이 아니라 감사일기를 써라. 부정적으로 감정에 휘둘려 쓰게 되면 감사하는 마음에 집중이 되지 않고 감사의 효과가 낮아진다. 그냥 감사한 내용만 간단히 짧게 기록하면 된다. 감사할 것이 일상에 많이 없다고 생각하고 매일 같은 내용을 반복한다면 그 또한 효과가 떨어진다.

어제는 나에 대해 나 자신에게 감사해 보고, 오늘은 주변 지인에게 감사해 보고, 내일은 직장에서 감사해 보고, 다음날은 또 다음날은 자연이나 사물을 통해 찾아보고, 감사를 다양하게 찾는 노력도 해보자. 감사일기는 감사하는 마음을 습관 시켜 미래에 대한 걱정을 없애주고 현재를 붙잡을 수 있는 마음을 움직이게 한다. 난 그런 행복을 찾아서 늘 감사하며 하루를 시작한다. 매일 3가지 감사일기 쓰기를 하자.

100일 습관 Thank You 다이어리다. 참고하길 바란다.

Thank You Diary

날짜	년	월	일	요일	
100일 습관 프로젝트	D+	1		나에게 주는 선물	해외 여행

하루 1분력

매일 한 줄 명언 / 책속글귀 / 좋은 글

지금 적극적으로 실행되는 팬찮은 계획이 다음 주의 완벽한 계획보다 낫다. - 조지 패튼

부를 끌어당기는 감사일기 쓰기

매일 3가지 감사일기 쓰기

1. 이웃에게 봉사할 수 있어 감사합니다.

2. 내 아이가 기쁘게 웃는 모습에 감사합니다.

3. 오늘도 우리가족 무탈하게 집으로 귀가하여 감사합니다.

나의 하루는 감사로 가득하다.
짜증이 나도 스트레스가 많아도 감사일기를 쓴다는 것으로 감사한 일을 찾아야 했다.
어느 날부터인가 감사한 일이 그냥 떠오르게 되었다.
짧은 3가지 감사로 인해 효과는 컸다.
그저 그랬던 하루가 더 이상 그저 그렇지 않았다.
당연한 것, 사소한 것, 의미 없는 것이라 여기지 않기 위해 감사일기를 써야 했다.
감사일기를 쓰기위해 하루를 돌아봐야 하기에…

하루 목표

매일 5가지 좋은 습관 기르기

☐ 이룸 ☐ 미룸	☐ 이룸 ☐ 미룸	☐ 이룸 ☐ 미룸	☐ 이룸 ☐ 미룸	☐ 이룸 ☐ 미룸
1. 기상 (05:00)	2. 10분 운동 3회	3. 10분 독서 3회	4. 10분 글쓰기 3회	5. 물 마시기 1리터

기적을 만드는 하루 습관

비전하나	나를 믿어라. 행운은 노력 뒤에 따른다.
시간관리	의지력 좋은 시간대에 창조적 일하기 - 사람마다 시간대가 다르다.
자기관리	오늘일은 오늘 끝내기 - 좋은 하루를 펼친다.

#4
관점을 바꿔
글을 써 보자

　글을 잘 쓰려면 사물을 다르게 보아야 한다. 나무를 보더라도 사랑하는 마음으로 접하면 안 보이던 것도 보인다. 내가 보는 관점에 따라 달리 보인다. 책도, 여행도, 추억도 모두 시간이 지날수록 그 느낌들이 다 다르다.

　난 내가 세상 제일 불쌍한 아이로만 느꼈다. 어느 정도 크고 보니 하나같이 가여웠다. 가족을 때리던 아버지도 고름을 삼키던 어머니도 삶을 살기 위해 힘들었던 시기가 있었다. '내 인생은 왜 이럴까?' 나는 살아남아야 했다. 남들보다 2배로 노력하였다. 경제적인 어려움은 벗어났지만 정신적인 불안은 별반 좋아지지 않았다. 피곤함에 찌든 생활을 버리고 박카스 같은 피로회복제로 살아가기로 마음먹었다. 어떤 인생도 자신의 미래를 책임져 주지 않는다. 스스로 책임의식을 키워 인생을 바꿔야 한다. 이것이 현실이다.

　관점이 글 쓰는 사람의 경험을 중요하게끔 한다. 관점의 전환이 분명히 있어야 어떤 글이든 살아있는 글이 된다. 글을 쓸 때는 글을 쓰는 관점에서 벗어나지 않도록 신중해야 한다. 첫마디가 두려운 사람이 첫마디부터 말이 꼬이면, 듣는 사람도 말을 하는 사람도, 무엇을 전달하려고 하는지 모른다.

핵심을 놓치고 만다.

글도 마찬가지다. 글은 말과 다르게 청중이 없으니 내가 쓰고 싶은 글만 적게 되면, 나만의 세계에서 혼자 취해, 읽는 사람들을 피곤하게 한다. 자신만의 세계에 빠지는 것을 조심해야 한다. 그러니 글을 쓸 때는 내가 쓰고자 하는 주제를 항상 의식하면서 써야 한다. 이것만 조심하면 나의 스토리는 타인에게 어필하는 최고의 명확한 주제이다.

관점을 놓치지 않고 살짝 비틀면 누구나 아는 소재의 이야기보다는 새로운 내용으로 바뀐다. 아무나 알 것 같은 소재로 경험을 쓰고 의미를 부여하면 관점이 변화하는 중요한 방법이다. 타인의 흥미를 유발하는 관점 중 하나이다.

나의 남편은 부정적인 시각으로 나를 항상 대했다. 그로 인해 기쁜 일을 하고도 곧 상처가 되어 돌아오기 일쑤였다. 좋은 일도 독설로 바꾸는 재주꾼이다. 잠깐이라도 말을 섞으면 마음이 한없이 다쳐 아파했던 적이 수없이 많았다. 사소한 일조차도 그냥 넘기지 못하고 쏘아붙였다. 그래도 군말 없이 남편이 원하는 것을 들어 주며 마찰을 피해왔다.

변덕스러운 요구도 들어주며 남편의 의사를 존중해 주었다. 그렇게 맞혀주는 것이 편하다는 생각이 들어서였다. 그런데 뜻밖의 이야기를 들었다. 나때문에 힘들다는 소리를 하였다. 융통성도 없고 강하다고 하였다. 황당했다. 무리한 요구도 들어주며 순순히 응해주었더니 볼멘소리는 남편이 하는 것이다. 기껏 돌아온 소리는 나 때문에 힘들다는 말에 깊게 다른 관점에서 생각해 보았다.

힘들면서 모든 걸 소화해내는 강한 이미지보다 한 번쯤은 힘들다는 투정도 부리고 인간적으로 다가오길 바랐을 수도 있었다. 어떤 상황에서도 일관된 나의 모습과 반응에 남편을 불편하게 만들었을 수도 있다는 생각이 들었다. 남편의 요구를 정확하게 파악하지 못했다는 것일 수도 있다. 이해와 만족을 끌어내야 불만이 생기지 않는데 흠잡을 수 없는 일은 했지만 만족시킬 수는 없었던 것이었다.

부부는 비상식이 상식을 누를 때가 많았다. 어쩌면 부부간의 상식은 존재하지 않는 것일지도 모르겠다. 내가 당연하다고 생각했던 진리가 남편에게는 생소하고 불편할 수도 있다. 관점을 바꿔볼 필요가 있다는 것이다. 같은 내용을 다루더라도 상대방의 반응이 다르기에 숨어 있는 다른 방법으로 호감을 주어야 한다. 나만 강요하는 것은 부러진 화살이 되어 돌아온다.

책 쓰는 기술도 관점을 바꾸면 원리만 알면 술술 풀리는 기술이다. 어른이 되고 사회 경험이 많은 사람들이 넋두리할 때, 내가 책을 몇권 쓰더라도, 다 못하는 얘기들이 많다고들 한다. 그런데 정작 책은 쓰지 않는다. 그들과 나의 차이점은 난 책을 썼다는 것뿐이다. 이젠 책 쓰기가 답이다. 책 쓰기는 인생을 돌아보게 하는 부의 추월차선이다.

월급만으로는 결코 부자가 될 수 없다. 절약만으로는 절대 부자가 될 수 없다. 회사에서 주는 월급만 받아야 하는가? 왜 한 달에 한 번만 월급을 받아야 하는가? 열정의 크기가 인생의 크기를 결정한다. 관점을 바꾸면 글을 쓰면서 인생을 점검할 기회를 가진다. 나는 인생 2 막을 돈 걱정 없는 내일을 준비하는데 시간을 투자한다. 바라는 점은 당신도 글쓰기를 했으면 한다. 관점을 바꿔 글을 써 보자. 우연한 시작이 운명을 만든다.

관점을 바꾸면 세상이 달라 보이고 행복해진다. 생각의 차이다. 생각을 어떻게 하느냐에 따라 다르다. 바라보는 관점을 다르게 볼 필요가 있다. 바라보는 관점을 다르게 하면 다른 해석이 나온다. 한 걸음만 떨어져서 생각해 보자.

이생진 시인의 〈벌레 먹은 나뭇잎〉이란 시를 소개한다.

벌레 먹은 나뭇잎

이생진

나뭇잎이

벌레 먹어서 예쁘다

귀족의 손처럼 상처 하나 없이 매끈한 것은

어쩐지 베풀 줄 모르는 손 같아서 밉다

떡갈나무 잎에 벌레 구멍이 뚫려서

그 구멍으로 하늘이 보이는 것은 예쁘다

상처가 나서 예쁘다는 것이 잘못인 줄 안다

그러나 남을 먹여 가며 살았다는 흔적은

별처럼 아름답다

시인은 벌레 먹은 나뭇잎을 예쁘다고 한다. 구멍 난 나뭇잎을 보고 예쁘다고 한다. 벌레가 먹은 나뭇잎은 뜯긴 상처인데도 예쁘다고 해서 미안함을 슬그머니 표시한다. 상처에 잘못인 줄 안다며 약을 발라주고 있다.

나는 이 시를 좋아한다. 벌레 먹은 것이 아닌 벌레 먹인 나뭇잎이라서 좋다. 구멍 뚫린 나뭇잎은 쓸모없고 도움 없는 나뭇잎이라 치부한다. 나무에서 떨어져 오가는 사람에게 밟히고 바람에 휩쓸려 다닌다. 사람들은 그저 별로 관심 없다. 벌레 먹은 나뭇잎을 몸을 덜어 남을 먹여 살린 흔적이라며 관점을 바꿔 아름다움을 표현하고 있어서 좋다. 당신도 세상에서 가장 아름다운 잎사귀라 관점을 바꿔 생각하자.

나는 엄마를 떠올렸다. 가족에게 자식에게 제 몸 혹사하면서 몸을 덜어 먹여 살리는 우리들의 어머니의 삶 같기도 했다. 일생을 베풀며 살아온 우리들의 어머니를 생각해 보게 했다. 나이가 들어 늙은 어머니의 모습은 벌레 먹인 잎사귀이며 나는 배부른 벌레라는 생각이 들었다.

나를 배부른 벌레로 만들기 위한 세상에서 가장 귀한 잎사귀임은 틀림없다. 그 구멍을 메워주는 일을 엄마에게 해 드려야 하는 것이 이젠 나의 임무이다. 위대한 엄마를 사랑하는 자식의 도리이자 의무를 잊어버린 나를 반성하게 한 잎사귀이기도 하다.

발상의 전환은 새로운 것을 발견하게 해준다. 당신의 일과는 어떻게 진행되는가? 나는 헛된 시간을 절약하는 사람으로, 질서 있는 생활을 하는 사람으로, 관점을 바꾸는 전환을 시도하며 거듭나고 있다.

글쓰기 문장 기술을 익혀라

사람들이 모이면 외식을 한다. 외식문화에 식사할 때의 주메뉴가 밥 위주의 식사, 찌개, 해산물, 육류, 밀가루 등의 음식 중 으뜸 굽는 고기를 우리는 즐겨 먹는다. 고기를 구워 먹다 보면 고기 한 점이 남는다.

고기를 구울 때 왜 홀수로 숫자가 남을까? 한 번씩 나는 이유가 궁금하다. 남은 한 점 못 먹고 눈치만 본다. 누군가 먹기엔 눈치가 보이니 추가 주문시키는 기술적인 방법인 전략적인 비밀이 숨어있다.

그렇다면 몇 조각을 남기고 추가 주문을 할까? 마음대로 먹으며 먹는 속도가 어떠한지를 파악하고 언제 고기가 떨어지는지를 고려해야 답을 낼 수 있다. 불판에 고기를 눈치 보지 않고 편하게 먹는 방법의 답일 것이다.

아직 글쓰기를 제대로 시작하지 못하는 당신도 쉽게 답을 찾으면 된다. 여전히 글쓰기가 삶에 어떤 영향을 미칠 것인가에 대해 진지하게 생각하지 못하는 당신도 글을 쓰고 싶다면 마음이 이끄는 대로 시작하면 된다. 주저하면 늦는다.

처음 글을 쓰는 당신이 '어떻게 써?' 걱정이 앞선다면 나에게 손을 들면 내가 손을 잡아 줄 것이다. 전혀 염려하지 않아도 된다. 처음은 언제나 어렵다. 처음뿐이다. 글은 써봤다고 해서 좋은 글만 쓰는 것이 아니다. 그러니 마음의 여유를 가지고 쓰면 된다.

나는 무엇인가 의식하고 쓰면 더 안 써지는 글이 되었다. 이상하게 의식하면 잘 써지는 것이 아니라 더 안 써지는 것이었다. 참 이상했다. 실제로 중요한 것은 지금 글을 쓰고 있느냐이다. 글을 쓰는 두려움에서 벗어나면, 글쓰기에 집중하면, 실질적으로 글이 잘 써진다. 나만의 속도로 채워 나갈 수 있게 된다.

방송 작가들이 항상 강조한 내용이 있다. 말글처럼 쓰라고 한다. 그러면 그게 방송 대사가 된다고 한다. 드라마 대사가 된단다. 말이 나오는 대로 써라. 난 거기서 힌트를 좀 얻었다. 글이 안 써질 때 말글처럼 쓰는 것도 좋은 방법이었다. 화려한 글 솜씨 없어도 상대의 마음을 얻을 수 있다.

나는 문학을 전공하지 않았다. 살면서 책도 많이 읽지 않았다. 글과는 거리가 멀다고 생각했었다. 그저 좋은 글을 쓰기 위해 글을 접한 것이 아닌, 자연스러운 나의 일상 소재와 단어들로 글을 적었다. 쓰기 위한 글쓰기를 했다. 나는 내가 듣고 싶은 마음의 소리로 글을 썼을 뿐이다. 그것을 풀었더니 글이 된 것이다. 열 손가락에 꼽힐 정도로 경험이 풍부한 사례들로 글을 만들었다.

처음부터 잘 쓰겠다는 생각은 버려야 한다. 글 하나하나에 영혼이 실린 진짜 경험의 글이다. 나 또한 정갈한 글이 아니지만 나답게 쓴다. 나만의 색깔을 가진 시를 썼고 글 또한 나답게 쓴다. 나를 접한 독자가 내 글은 술술 읽힌다고 한다. 그것이 나중에 칭찬인 줄 알았다. 돌아 쓰는 습관이 아닌 풀어 쓰는 습관 때문이다.

글을 쓸 때 반드시 목표 설정을 명확하게 한다. 글감이 좋으면 글이 잘 써진다. 연상되는 낱말로 글쓰기 두려움 없애야 한다. 어떻게 표현할지를 먼저 생각해야 한다. 재료가 있다면 뭘 만들지 생각하듯이 하나의 글감에도 숨겨진 것을 찾아야 한다. 주제를 잘 생각해야 한다. 주제와 맞지 않은 제목은 아무리 좋아도 잘 살릴 수 없어서 좋지 않다. 개인적인 경험으로 글을 쓴다. 자신의 경험을 떠올려가며 하나하나 풀어나가면 좋다. 자신의 경험을 바탕으로 써야 좋은 글이다. 구체적 생생한 표현과 맛있는 표현이 필요하다.

경험한 것을 쓰는 것으로 누구나 있었던 고마웠던 경험의 예이다.

바람이 차갑다며 내복을 입고 학교 가라는 엄마 말을 듣지 않고 가벼운 옷차림으로 학교에 갔다. 결국엔 얇은 옷차림 때문에 감기에 걸렸다. 밤새 열이 났다. "엄마, 나 너무 아파" 엄마는 밤새 아픈 나를 간호해 주셨다. 나를 지켜주는 엄마가 따뜻했고 나는 뭉클했다. 열이 내린 내 옆에서 웅크리고 졸고 계신 엄마를 보고 눈물이 나왔다. 세상에 하나뿐인 사랑하는 나의 엄마다.

내 손을 잡아주는 엄마는 우리 모두의 엄마이다. 내식으로 간단히 적었지만 엄마의 표현만은 모두에게 가슴이 뭉클한 존재일 것이다. 엄마가 등장하는 글을 당신의 소재로 맛있게 바꿔 써보아라. 다양한 모습을 생각해 보고 당신이 쓸 수 있는 소재를 정해서 바꿔 써보는 훈련이 도움이 된다. 내용을 쓴후 구체적으로 표현 더하기를 하면, 맛있는 글이 될 것이다.

글은 온몸으로 삶 전체를 쓴다. 자신의 내면을 표현하는 행위이다. 손으로 머리로만 쓰는 것이 아니다. 글 쓰는 방법 따위가 중요하지는 않다. 방법만 안다고 모두 잘 쓰진 않는다는 것이다. 길게 쓴 문장이 좋은 것도 아니다. 짧은 문장도 짧은 글로도 사람의 마음을 움직인다.

쉬우면서 날카롭게 핵심을 말하고, 장황하게 말하지 말고 짧게 말하라. 녹아있는 가치가 다르다. 내 글에 가치를 담아 가치를 파는 삶을 살아라. 공짜로 얻어진 글쓰기는 없다. 처음에 글을 쓰려고 하면 막막하다. 머리가 지끈거리고 윤곽이 잡히지 않는다.

어떻게 쓸 것인지를 4가지로 정해 연습해 보자.

1. 컨셉 잡기 → 처음부터 많은 분량보다 A4 1매 정도 글 분량
2. 기초 설계하기 → 글쓰기를 강하게 하는 기초 설계가 중요
3. 간단 메모 정리하기 → 스쳐 가는 생각의 메모를 구체화시킨 설계도
4. 문단 수정하기 → 문장을 짧게 독자를 고려한 문장 쓰기 훈련
5. 내용 배치하기 → 단계별로 고치는 것 필요

연습을 통한 꾸준히 쓰기만 하는 단계까지 가는 것이 목표다. 4가지 유형으로 적용하는 것조차 어렵다면 하나의 문장에서 출발해 보는 것도 해 보아라. 머릿속의 키워드를 연결해 보아라. 하나의 단어를 꺼내 글을 연결 지어 보는 방법이다. 한 단어나 한 문장으로 된 키워드를 뽑아 글쓰기를 진행한 것만으로 글쓰기를 쉽게 접근한다.

여기 '행복'의 하나의 단어가 있다. 연결 지어 보자.

· 행복하려면 무엇이 필요하지?

· 행복의 의미는 뭐지?

· 행복한 사람은 누구지?

· 행복한 나로 살고 있는지?

· 행복의 반대는?

· 행복은 어디에서 오는지?

이렇게 꼬리 잡고 늘어지는 방법이다. 떠오르는 생각들을 모아서 연결하면 나름 글이 된다. 소재에 뼈와 살을 붙여 하나의 글을 완성할 수 있다. 쓰다 보면 거부감이 상당히 줄어든다. 잘 쓴다는 평가하기엔 한참 멀었다고 스스로 가둘 필요가 없다. 쓸 수 있다는 사실이 큰 힘이 된다.

당신은 그냥 쓴다고 생각하고 어릴 때부터 글을 자연스럽게 썼다. 그냥 하면 된다. 생각난 대로 쓰는 글쓰기도 기술이다. 단어에 집착하지 말고 글에만 집착해라. 단어 하나 틀리는 것에 신경 쓸 필요가 없다. 필터를 거치지 않고 쓰면 망치기 쉽다. 다시 틀리기 때문이다. 주제, 목적, 사건 등을 고려해 쓰면 끝이다.

간호사에서 다수의 책을 쓰고 작가의 삶을 살고 있는 임원화 저자의 〈한 권으로 끝내는 책 쓰기 특강〉에 321법칙을 읽고 글쓰기에 '333법칙'으로 적용해 봤더니 좋았다. 당신의 글을 프린트해서 '333법칙'을 활용해 읽어 보자. 손으로 쓰고, 눈으로 읽으면서 보고, 소리 내어 읽고, 이 단계를 3번씩 한다. 이것이 '333법칙'이다.

글쓰기를 통해 자신의 영혼을 달래는 모습을 찾는 글쓰기다. 작가가 책 한 권으로 모두의 마음을 사로잡는 글을 담을 수는 없다. 단 한 명이라도 공감하고 글을 쓰고 싶다는 마음의 변화를 느낀다면, 그것으로 충분히 만족한다.

진실이 없는 글은 효과가 없겠지만 진정성의 글은 다르다. 진정성을 연관시키면 차이가 크다. 글에는 진정성이 중요하다. 글에도 색이 있다. 커피처럼 따뜻함을 느끼게 하고 때론 진한 향기가 부드럽게 느껴지는 그런 글이 색을 가진다. 당신이 그것이 안 된다면 멘토를 찾으면 된다.

#6
글쓰기 연습 노트를
활용하라

　가방은 필수품이다. 우리는 외출할 때 소지품이란 소지품을 모두 다 가방에 챙겨 넣고 다닌다. 가끔 나는 당신의 가방 속이 궁금할 때가 있다. '당신의 가방 속에는 무엇이 들어있는가?' 지금 당신의 가방을 열어보아라. '당신의 가방 속 소지품 현황이 어떠한가?' 깊은 사연이 있는 물건도 있을 것이고 나한테 없는 특별한 물건이 들어있을 수도 있다. 매일 가지고 다니는 물건들은 과연 어떤 것들이 있는지 관심이 생겼다. 가방 속에 들어있는 물건이 궁금한 건 비단 나뿐만은 아니라고 생각해 본다.

　나는 가방 속에 기록을 남길 수 있는 작은 수첩이나 포스트잇이 한자리를 차지하고 있다. 언제 어디서나 메모가 가능하다. 갑자기 아이디어가 떠오를 때 포스트잇에 짧은 내용을 적기도 한다. 메모장 활용이 의외로 효과가 좋다. 글의 부담이 적다. 이동 중에 바로 적음으로 생각 글을 놓치지 않게 되어 내 가방 속 현황은 이렇다.

　꼭 메모장이어야 할 필요 없다. 날아다니는 생각을 휴대폰 속 메모 기능을 적극적으로 활용하면 간편하다. 메모장에 적힌 생각 글을 모아 붙여넣기하면 글이 완성한다. 중요한 것은 어디서나 글을 적는 메모하는 습관이다.

'평소엔 어떻게 연습하면 좋을까?' 글은 생각의 흔적을 남긴다. 생각 너머에 글 쓰는 의도를 파악한다. 뇌가 보내주는 사소한 신호도 놓치지 않고 글 쓸 때 온전히 정신을 기울인다. 미리 쓸려는 주제를 떠올리면 가닥이 잡힌다. 목적, 성격, 상황, 사건 분위기까지 예측해 보면 글쓰기 전에 내용을 머릿속에 통과시키게 된다. 글쓰기가 한결 수월해진다.

이해하는 걸로는 부족하다. 쓰는 것이 실행되어야 한다. 시작할 준비가 되었다면 글쓰기 연습 노트를 활용하라. 연습하는 사람이 승리한다. 생각 글을 잘 쓰는 사람은 책을 많이 읽고 글쓰기 연습을 꾸준히 하는 사람이다.

글쓰기 연습 노트 한 권으로 시작하자. 내일부터가 아니다. 오늘부터 지금 당장 써라. 우물쭈물할 시간 없다. 평생 글쓰기 습관으로 전략을 다르게 세워라. 글쓰기는 안심되고 안정될 때가 아닌 매일 조금씩 써라. 글 쓰면서 인생이 바뀐다.

(JYP 엔터테인먼트) 박진영은 어떤 특정 이슈에 대해 미리 많이 생각해 둔다고 한다. 미리 입장을 결정해 둔다는 것이다. 그 이슈가 나올 때 자연스럽게 말할 수 있다고 하였다. 그렇다. 유리하다. '글 잘 쓰고 싶은가?', '어떻게 해야 할까?' 연습만이 살길이다. 글쓰기 능력을 더하고 거듭나기 위한 연습을 하면 된다.

손목이 시릴 정도로 연습하면 머리에 윤곽이 잡힌다. 글 못 쓰기 힘들다. 나는 글쓰기 연습 노트에 많은 아픔이 적혀 있다. 다 사연들이 있듯이 글은 아픔에서 시작되는 것 같다. 마음에 담아둔 사연이 밖으로 표출되는 것이 글이다. 하고 싶은 많은 내용, 시간이 없다고 미뤄 두었던 일들, 다행이었던 사건들, 늦어 놓쳐버린 안타까운 일들, 마음을 표현하지 못했던 사연들 등이 연습 노트에 적어 나다운 것 나답게 썼다.

글을 쓰면서 긍정적인 생각을 가지면 되었고, 아픔을 치유하는 글쓰기를 하게 되었다. 변화의 시작은 연습 노트였다. 부정적인 생각을 망치로 깨트리고, 긍정적인 사고를 머리에 꼭꼭 심어두어라.

내가 가진 썩은 생각을 깨고 내 안의 글쓰기 거인을 깨워 무조건 썼다. 어렵고 힘들 때일수록 더욱 정신을 놓지 않았다. 나의 입장을 정리해 보면서 멈추지 않는 울음을 터트렸던 적도 있었다. 그릇이 성한 게 없고 가구가 멀쩡한 것도 없는 짐을 신문지로 그릇을 싸고 손수레에 짐을 싣고 비탈길에 위치한 새집으로 이사를 하였다. 어쩌면 그저 더 인내하고 더 간절히 바라야 할지도 모른다. 어찌할 바를 몰라 여러 노력을 기울였지만 눈부신 변화가 없어 점점 무기력해졌다.

스펙이나 다른 능력도 없고 빚만 존재하는 매듭이 있는 밧줄처럼 풀리지 않았다. 마음이 힘드니 몸이 힘들고 몸이 힘드니 보살핌을 받고 싶고 위로받고 싶은 엄마가 그리웠다. 그런 생각이 드니 내 몸이 먼저 반응을 하며 눈가에 눈물이 고이고 또로롱 한 방울이 흘러내렸다. "안 돼 약해지면 안 돼" 스스로에게 외쳐도 보았지만 점점 더 눈물이 주르륵 내 볼을 타고 무릎으로 떨어지는 눈물방울이 늘어났다. 울고 말았다. 연습 노트에 울음을 터트려 버렸다.

이해만 해주려 하지 말고 이해받고 싶을 때 위로받고 사랑받고 싶을 때 맘껏 울어도 괜찮다. 스스로 나를 꼭 안아주는 마음으로 따뜻함을 느낄 수 있다. 그냥 눈물이 날 때 아무 말없이 울어보는 것도 괜찮다.

행복은 우리가 미처 보지 못한 가까운 곳에서 당신을 기다리고 있다. 행복을 멀리서 찾으려 말고 주위에서 찾아보면 소소한 행복이 넘쳐난다. 행복의 봉투는 내 안에 있다. 그것을 꺼내는 건 당신의 몫이다. 요술 방망이처럼 뚝딱 해결되지는 않지만 마음의 근본적 변화가 개선의 방향임은 부정할 수 없다.

평소에 대해 깊은 고민을 해 보았다. 글쓰기로 큰 도움이 되었다. 당신도 미리 생각해 두자. 끝까지 생각해서 자신만의 견해를 구축해두면 된다. 인생의 돌파구는 분명 있다. 더는 착하다는 소리를 듣지 말자. 착하다는 말을 반대로 해석하면 자신이 원하는 것을 주장하지 않고 상대방이 원하는 것을 들어만 주는 것이다. 결국 착하다는 소리는 나만 힘들어지고 있다는 소리이다. 상대방은 고마워하지도 않는다. 당연하다고 생각한다.

자신에게 당당해져야 한다. 원하는 것 표현하지 않으면 끝까지 맞춰주는 인생을 살아야 한다. 맞춰주는 것이 마음이 편하다면 그렇게 살아라. 인생을 살아가는 중심은 나로부터 여야 한다. '나를 스스로 아껴야 하는 것을 왜 알지 못하는 걸까?' 나를 사랑하지 않는 사람이 남을 위해서만 사랑을 베푸는 것은 주고 싶은 마음이겠지만 그것만이 결코 옳은 것은 아니다. 다른 생각으로 틀린 생각을 가져 보는 것도 괜찮다. 그런 생각의 차이가 나를 믿고 흔들리지 않는 마음가짐을 품고 당당해진다.

'왜 연습 노트가 필요할까?' 글은 마음이 시킨다고 써지지 않는다. 노트에 어떤 내용이든 상관없이 기록으로 남기는 실천이 필요하다. 나중에 내가 쓴 노트를 보면 헛웃음이 나올 때도 있지만, 기록이 기억을 이기기에 그때의 추억이 떠올라 감성에 젖을 때도 있다.

책을 읽고 노트에 적는 방법도 있다. 쓰기 연습이다. 연습 노트에 쓰는 데 형식이 중요하지 않다. 꼭 예쁘게 쓰려고 하지 않아도 된다. 책을 읽고 좋아하는 문구를 밑줄 긋고 줄 친 문장을 그대로 연습 노트에 옮겨 적는다. 그 밑에 내 생각을 한 줄 정도 적는다. 그 부분에 대한 생각을 짧게 적는 것만으로 정리된 글이 된다.

나는 글만 있는 노트에 책표지를 따라 그려 넣기도 했다. 은근히 재미를 불러온다. 연습 노트에 책의 밑줄을 적다 보니 뒤돌아서면 금방 기억이 나지 않는 현상이 대수롭지 않았다. 나에게 적혀 있는 노트로 위안 삼으며 흐뭇해했다. 아무리 좋은 책을 읽어도 기억이 나지 않는다. 나중에 다시 보는 일 또한 생기지 않는다. 결국 한 번 읽었던 책들은 그렇게 잊히는 기억들이 있을 것이다.

연습 노트로 인해 필사하고 생각을 적는 힘이야말로 그대로 지워지지 않았고, 책을 읽고 연습을 통해 습관을 만들었고, 연습 노트 적는 것이 즐거웠다. 책을 읽고 내 생각을 추가해서 연습 노트에 글을 쓰니 글쓰기의 질도 향상되었다. 나의 삶과 접목하게 되는 부분에서 공감하며 적용도 한다.

연습 노트를 쓰다 보면 손으로 꾹꾹 눌러 쓰니 생각이 커지고 발전한다. 글쓰기 연습 노트를 통해 내 안의 자리를 잡아 준다. 내 안의 자리는 연습 노트에 적힌 내용을 보고 마음이 향하는 방향을 잡을 수 있다. 글쓰기 연습 노트는 일종의 오답노트와 같다. 예행연습을 통해 조금씩 채워나가도 노트가 다 채워질 때쯤 향상된 글쓰기가 분명 되어 있다. 글쓰기 연습 노트를 활용하라.

#7
바인더로 기록하는
습관을 키워라

   새해가 되면 꼭 빠뜨리지 않고 사는 것이 다이어리다. 한 해 동안 꾸준히 쓰는 것이 어렵지만 안 사면 무언가 아쉽다. 새해 다이어리를 쓸 때 굳게 다짐했던 그 마음이 점점 1개월, 2개월, 3개월을 버티다 1년을 넘기기가 어려웠다. 매번 이런 식으로 나의 다이어리는 중간이 없다. 처음 시작 3개월쯤 지나면 힘들어 서서히 소홀히 하다가 몇 장 남지 않은 달력을 보면 마음이 또 조급해진다. 그때부터 다시 쓰기 시작하니 처음과 끝만 있는 다이어리로 남았다.

   일부 뚫린 다이어리일지라도 메모를 하다 보니 메모 습관이 길러지게 되었다. 메모의 중요성을 알게 되어 기록에 관련된 책을 찾아보았다. 강력한 이끌림 같은 책을 만났다. 〈성과를 지배하는 바인더의 힘〉이란 책이다. 시간 관리, 성과관리, 지식 관리를 위한 프로세서로 탁월한 자기관리 시스템이 담겨 있었다.

   바인더의 힘은 다른 책과 다르게 신선하게 다가왔다. 인생을 설계하고 비전을 세우고 목표를 세워, 어떻게 기록하는지 구체적이고 상세하게 설명되어 있었다. 책을 사면 서브 바인더를 선물로 주는 이벤트가 있을 때 구매했기에, 책을 읽고 바로 적용이 가능했다. 그 후 다이어리는 3P 바인더가 되었다.

바인더를 쓰면서 많은 중요한 것들을 놓치지 않게 되었다. 잊어버리고, 까먹고, 빠트리고, 그런 일들이 말끔히 해소되었다. 기록해 놓으니 잊어버릴 수가 없다. 입으로는 바쁘다고 하는데 실제로 시간 계획을 적어보면 적을 게 별로 없었다. 시간 관리도 제대로 하지 않고 말로만 습관적으로 바쁘다고 하고 살았다.

시간 관리로 생활이 알차지고 사명과 비전을 적어보는 시간을 가질 수 있었다. 바인더의 힘이 발휘되는 순간이었다. 3p 바인더를 만들고 쓰는 것이 재미있었다. 속지를 굳이 구매하지 않고 본인 스타일로 직접 인쇄해서 사용 가능한 나만의 스타일의 바인더가 좋았다. 시간 관리가 최적화되었다. 기록하고 잊어라. 기억하기 위해 적는 것이 아니라 잊어버리기 위해 적는다. 시간을 만들어 주고 인생을 기록하게 된다.

학창시절의 시간 관리를 떠올려 보자. 방학 때마다 일정 시간의 하루 계획표를 짠다. 그런데 우린 말도 안 되게 가능하지 않은 계획표를 짜곤 실천을 안 한다. 그런데 매번 지키지도 않는 계획표를 방학 때마다 짠다. 학교를 졸업할 때까지 반복한다.

각자의 생활방식이 다 다르지만 일이 잘 되는 시간이 있다. 그것을 알아낸다면 많은 시간을 투자하지 않더라도 집중과 선택으로 몰입할 수 있다. 일이 잘 되는 시간에 몰아서 일하면 내 시간의 여유가 찾아온다. 나의 특성과 24시간 중 제일 집중 잘 되는 시간을 찾아내면 된다. 특징 찾고 시간 맞추기로 지키는 생활계획표가 완성된다.

책을 읽거나 강의를 들을 때, 좋은 글이나 기억하고 싶은 글은 꼭 기록해 놓아야겠다는 생각을 했다. 기록하지 않고 시간이 지나면, 알고 있는 사실이 며칠 후 기억나지 않는다. 바인더 활용이 습관이 되도록 기록했다.

목표를 근사하게 잡았다고 해도 실천하지 않으면 소용이 없다. 시간을 기록하면 나의 시간을 알 수 있다. 시간을 기록함으로써 바인더가 꽉 차게 되고 시간을 낭비하지 않고 잘 활용하게 된다. 사소한 것이라 생각하는 것조차도 매뉴얼이 있어야 한다. 기억만 믿으면 실수도 자주 한다. 실수와 실패를 했던 것들 모두 훌륭한 자산이다. 신문 칼럼을 보다가 스크랩을 해서 아직 완벽하게 구사하지 못하는 단어가 있으면 바인더에 붙여 넣는다. 해당 단어와 자주 쓰는 어휘를 연결해서 익히는 자료가 바인더에 자료로 남았다.

읽었던 책의 간단한 서평도 남겨 기록하는 습관을 다져지도록 노력했다. 나는 책을 즐겨보는 사람이 아니었다. 그저 책은 나에게 어울리지 않는다고 생각했다. 삶이 고단하고 너무 힘든 상황이 반복되던 때가 나에겐 있었다. 그때 '난 왜 이럴까?' 자괴감에 빠져있을 때 우연히 시작된 독서로 책을 좋아하게 되었고, 바라보는 사물도 달라 보였다. 그런데 내 기억의 한계는 오래가지 않았다.

한 권의 책을 다 읽었는데, 내용이나 느낌이 생각이 나지 않을 때가 많았다. 바인더를 사용하였더니 단 몇 줄이라도 좋았던 내용의 독후감이 한 장씩 늘어나게 되었다. 내 감정의 또 다른 기록인 듯했다. 바인더로 기록하는 습관이 키워지면 차곡차곡 쌓이는 내용으로 활용이 쉬워진다. 기록이 성과로 연결되어 바꿔주고 더 좋은 결과를 만드는 과정이 되어 준다.

일정관리도 쉽게 할 수 있다. 빡빡하지 않은 일정을 바인더에 기록하고 일정을 하나씩 제거해가며 재미있게 정리하기도 한다. 정리된 하루 기록을 보면서 반성하고 보완할 점을 발견해 마무리한다. 나의 단점은 기록하면서 잘 파악하게 되었다. 단점 보완에만 신경 썼는데도 좀처럼 잘 고쳐지지 않으면, 장점 살리기에 더 많은 시간을 쏟는 것이 좋다.

이렇게 계속 반복으로 당신이 한다면 더 멋진 운명을 만날 것이다. 성공한 부자들도 나쁜 것에 집중하지 않고 좋은 것에만 집중하는 습관이 있다고 한다. 일반인들이 나쁜 것에 집착할 때 낭비되는 시간과 에너지의 힘을 좋은 것을 해내는 데 사용한다. 그렇기에 항상 감사하고 불평불만을 하지 않는다.

좋은 것만 보는 것은 삶을 긍정으로 가득 차게 하는 습관을 만들게 해 준다. 긍정의 자세는 부정으로 가득 찬 삶보다 훨씬 더 성공할 확률이 높다. 희망으로 하루를 충실하게 행복한 삶을 살 수 있다. 성공한 부자들의 태도는 분명 본받을 것이 있다.

기록하는 습관이 중요한 이유는 적극적인 생활 자세로 지금을 살고 있는지를 확실하게 알 수 있다. 기록이 그 사람의 태도와 마음가짐을 그대로 나타내기 때문이다. 실패한 사람은 대충 살고자 하는 태도와 마음가짐을 가지고 있다. 그런 태도와 마음자세를 가진 사람들은 귀찮고 성가신 일로 여기고, 절대로 메모하거나 기록하지 않는다. 회의하거나 대화를 할 때도 기록하는 사람이 있고 그냥 아무것도 하지 않은 채 멍하게 있는 사람이 있다. 시간이 가는 대로 시간을 흘려보내는 사람이다. 적극적이지도 않고 열정적이지도 않다. 잘못된 습관이 형성되어서 그렇다.

성공한 부자들은 적극적이고 열정이 놀랍게도 넘쳐난다. 절대로 대충 살고자 하는 태도와 마음가짐을 가지고 있지 않다. 항상 수첩을 가지고 다니며 메모할 정도로 적극적이다. 주변 어떤 상황에서도 타인의 눈을 의식하지 않고 기록한다. 이런 태도의 사람들은 어떤 일도 척척해낸다. 세상의 사람들이 성공한 부자들을 부러워하는 이유가 기록한 내용이 아니라 삶에 대한 자세의 태도 때문이다. 무한한 에너지를 가지고 있는 사람들이다.

당신의 생활방식으로 변형해서 바인더로 기록하는 습관을 키워라. 당신에게 맞는 방법과 쉽게 사용할 수 있는 어떤 도구의 사용도 습관 잡기에 효율성을 선택하면 된다. 이런 사실을 부자들은 잘 알고 있다. 나를 돌아볼 수 있는 바인더의 기록은 빈틈 있는 당신의 시간을 채워준다.

당신도 기록하는 습관으로 좋은 경험을 맛보기를 바란다. 성공한 사람들은 오늘 할 일을 절대로 내일로 미루지 않는다. 기록하는 습관이야말로 인생 최고의 힘이다. 도전하지 않고 삶을 이대로 안주하며 지내지 않길 바란다. 모든 성공은 도전하는 사람이 이룬 것이다. 기록하는 습관을 바인더로 키워라. 행동하지 않을 온갖 이유로 변명은 이제 그만하고, 앞으로 나아가라. 마음이 있으면 무엇이든 할 수 있다.

#8
글쓰기,
실행력과 꾸준함이다

어릴 적 한 번씩 겪어봤던 일 중에 공통적인 것 하나가 자전거 배운 경험들이 아닌가 싶다. 정말 처음 배울 때 그 느낌을 기억하고 있을 것이다. 나도 엄마가 되어 자식들에게 공원에 가서 좁은 학교 운동장에서 자전거를 잡아주었다. 아이들은 절대 놓지 말라며 삐뚤빼뚤하게 다니면서 많이 넘어지고 다치면서 배웠다. 왠지 탈 때마다 아이의 모습을 보면서 나도 처음 배웠던 그 생각을 하게끔 한다.

나는 자전거 타기를 아주 늦게 배웠다. 주말만 되면 자전거를 타러 갔다. 친구들에게 사직운동장에서 내가 자전거 잘 타는 모습을 보여 준다고 선포하고, 친구들을 주말마다 대동시켜 자전거를 탔다. 주말만 기다렸다. 하지만 처음 타기가 만만치 않았다. 그저 다리만 움직이면 쭉쭉 갈 줄 알았다. 페달을 밟으면 어찌나 뒤로 가는지 앞으로 나가지를 못했다.

옆에서 한 꼬마가 보조 바퀴를 달그락거리며 나를 추월해서 갈 때 보통은 시끄럽게 들렸을 터인데 그 꼬마를 부러워하던 기억도 난다. 평지도 어려운데 커브길, 내리막길에서 핸들을 돌릴 때 어김없이 난 넘어졌다. "이놈의 자전거는 왜 내 맘대로 되지 않는 거야! 앞으로는 안가? 나 안 탈래!" 일어나면서 양껏 짜증을 부렸다.

여러 번 반복되는 넘어지기를 경험하고 속도를 내며 달릴 수 있게 되었다. 좀 더 넓은 곳을 달려보려고 이동하기 위해 엉덩이를 들고 속도를 내기도 했다. "자전거가 이렇게 재미있는 거였어? 열심히 타보자!" 나름 여유가 생기니 다른 사람들의 타는 모습도 보게 되었다. 자전거가 내 맘대로 되어 가니 그 재미를 이제는 느끼게 된 것이다.

그냥 앉아서 페달만 움직여 보면 자전거는 나가지 않는다. 자전거 페달을 끝까지 밟으면 넘어지지 않는다. 지쳐도 포기하지 않고 쭉 간다면 우리도 넘어지지 않고 완주할 수 있다. 끝까지 페달을 밟을 준비를 해야 한다. 자전거 페달 밟듯이 포기하지 않고 꾸준히 글을 쓰는 것을 실행하는 것이 글쓰기에서도 중요하다. 주어진 시간 속에서 실패를 통한 성공은 선택과 집중의 차이다. 그리고 실행력과 꾸준함의 차이이다.

매일 모든 사람은 똑같은 시간을 받는다. 그것도 아주 공평하게 주어지는 시간을 받는다. 그 시간 동안 누군가는 성공을 향한 날갯짓으로 날아오르고, 또 다른 누군가는 실패의 쓰라린 아픔으로 바닥에 주저앉는다. 누군가는 하늘을 날고 누군가는 땅을 친다. 우리에게 주어진 공평한 시간을 허투루 쓰지 말고 시간 활용을 위한 선택과 집중을 해야 한다는 것을 명심해야 한다.

이러한 모든 시간을 글쓰기로 지난 시간을 표현하고 사소한 일상들을 의미 있게 글쓰기로 시작하자. 이제부터 실행력이다. 요즘은 가만있다고 중간 안 간다. 당신은 타협하듯 말한다. 잘 모르거나 애매한 관계에 놓이면 사람들은 멈춘다. '뭐 모르면 중간이라도 가지'라는 말로 회피한다. 주관이 없는 사람들의 성향이 훨씬 강하기 때문이다.

요즘 사람들은 열심히 질문하고 열심히 대답한다. 더 자극되어 쓰기를 꾸준하게 하는 동력이 된다. 계획 잡고 근사하게 시작할 필요 없으니 꾸준하게 적고 싶은 것을 쓰기만 하면 된다. 단 꾸준함을 명심해야 한다. 글을 못 써서 필력이 없다는 그런 걱정은 하지 말아라. 걱정은 끊임없이 계속된다. 걱정은 또 다른 연결고리를 만들고 쓰기를 방해할 뿐이다. 걱정한다고 해결되는 것 또한 없다. 꾸준함을 기억하면서 지나간 것을 지나간 대로 적으면 된다. 아무 생각 말고 실행으로 옮겨 쓰다 보면 필력이 좋아진 당신을 마주하고 있을 것이다.

당신의 능력을 속이지 말고 믿어 보아라. 당신은 잘 할 수 있다. 해낼 자신도 있다. 난 못할 것 같다면서 나 자신에게 무책임한 거짓말로 편해지려 하면 안 된다. 좀 더 솔직하게 난 할 수 있다고 말해라. 자신이 던진 말에 책임은 실행으로 보여주고 몸이 스스로 하게 될 때까지 꾸준히 한다.

꾸준한 습관이 최고의 생산성 도구다. 글 쓰는 당신은 세상을 이롭게 하고 있다. 걱정이 실천되면 설렘으로 바뀌고, 반복된 행동이 더욱 신뢰감을 준다. 앞으로 어떻게 하겠다가 중요하지 않다. 실천하는 것이 중요하다. 실행만 잘해도 성공한다. 향기 나는 글을 써라. 연극은 끝났다. 죽은 것처럼 살지 마라. 실천해야 힘이 된다. 실행의 리더십이 아름답다.

모든 것은 생각에서부터 시작한다. 생각을 행동으로 옮기는 데 큰 도움을 주었다. 선택의 문제가 아닌 행동의 문제다. 원하는 것이 있어도 미리 안 될 것이라고 포기를 한다. 실행이 먼저다. 지나친 생각은 실천에 방해 요인만 될 뿐 전혀 도움을 받지 못한다.

다른 사람에게 답을 찾으려 해도 가슴 뚫린 해답은 없다. 나를 대신하여 행동해 줄 수는 없기 때문이다. 답을 찾아도 받아들이는 내가 마음가짐과 태도가 달라져야, 행동으로 이어진다. 떡 줄 사람은 생각도 없는데 혼자 '된다', '안 된다'를 판단해서 미리 좌절하고 그러지 말자. 지나간 것보다 앞으로 다가올 행운마저 날아가 버린다. 부정적으로 바라보는 경향이 크기 때문이다.

행동해야 하는 것은 오로지 나인 것을 명심하자. 안 된다는 포기보다, 안 되는 원인을 미리 대비하면 된다. 귀중한 청춘의 시기에 비교 잣대만 들이대기에는 시간이 아깝다. 긍정적인 생각은 내일을 향한 원동력이다. 긍정은 또 다른 긍정을 낳는다고 하였다.

도전하지 않는 청춘이 실패이다. 도전하였다면 실패가 아니다. 경험이다. 경험의 뿌리가 남아있다. 차선의 선택으로 만족하는 법을 배우고 실천하면 된다. 시간이 지나면 좋은 상황으로 돌아온다. 청춘 시대엔 젊기에 자신의 선택보다 주어지고 맡겨지는 선택이 많을 것이다. 내세울 재능도, 해놓은 것도 없으면 더욱 그렇다. 힘이 없으면 따라가게 되어 있다. 일단 힘을 기르기까지 자세를 바로잡는 기간이라고 배우며 자신의 능력을 키워나가면 된다. 순간을 충실하게 마주하는 태도가 그 무엇보다 필요하다.

가장 하고 싶은 일에 목숨 걸고 하여라. 치열하게 자신과 싸워라. 실전에서 어느 정도 해볼 만할 때 그 깨달음으로 밀어붙여 역량을 키우면 된다. 당장 할 수 있는 일을 하는 것은 축복이다. 자존감 향상 훈련을 운동과 함께하는 것이 좋다. 몸과 마음부터 바로잡아야 정신이 건강해진다. 모든 에너지를 긍정 에너지로 바꾸어서 질 때까지 노력을 끊임없이 해야 한다. 맹렬하게 도전한다면 결과 이상의 뜻밖의 성과를 만들어 낸다.

꿈이 있다면 도전하라. 인생의 시작은 슬픔과 웃음이 있으며 인생의 과정은 고난과 성장이 있다. 나에게 주어진 가장 중요한 안목은 주어진 현실을 바로 보는 것이다. 타인의 성공을 부러워하거나 비교하지 말고, 당신만의 개성이 있는 삶을 만들기 위해서, 가장 잘하는 것을 개척해야 한다.

개성이 없고 창의력이 없으면 누구에게도 주목받을 수 없으며, 총 없이 전쟁터에 나가는 병사와 다름없다. 과거에 사로잡힌 사람은 거품을 물고 말하지만 거품이 꺼지면 남는 것이 없다. 왕년을 경계해야 한다. 나이를 핑계 대면서 한 발자국도 앞으로 나가지 못하는 것은, 쓸데없는 자존심과 명예심일지도 모른다. 만약 다시 한 번 도전하고 싶다면 가장 잘 할 수 있는 일에 인생의 승부를 걸어야 한다. 실행력과 꾸준함으로.

5

글 쓰는 시간이
인생을 바꾼다

1

지금 당장
글쓰기를 시작하라

난 하고 싶고 이루고 싶은 것이 많았다. 현실에만 안주하지 않으려 부족했던 공부를 시작했다. 스펙을 좀 더 쌓는 공부를 하는 것이 불안한 미래를 위한 노력이라고 판단했다. 공부를 시작할 때 나에게 시간을 달라고 남편에게 부탁했었다. 그렇지만 막상 시작하니 눈치를 많이 봐야 했다. 회사 놀이, 엄마 놀이, 주부 놀이 등 해야 할 일들이 끊임없이 많았다. 퇴근하고 집에 와서 나를 위해 밥을 차려주는 사람이 있었으면 할 때도 많았다.

나에겐 아들과 딸 두 명의 자식이 있다. 난 단 하루도 쉬지 않고 일을 해야 했던 직장인 엄마이었다. 그렇게 쉬지 않고 일해도 대출금이며 생활비며 감당하기가 힘들었다. 상황이 그런지라 작은딸은 태어나서부터 시어머니 집에서 먹고 자고 자랐다. 작은딸이 7살 될 때까지 난 퇴근을 시댁으로 했다. 퇴근해서 그날 냉장고를 뒤적거리며 저녁거리를 만들고 가족과 함께 식사했다. 그야말로 이중생활이었다.

우리 집에 와서 내 시간을 가질 수 있는 시간은 밤 11시 좀 늦으면 밤 12부터였다. 책이라도 조금 볼라치면 졸음과도 싸워야 했다. 내가 무언가를 하기 위해 책을 보면 남편은 몹시 못마땅하게 잔소리를 쏟아부었다. 황금 같은 휴일 외출 대신 집에서 책을 보겠다 하면 어김없는 남편의 독설로 아파했었다.

집안일에 허락된 내 시간의 반과, 내가 하고 싶은 것을 할 수 있는 시간의 반을, 각각 반씩 나눴다. 새벽까지 책과 씨름하다 잠든 날도 많았고, 매일 아침 세수하면 코피가 쏟아지기가 다반사였다. 이른 아침에 뜬눈으로 출근한 적도 많았다. 반씩 나눴건만 결국엔 높아가는 불만의 소리를 잠재우기 위해 체념하는 순간 슬픔이 폭풍처럼 밀려왔다. "넌 잘했어.", "넌 충분히 잘했어.", "지금도 잘 해내고 있어." 스스로 외쳤다. 그런데도 꿈을 이루기 위해 꿈틀거렸다.

남편이 TV 소리를 크게 틀고 보아도 난 싫다 하지 않았다. 그런데도 책을 보고 있는 것조차 눈치를 본다. 어느 날 방에 들어가서 공부랍시고 책 보고 있는 나를 이해할 수 없다고 한다. 또 커지는 저항의 소리였다. 남편이 TV 보는 시간에 방에서 책 본 건데 그게 이상한 걸까? 그 후 남편이 TV 보고 있음 같이 TV를 봤다. 한마디 말도 걸지 않는다. 나도 말을 시키지 않았다. 꽤 시간이 흐른 뒤 휴대폰 보는 나에게 휴대폰만 한다고 한마디 한다.

나에게 왜 이럴까? 고민하는데 작은딸이 나에게 속상할까 봐 말을 시켰다. "엄마가 휴대폰으로 뭘 하는지 나는 알아", "휴대폰으로 책 보고 하는 건 내가 봐서 알아", "아빠는 안 봐서 몰라서 그러는 거야" 눈물이 핑그르르 흐른다. 딸도 아는데 내 신랑은 왜 모를까? 워킹맘으로 모든 걸 잘 해내길 바라는 신랑을 위해 난 만능이어야 했다. 남편이 집에 있는 시간에 함께 하지 못해 그런 것이라며 훈훈한 생각을 했다. 그 생각이 나를 편하게 했다.

생각과 이해가 달라서 난 눈치를 봤고 소화하지 못했다. 공부는 점점 뒤로 순위가 밀리게 되고 소홀히 하다가 목표 달성을 하지 못했다. 계속 공부는 채워지지 않은 채 가슴에 남게 되었고 난 계속 시도하려 했다. 그때마다 '또 시작이야.' 그토록 시간을 주었는데 이루지 못한 나를 한심하게 보며 말을 쏘아붙였다. 그랬다. 결과는 내가 이루지 못한 것이다. 반대의 시선이 따가웠어도 밀고 나갔어야 했다. 화살은 이미 나에게 초점 맞춰 겨냥하고 있었기에 내 시간을 내어주지 않고 내 시간을 확보했어야 했다.

분노와 저항은 완성될 때까지 계속해서 괴롭히게 된다. 완성되지 못할 때 비웃음으로 조롱하고 더욱 깎아내리게 하는 판단을 불러온다. 이러한 비웃음이 귀에 들어올 때 자신을 무너뜨리는 가장 큰 적이 된다. 비웃음을 이겨낼 자제력을 챙기기가 어렵기 때문이다. 자신감이 없어지고 무너진 한없이 작아진 이야기의 예인 것이다.

비웃음을 선사한 사람, 반대하는 사람들은 대부분 상대방의 계획을 계속 비난하고 부정적인 결과를 예측한다. 완성이란 결과를 이루어 내기까지 끊임없이 비난의 소리를 감수하는 고통이 따르게 된다. 주위의 따가운 비웃음을 수용하지 않는 것은 자신과의 싸움이다. 그 고통에 맞서 싸워야 한다. 싸움과 도전에서 자유로울 수 있는 사람은 한 사람도 없다.

비난과 반대는 우리를 어디론가 데려가 성찰하게 한다. 이 상황을 통제하게 하고 방어막을 세우게 되고 추진력을 제공하게 한다. 비난을 두려워하면 안 된다. 자신과의 싸움으로 극복해야 한다. 당신의 목적을 잊지 않는다면 세상은 당신 편이다. 반대하는 사람을 설득하기 위해서 시간을 투자해봤자 시간 낭비 에너지 낭비이다. 반대하는 부정적인 사람은 내 편이 아닌 결과를 중시하는 성과를 주어야 하는 관찰자이다.

자신의 시간과 정성을 부정에 쏟지 말고 목적에 열정을 쏟아부어야 한다. 지속해서 응원해주는 사람들에게 관심을 기울여야 한다. 거부하는 사람들과 부딪히게 되면 원하는 것 완성하기가 더욱 불가능해진다. 우리는 반드시 반대에 부딪히게 된다. 반대를 예상하고 지혜롭게 처리하고 지속해서 비전을 실천하면 된다. 반대의 고비에 허우적대다 방심하고 함정에 빠져 포기하지 말아야 한다. 포기는 미련으로 다시 태어나기 마련이다. 함정은 내가 완성해야 빠져나올 수 있다.

버려야 할 것과 채워야 할 것들이 구분 지어 보았다. 글쓰기로 인해 주체성이 생기고 그것이 나를 행동하게 만들었다. 생각해보니 그 배후에는 글쓰기가 항상 있었다. 난 또 다른 꿈을 펼치기 위해 길을 나섰었다. 책을 쓰기로 결심했었다. 이대로 제자리걸음만 할 수 없었기에 저항에 부딪힌 것이다. 내 꿈을 위해 행군하면서 모든 열정을 쏟아부었다. 책을 읽고 강의를 들을 때 너무 행복했다. 책 쓰기로 마음먹는 순간 난 자존감이 높아졌다. 나의 큰 결심이 나를 변화시켰다.

나를 숨기며 평범하게 살려고 했던 것을 무언가 엄청난 힘을 장착시켜 주었다. 무기를 내 손에 쥐여준 듯했다. 글을 쓰면서 내 인생이 변하게 된 덕분이다. 그동안은 미래에 큰 기대는 없었다. 글을 쓰는 행위를 좋아하다 보니 글이 좋아서 쓰는 것이 좋아서 썼을 뿐이었다. 책을 쓰고 잠재의식 속에 잠자던 강연가, 코치, 1인 창업가의 꿈도 꺼내든 것이다. 글을 좋아한 것만으로 글을 쓴 것만으로 시인이 되고 작가가 되었다. 세 권의 책을 펴냈다. 강연가, 코치, 1인 창업가가 되었고 내 꿈을 끊임없이 잠재의식 속에서 그려내고 있는 중이다.

상상력을 통한 잠재의식에 원하는 것을 정확히 요청만 하면, 잠재의식에 의해 이루어진다. 원하는 것을 창조하려면 잠재의식을 활용해야 한다. 믿고 실행하면 실현된다. 잠재의식의 힘은 굉장히 크다. 그것을 받아들인다면 큰 꿈은 반드시 이룬다고 확신한다. 완벽한 삶을 살아내지 못했지만 마음이 시키는 소리대로 인생을 안정적으로 설계하며 살 수 있었다.

꿈을 꾸는데 나이는 상관없다. 내가 상상하면 꿈이 현실이 되어 준다. 나는 글쓰기로 삶이 변했고 당당하게 책 쓰기로 인생 2막이 열었다. 인생을 바꾸어 희망을 주는 강연을 하고 누군가 지금 힘든 시간을 보내고 있다면 메신저가 되어준다. 그 누구보다도 가난한 시절을 보냈고 많은 시련을 통해서 시인으로 작가로 1인 창업가로 성장한 나도 있지 않은가? 어둡기만 했던 무서운 현실을 버티게 해준 것이 글쓰기였다. 나는 밤낮으로 글을 썼다. 힘들었던 시절을 죽기 살기로 쓴 글들이 스토리가 되어 나의 존재를 특별하게 해주었다. 녹록지 않은 현실에 특별함을 원한다면 그 누구도 견줄 수 없는 보석을 꺼내들어라. 그 능력이 세상의 주인공이 된 나의 탁월한 이야기다. 불평하면서 시간을 낭비하지 않는 주도적인 삶으로 이끈다. 지금 힘들더라도 당신을 위한 멋진 인생을 계획할 수 있다고 말해주고 싶다. 흔들리는 사람들에게 도움을 줄 수 있고 더욱 단단하게 동기부여가 되었으면 한다.

글쓰기를 통해 '새로운 나'를 발견하라. 무엇을 잘하는지 무엇을 잘 할 수 있는지 알아내는 방법이 글쓰기이다. 글쓰기가 당신을 재발견하게 하고 당신의 삶을 변화시키는 행위가 된다는 것을 명심한다면, 지금 당장 글쓰기를 시작하라.

2

나는 글을 쓰면서 성장한다

운동 부족으로 체력이 바닥으로 떨어지고 쉽게 피곤하여 운동이 필요했다. 오래간만에 하지 않던 운동을 한답시고 새벽에 광안리해수욕장 해변을 처음부터 끝까지 새벽을 깨우고 걷기 시작했다. 해변을 걸으니 얼마나 상쾌하던지 시작하길 잘했다고 좋아하며 걷는데 반도 못 가서 숨이 가쁘고 다리가 아프고 겨우 해변 끝까지 왔다. 그런데 그것이 끝이 아니었다. 집으로 돌아가는 길이 멀어 보여 걱정이 되었고 난 택시를 타고 집으로 와버렸다.

다음날 가볍게 시작하기 위해 학교 운동장으로 갔다. 운동장 몇 바퀴 걷기도 결코 쉽지 않았다. 결국 지쳐서 풀썩 바닥에 주저앉았는데 개미가 보였다. 개미는 작은 몸에 비교해 자신의 백배나 큰 먹이를 옮기려고 몇 번을 떨어뜨렸다가 줍곤 했다. 당연히 백배나 큰 음식이기에 앞이 보이지 않았고 같은 자리를 빙빙 돌기만 했다. 먹이를 반만이라도 내려놓으면 쉽게 이동할 것을 오직 눈덩이처럼 큰 먹이를 모두 가져가려니 방향을 잃은 것이다.

나는 성공하고 싶다고 수없이 상상하고 생각했다. 성공이란 글자만 보아도 가슴이 두근거렸다. 그래서 인터넷 온라인 각 사이트 아이디 이름이 성공

여왕이었다. 이름을 짓고 불리고 쓰고 오직 성공에 대한 욕망뿐이었다. 하루 하루 수많은 시행착오를 겪으면서 성공보다 성장이 우선이라고 나는 나에게 말했다. 미치도록 성공하고 싶다면 미치도록 나부터 성장해야 한다고 느낀 것이다.

작은 그릇으로 큰 음식을 담으려 했다. 성장하지 않은 욕심이었다. 욕망이라고 하곤 욕심을 부리고 있었다. 이것이 욕심이었음을 깨닫게 해준 것은 위에 언급한 개미였다. 성공보다 성장이 우선이다. 결과만 정해놓고 앞만 보며 떠밀려 살아가는 사람처럼 열심히 일하면서 바쁘게만 살아왔다. 돌아보면 남는 게 없었다. 밑 빠진 독에 물만 붓고 있었다. 자존감이 바닥이었고 매일 킬러로 사는 여자였다. 매일 죽이는 여자가 되어 자신을 매일 죽였다.

'나는 왜 결과를 만들어 내지 못할까?' 고민에 빠졌다. 인내심이 없었다. 오래 버티기를 못했다. 세상 탓으로 돌리는 핑계로 삼았던 문제는 내게 있었다. '나는 왜 오래 버티지 못할까?' 빠져든 생각에 나를 관찰해보기로 했다.

초등학교 때 신학기가 되면 매번 기초 조사를 한다. 기초 조사에 꼭 빠지지 않고 들어있는 것은 '집안의 가훈'이다. 나도 '근면과 성실'이고 내 짝지도 '근면과 성실' 그 정도로 많은 부모님이 '근면과 성실'을 강조했다. 내가 어른이 되고 보니 어제보다 나은 오늘은 '근면과 성실'에서 나온다고 나도 그렇게 말하는 어른이 되어 있었다. 그런데 정작 나는 게으른 사람이었다. 어설픈 노력을 근면으로 포장하며 성공이라는 큰 기대를 바라고 있었다.

성공한 사람들은 실패했을 때 흘린 건 눈물이 아닌 열심히 흘린 땀이라 했다. 게으른 지금의 모습을 버리게 한 문구이다. 그 과정에서 비전을 찾고 변화한다는 마음이 생겼다. 내면의 적을 이겨내고 잘 싸우고 노력의 결실을 기다리기로 했다. 비전을 세우니 가슴이 뭉클하고 행복하게 웃을 수 있었다.

새 생명 찾기라고 할까? 고난과 시련이 나를 더 강하게 만들었다. 모든 것을 감사하다 보니 긍정적인 에너지로 발전하여 행복이 오고 변화가 시작되었다. 다른 나를 찾았기에 그동안 미뤄왔던 하고 싶은 꿈을 순서대로 표현하는 글을 적었다. 이룬 것들이 늘어간다.

나는 불안했고 누군가의 보살핌을 받는 사람이었다. 긍정적인 의식이 바뀌게 되면서 보살핌이 필요 없는 사람이 되었다. 지금은 누군가를 보살피고 있는 나로 발전했다. 어릴 때 산타를 기다리다 잠든 기억이 있다. 그림 그리기를 싫어했는데도 크리스마스카드에 그림을 그리고 색칠을 하고 들뜬 마음으로 마냥 즐겁게 만들었던 기억도 있다. 크리스마스트리에 양말을 걸어두면서 양말이 작다며 큰 선물 받고 싶은데 선물보다 양말이 작아서 거인 양말을 내놓으라고 때를 부리기도 했다. 산타가 없는 것을 알 나이가 되어도 선물을 받고 싶은 마음에 산타를 기다리는 마음으로 아침을 기다린 적도 있었다.

어른이 되고 보니 산타를 기다리는 어린아이를 위해 내가 산타가 되어 있다. 어린이를 위한 산타 축제를 한다. 아픔과 과거는 잊고 즐거움에 빠진다. 누군가 고기를 구워주면 누군가는 편하게 먹을 수 있다. 이렇듯 서로에게 편한 즐거움을 준다는 것에 기뻐하는 인생으로 나는 살아가고 있다.

나의 열등감이 어두운 생각들이 글쓰기의 좋은 소재가 되었다. 결국 나의 삶을 변화시켰다. 내가 힘들고 겁이 나는 건 혼자 맞서야 한다. 어차피 겪어야 할 고통이라면 빨리 부딪치고 나가려 해야 한다. 현실에서 안주하고 살았는데 세상 밖으로 나가야 하는 것의 두려움이었는지도 모른다.

우리는 모두 메뚜기가 아닌 거인이다. 더 나은 삶을 살아갈 수 있도록 긍정 에너지 듬뿍 담은 메시지를 나는 몸에 지니고 다닌다. "나는 매일 모든 면에서 조금씩 좋아지고 성장하고 있다."이 문구를 코팅해서 지갑에 넣어 다니고 있다. 생각은 현실이 되고 상상의 힘으로 빠르게 성장한다. 알아서 척척 잘 해내는 최고가 되게 한다.

글을 쓰고 가슴속에만 묻어두었던 꿈이 세상 밖으로 나올 수 있다는 확신이 생긴다. 당신의 성장 필요성에 의해 이루어져야 한다. 당신이 어떻게 살 것인지의 사명 선언이 꼭 필요하다. 세상은 변했다. 세상을 변하게 하는 것은 사람들이며 바로 당신이다. 함께하는 사람들이 잘 될 때 제일 행복하다.

글은 나를 깨우고 나를 다진다. 나 자신을 제대로 볼 수 있는 계기가 된다. 책을 좋아하는 사람들도 작가가 글을 써야 읽는 것이다. 나는 글을 쓰면서 성장한다. 글을 쓰기 위해 많이 쓰고 많이 읽었다. 배우면서 성장하기를 멈춰 선 안 된다. 나는 끊임없는 배움에 도전 중이다. 배움이 계속될수록 무지한 내가 보였고 나를 채워가는 배움의 시간은 성공으로 가는 지름길이 되었다.

배움에 시간과 돈을 아낌없이 투자해야 한다. 나의 변화를 통해 더욱 단단해진다. 발 빠른 직장인들은 퇴근 후 성장을 위해 각종 세미나와 교육을 들으러 다닌다. 관심 있는 분야를 더욱 파고들어 자세히 알고 싶은 욕심이기도 하지만 퇴근 후 자기를 위해 효율적인 시간을 쓰는 것이기도 하다. 힘든 과정일 터이지만 결과물을 확인하면 그 희열은 세상을 얻은 듯 기쁘다. 또한, 배운 것을 실생활에 접목하면 엄청나게 뿌듯하다.

의지에 자신을 투자하자. 감옥에 가둬둔 능력을 깨워 당신의 멈춰있던 성장을 발전시키자. 내 안에 있는 욕구를 90%는 충족시켜 분노에서 벗어나자. '기회가 되면', '언젠가는' 우리가 늘 하는 말들이다. 생각만 하고 배움이 없으면 위태롭다는 공자의 말이 생각난다.

글을 쓴다는 것은 지금 내가 글을 적고 있는 행위만 있으면 된다. 글짓기를 하는 것이 아니다. 당신의 마음의 글을 꺼내 쓰기만 해보아라. 한 단계씩 성장하는 당신으로 거듭나라. 나는 글을 쓰면서 성장한다.

#3
상처를 치유하고
계획을 현실화 시켜라

나누고 싶은 좋은 시가 있다.

상처의 힘

안명옥 시인

대추나무에 상처를 내면 그해 대추가 더 많이 열린다.

조개 속 상처가 바로 진주이고,

많이 밟힌 길이 좋은 땅이 된다.

모두가 상처의 힘이다.

실패도 스펙이다.

성공한 사람들은 대부분 상처를 경험했다. 실패를 경험하면서 상처를 입지만, 그것을 기회로 삼아 앞으로 나아가 성공을 이룬 사람들이 많다. 무엇인가 실패하여 상처를 받더라도 꿋꿋이 이겨내는 버티는 정신이면 된다. 고통의 시간을 잘 보내는 방법으로 내가 선택한 것은 글쓰기이다.

처음부터 나를 발가벗긴 글은 쓰지 못했다. 방황도 참 많이 했다. 가시에 찔려야만 장미에 가까이 갈 수 있다. 새롭게 잘해 보자는 마음가짐으로 시작 했지만, 시간이 지나면서 어디에도 안착하지 못한 채 상처만 깊어갔다. 그러 나 그 고통을 이겨내고 이제 계속 실패하더라도 끝까지 가볼 생각이다. 실패 는 다시 도전하는 힘을 길러준다. 실패한 경험은 어느 값진 보석보다 빛을 낸 다. 성공의 반대말은 포기이듯이 포기하지 않는다. 실패도 스펙이다. 실패로 인한 그 고통을 감수하고 다시 방법을 찾다 보니 잘 해결할 수 있었다.

작은 사건이라도 내 삶을 요약하는 글을 적게 되면 그 습관이 당신을 변 화시킬 무기가 되어 준다. 글을 쓴다는 것은 지루하지도 고단하지도 않다. 글 로 아픔과 상처를 토해내면 무척 고단할듯하지만 의외로 뻥 뚫린 고속도로 를 질주하는 기분이 들 정도로 속이 시원하다. 힘든 일이 원해서 생기는 사람 은 없다. 그런 힘든 일들을 글쓰기로 해소해버리면 그만큼 개운해진다. 생각 만 해도 짜증이 나고 우울해지는 사건들이 있다. 이런 사건들을 그대로 감정 이입하여 글쓰기를 한다. 내가 이 사건으로 아픈 것, 상처받은 것, 아직도 아 픈 것을 쓴다. 적고 나면 한결 먹먹했던 가슴이 좋아진다. 매일 글을 쓰다 보 면 내가 원하는 모습으로 조금씩 변화하게 된다.

우리는 쉽게 상처받고 스치는 말에도 나한테 하는 말인가 하며 속으로 아 파한다. 또 그 말을 오래 기억하며 되새기기까지 한다. 스치는 말을 그냥 넘 기지 못하고 나를 괴롭히는 것이다. 우리는 자신을 미워하는 것을 습관처럼 한다. 다른 사람에게는 '잘 될 거야.' 위로해주면서 나 자신에게는 '넌 왜 이 모양이니?'하며 자책한다.

상처받고 아파할 때 스스로에게도 선물을 주는 것이 어떨까? 잘한 것이 있으면 남들 칭찬하듯이 나에게도 칭찬해 주면 어떨까? '넌 잘했어. 충분히 잘 할 줄 알았어.' 나를 격려하는 자신의 글쓰기는 더는 우울하지 않고 좋아진다. 글쓰기를 통해 자신의 마음이 여행하고 있다는 느낌마저 든다.

글쓰기를 하면 우울했던 마음이 전혀 없어진다. 글쓰기에 깊이 매료되어 열심히 내 감정에 충실했기 때문에, 아픈 마음이 상처가 치유된 것이다. 직장에서 하루 동안 힘들고 지쳤던 분들, 육아하신다고 자기 자신을 잃어버리고 사시는 분들, 오랜 시간 가족들만 위해 살아오신 분들, 나를 잃어버리셨던 분들, 감정을 드러내는 글쓰기로 다시 나를 찾을 수 있다.

글쓰기로 자존감을 키운다. 항상 생각해야 할 것들이 있다. 어떤 이유로 글을 쓰는 걸까? 내가 어떤 상태에서 글을 쓰고 있나? 뭔가 감정적으로 불편할 때 내 마음을 글로 적는 것이다. 내 불편한 글들의 표현에는 방법과 성찰이 들어간다. 감정을 세련되지 않은 방법으로 쓰더라도 괜찮다. 글을 쓰면서 내 감정을 풀고 있으면 그것으로 충분하다. 그 감정이 글 속에 그대로 담기게 된다. 불편한 감정을 감싸 안으란 말이 아니다. 그 감정을 없애버리는 글쓰기가 된다는 말이다. 이렇게 글쓰기를 하면서 자신을 방어하면 된다.

당신의 자존감은 글쓰기로 치유되며, 성찰로 인해 계획한 목표를 현실화시키는 능력이 키우게 된다. 가장 솔직한 방법으로 쓰는 것이 가장 큰 힘이 되는 치유이다. 우리의 내면의 감정을 표현해 내면 치유의 힘이 당신의 면역체계를 강력하게 키워준다. 치유하는 글쓰기는 몸과 마음을 계획하게 만든다.

절대 갑자기는 없다. 사전 암시를 바로 눈치를 채고 잡아야지 곪아 터지지 않는다. 쓴소리에도 귀를 기울여라. 질문만 하고 답을 안 듣는 사람들이 있다. 아무것도 안 듣는 사람들을 위해 열심히 설명하고 엉뚱한 대답에 상처

받기가 일쑤이다. 말도 나올만한 사람한테 질문도 해야 하듯이 답이 정해져 있다. 피할 수 없는 일도 생기기도 한다. 그럴 땐 부딪혀라. 어쩔 수 없는 일이 일어나도 이겨 낸다. 불행의 반대말은 행복이 아니라 다행이라고 한다. 행복은 보물 찾기와 같이 발견하는 것이다. 소소한 일상에서 발견되는 보물들이다. 바로 눈앞에 있는 것을 차곡차곡 담도록 하라.

직장에 다닌다는 회사 일을 한다는 것만으로 밤을 지새웠던 적도 휴일도 없이 일해 보았던 적이 있다. 그땐 결과를 내기 위해 나를 위한 일이라 여기고 일을 했었다. 지금에 와서 생각해보면 내가 소속된 집단을 위한 일이었다. 일은 직원이 하고 돈은 사장이 갖는다. 딱 이런 시스템이다. 나의 회사를 위해 그렇게 일하는 내 모습이 안쓰러워 보였다. 그 열정으로 자기 일을 하는데 쏟는다면 난 어떻게 되어있을지를 생각하게 되었다. 뒤늦게 더 늦기 전에 서서히 준비해 갔다. 나에게 찾아온 하나의 깨달음으로 새로운 도약을 하였다. 내가 생각하는 회사의 기준이 바뀌었다.

회사에서 먹고사는 대가를 받는 수준까지만 일하고, 나머지는 나만을 위한 작업으로 100% 활용하려 했다. 내가 직장이 있을 때 목표를 완성하기 위한 자금이 나올 곳이 아직은 직장이니, 회사 다닐 때 자기계발을 끊임없이 했다. 그렇게 나름대로 기간을 가지고 준비하기로 했다. 그 기간 내내 행복했다. 비록 싸구려 취급받더라도 아무도 인정해 주지 않더라도 나만의 기획으로 나를 변화시킨다는 것만으로 많은 행복감을 가져다주었다.

스스로 느낀 뿌듯함은 말할 수 없을 정도이다. 식사를 대충 컵라면으로 때우고 삼각 김밥으로 배를 채워도 무척 행복했던 순간을 잊을 수가 없다. 다른 사람들과 짧은 말과 동작 하나까지도 의사소통을 하면서, 한 가지 같은 꿈을 꾸고 한 가지 같은 주제로 모인 사람들에게서 오는 희열을 어찌 잊을 수 있겠는가? '왜? 저 사람은 저럴까?, 왜? 우리는 이럴까?'를 묻는다면 모두 같은 곳을 보기 때문이라고 통하는 것이라고 말한다. 이런 것을 느끼지 못하는 사람은 안타깝게도 인생이 바뀔 기회와 방법이 줘도 잘 소화하지 못한다는 것이다.

요리조리 눈치를 보며 일을 피해 다녀도 같은 월급이다. 8시간을 12시간처럼 일을 열심히 해도 같은 월급이다. 자신이 노력하고 일한 만큼 받아 가는 시스템을 구축하기 위한 하루를 산다. 그런 시스템 구축에 앞장서는 잠재의식의 힘을 믿으니 확신이 있기 때문에 하루가 행복하다. 확신이 있기 때문에 생각을 행동으로 옮길 수 있다. 확신이 있기에 생각을 행동으로 옮기는 결단력까지 채워가게 된다. 목표를 가지고 계획을 세우면 행동으로 옮겨진다. 이렇게 나는 스스로 1인 기업가가 되었다.

끌려다니는 인생은 온전한 나라고 볼 수 없다. 스펙을 쌓는 일에만 집중하는 사람들을 들여다보면 비슷한 스펙들의 천국이다. 요즘 같은 시대에 경쟁하기엔 남들이 가진 같은 스펙을 하나 더 추가하기보단 그 시간에 당신의 삶을 돌아보는 것이 더 중요하다. 자세히 돌아보다 보면 당신을 발전시킬 곳에 멈추게 될 것이다. 그것을 과감히 행하면 어떤 식으로든 분명히 당신을 돕는 사람이 생긴다.

결정적 순간을 놓치고 지내면 안 된다. 새벽을 지나 아침이 오기 전이 가장 어둡다. 따뜻한 햇볕이 나오면 마음도 따뜻해 나만의 하루를 바랄 수 있다. 상처를 치유하고 계획을 현실화 시켜가며 늘 웃으며 건강하게 살고 싶기에 오늘도 달린다.

#4
나만의 관점과
시각을 발견하라

나는 가끔 스스로 생각하게 나만의 공간을 만들어 본다. 나만의 공간이 근사한 장소를 뜻하는 것이 아니다. 나를 위한 사색의 공간이다. 스스로 생각하는 공간에서 뽑아내는 노력을 한다. 엉뚱한 발상을 하기도 한다. 예상을 빗나가는 글쓰기를 하기도 한다. 머릿속에 담겨있는 글들은 오만가지가 있다. 오만가지를 글로 요리할 때 나만의 관점과 시각을 발견한다. 글을 쓰는 사람들은 발견하는 사람들이다.

간단한 예를 들어 본다.

"자세히 보아야 예쁘다 / 오래 보아야 사랑스럽다 / 너도 그렇다."

어디선가 들었던 시구절 일 것이다. 나태주 시인은 시적 표현으로 보면 젊은 시인일 것 같지만 1945년생이다. 젊음이 묻어나는 감각적인 시로 많은 사랑을 받고 있다. 당신도 할 수 있는 생각이다. 당신도 지나가다가 많이 본 꽃 들이다. 당신이 의식하지 못했을 뿐이다. 나태주 시인이 의식하여 발견하였기에 소중한 사람으로 기억시켰다. 꽃을 보듯 타인을 바라보는 나만의 관점과 시각으로 먼저 발견한 사람인 것이다.

시

나태주

그냥 줍는 것이다
길거리나 사람들 사이에
버려진 채 빛나는
마음의 보석들

길거리에서 땅에 떨어진 동전을 살펴 줍는 것이 아니다. 이제부터 길거리에서 사물을 보고 글을 줍는 것이다. 그것이 곧 발견이다. 흔한 것을 그저 아무것도 아닌 것처럼 보지 않으면 좋은 글감이 곳곳에 있다. 나만의 관점에서 보는 시각을 달리하면, 같은 사물을 봤음에도 다른 글이 되어 나오는 것이다.

당신도 글을 쓸 수 있고 쓰고 있다. 글로 다듬어지지 않았을 뿐이다. 글로 다듬어지기까지는 오랜 시간이 걸린다. 그 오랜 시간은 많이 써야지 가능하다. 쓰지 않고 다듬어지는 글은 없다.

우리가 장기자랑을 할 때 그 분야의 재능 있는 사람들이 앞장서서 무대를 장악한다. 끼가 넘쳐나는 특별한 재능이다. 끼가 없고 재능이 없다면 그 무대를 갖지 못한다. 보물 찾기는 어떤가? 숨어있는 보물을 찾으면 된다. 보물은 어딘가에 뿌려져 있고 숨긴 곳을 찾아내기만 하면 그 보물을 갖는다. 끼가 넘쳐나고 재능이 그 아무리 좋다 하여도 보물을 더 갖는 것이 아니다. 얼마나 더 신중히 집중했고 끝까지 하나라도 더 찾으려고 노력했는지의 문제다. 관심과 집중과 노력의 차이다.

글쓰기는 장기자랑보다 보물 찾기라 하겠다. 내가 매일 시를 쓰면서 조금씩 변해가는 나를 발견하였듯이 당신도 글을 쓰면 그 순간 완전한 작가가 된다. 목표하는 글쓰기를 꼭 이루고 싶다면 매일 실천해 보아야 한다. 그 안에 깨달음이 있다. 수많은 지식보다 감각이 더 중요하다. 감각적인 경험의 글이 많이 쓰면 된다.

꿈은 항상 변한다. 처음 꿈을 그대로 유지되기도 하지만, 꿈은 장소나 시간을 가리지 않고 바뀐다. 그렇지만 꿈은 바뀌더라도 목표는 명확해야 한다. 목표를 통해 그 방향으로 향하기 때문이다. 사람들에게 꿈이 뭐냐고 질문을 하면 꿈이 확실하지 않다. 꿈을 말하지 못한다는 것은 목표가 없기 때문이다. 목표를 잡지 않았기에 꿈이 만들어지지 않은 이유이다.

예전엔 꿈이 뭐냐는 질문이 나에게도 어려웠다. 멈칫하다가 "꿈이 이뤄질까요?" 반문하기도 했다. 지금은 진짜 답답하기 짝이 없는 답이다. 정말 꿈이 없고 꿈을 말하지 못한 것이 아니다. 내 꿈이 과연 이뤄질까를 의심하면서 꿈을 이루려고 하는 모습이 답답하다. 지금은 목표가 있기에 대답이 어렵지 않다. 또한, 내 꿈을 의심하기 시작하면 잘 되는 일도 되지 않는다. 나의 능력을 철저히 의심한다는 말이니 될 일도 안 된다. 나조차 나를 믿지 못하면서 타인에게 나를 신뢰할 수 있게 만들 수 있냐는 말이다.

당신은 어떤가? 어렵다면 깊이 생각하라. 당신이 누구인지 모른다. 당신이 무엇을 좋아하는지를 모르고, 당신이 무엇을 원하는지를 모른다. 그렇게 막연하게 살아가므로 아무것도 결정하지 못하는 것이다. 결국 당신은 꿈이 없다는 말이다. 꿈이 없는 것은 생명력이 없다는 의미다.

책만 보는 바보는 진짜 현실에 사는 바보다. 책들을 읽는다고 읽는데 읽기만 하고 있다. 쓰기를 하지 않는 책 읽기는, 책만 보는 바보이다. 생각을 정리하는 과정이 없다. 나는 나를 장터에 내놓고 나를 판다는 기분으로 글을 쓴다. 얼굴도 팔 수 있으면 팔고 키도 묶음 상품으로 팔 수 있으면 판다. 나만의 글은 아무렇지 않게 쓰는 것뿐이다. 쓰는 순간 걱정이 날씬해진다. 생 돈 안 나가게 흠도 잡아준다. 즐겁게 살자 금방 늙는다. 늙으면 힘들다. 사는 것도 힘든데 늙으면 더 힘들다. 남는 건 허망이고 돌아오는 건 후회다. 즐겁게 글을 쓰며 즐겨라. 틀에 박힌 글쓰기는 가라.

여름휴가 때이다. 더위를 식히기 위해 모두 산으로 바다로 휴가를 떠난다. 나 또한 시원한 자연이 있는 휴양림을 찾았다. 마지막 날 일정에 동굴 탐험이 있었다. 동굴 입구에서 안전모를 씌워주었는데, 안전모에 있는 작은 불빛으로 캄캄한 동굴을 탐험해야 했다. 동굴은 꽤 길었고 동굴의 끝에서 빛이 보였다. 밖에서 들어오는 빛이었다. 동굴에서 나오는 순간 강렬한 태양을 바로 볼 수 없었다. 빛을 접하지 못하다가 빛을 접하니 뜨거움을 못 견뎌 타들어 갔다. 그 빛을 피하는 방법을 몰랐기 때문이다. 그늘을 찾을 엄두도 못 했다. 그냥 내 몸이 타들어 가는데도 아무것도 하지 않은 채 허락한 것이었다. 화력에 타들어 가버린다. 스쳐지나가는 짧은 순간임에도 타는 몸을 맡기고 눈부심에 눈을 감아버린다.

글을 쓰다 쓰기를 잠시 멈추면 적는 자체가 싫어지고 게을러진다. 늘 위안이 되어주던 책들을 기억하지 못하고 쟁여두기만 한다. 당신의 생각을 글로 쓰지 않고 말하지 않으면 머릿속에 쟁여두기만 하면 알지 못하니 아무 소용없다. 우리의 역사는 글로 썼고 말로 비밀스레 전해지기에 안다.

글쓰기를 거부하는 강렬한 빛이 부정이다. 다시 말하자면 모든 사람의 이야기는 뚜렷이 구분되고 독특하다. 당신의 이야기를 직접 손으로 쓴다면 같은 시간을 사는 사람들에게 눈길을 받는다. 작품을 쓸려고 조바심 내지 말고 그냥 써라. 불같은 사랑보다 온돌 같은 사랑이 오래간다. 글쓰기를 다작으로 다지면 글의 감동도 오래간다.

나도 성공한 시인, 성공한 작가, 성공한 1인 기업가, 성공한 직장인이다. 나만의 플랫폼 만들었다. 노력해보았냐고 하지 않겠다. 시늉이라도 해보았는가? 성공은 결과로 증명한다. "1톤의 생각보다 1그램의 행동이 중요합니다. 그리고 1그램의 행동과 도전이 수백 트럭의 돈을 가져오게 합니다." 한국경제에서 불가능하다고 판단한 일을 성공시킨 "해보기나 해 봤어?" 정주영 회장의 말을 나는 좋아한다.

당신은 뭔가가 되기 위해 꾸준히 움직인다. 하루 24시간 같은 시간에 다른 생각을 한다. 하루를 사는 것은 같지만 다른 성공 기준이 있다. 빌딩주가 된 자산가, 원하는 꿈을 이룬 사람, 시합에서 우승한 운동선수, 도저히 안 될 것 같은 일을 해낸 자신을 이겨낸 사람, 가난하지만 함께하는 가족이 믿어주고 사랑 듬뿍 받는 행복한 사람 등 수많은 성공한 사람들이 있다. 당신이 생각하는 성공은 무엇인가? 생각해 보아라. 나의 성공은 꼭 물질적인 것이 아니다. 성공의 사전적 의미는 목적하는 바를 이룸이다.

생각이 바뀌면 인생이 바뀐다. 내가 요즘 하고 다니는 말이다. 인생을 바꾸는 힘은 요청하는 사람이 성공한다. 리드만 당하며 삶을 살아온 것 같다. 나는 모든 면에서 앞서 말하지도 않았지만 경청도 잘 하지 않았다. 더군다나 요청도 하지 않았다. 요청하지 않고 누군가 내 손을 잡아주기만 바랐다. 요청하지 않으면 이루어지지 않는다는 것을 깨달았다.

당신은 거절에 대해 두려움 때문에 요청을 망설인다. 그럴수록 적극적으로 요청하면 의외로 거절보단 예스를 얻는 경우가 많다고 한다. 혼자 고민에 휩싸이기보다 주위에 알려야 도와줄 사람들이 많다. 새들도 입을 제일 크게 벌이는 새끼가 먹이를 먼저 먹는다. 생각이 다를 뿐이다. 생각이 다르니 답도 다를 뿐이다. 주어진 문제는 같다. 몸에도 운동해야 근육이 발달하는 것처럼 마음에도 훈련해야 근육이 발달한다. 글이 안 써지면 요청해서 멘토의 도움을 받으면 된다. 당신도 글을 써야 글 쓰는 필력이 좋아진다. 거리에 널려 있는 소재로 나만의 관점으로 정성스런 표현을 더해보아라. 새들이 노래하듯 따뜻하고 포근한 느낌을 주는 시각을 발견해 보아라.

5

글 쓰는 시간이
인생을 바꾼다

글 쓰는 시간을 가지면서, 수많은 생각이 들어왔다 나갔다 반복한다. 인생을 살아간다는 것에 대한 무언가 뜨거운 것의 심오함을 느끼기도 했다. 인생을 지금껏 살면서 깨달은 것이 하나 있다. 세상은 조금만 변화를 주면 온 세상이 변하는 것 같은데, 나에게 조금만 변화를 주면 전혀 티조차 나지 않고, 큰 변화를 주면 쏜살같이 달아나기 일쑤였다. 세상을 바꾸는 것보다 나 자신을 바꾸는 일이 어렵다는 것이다. 나는 인생의 거친 파도에 밀려다니다 어느 만큼의 변화를 겪은 것 같다. 20년 전 10년 전 5년 전의 내 모습이 낯설게 느껴지는 때가 있으니 말이다. 나의 큰 변화는 그때의 나와 현재의 나 사이엔 내 이름이 들어간 몇 권의 책이 있다는 것이다.

당연히 내가 살아온 세월만큼 세상은 그보다 훌쩍 넘는 세상으로 바뀌어 있다. 그럼 세상을 바꾸는 것은 누구인가? 바로 사람이다. 세상을 바꾼 요소에는 당신과 나도 포함되어 있다. 크게 생각해 보면 우리들은 개혁하며 살아간다. 매일 똑같은 일상이라고 생각할 뿐이다. 같은 일상이지만 똑같은 일은 하고 있지는 않다. 어제 한 일과 오늘 내가 한 일의 차이는 분명히 있다. 무언가의 변화를 느끼지 않기에 매일 똑같은 일상만 반복하고 있는 자신을 마주

한다고 할 수 있다.

크게 무언가의 변화를 느끼고 싶은가? 나에게 주어진 하루 일상은 똑같은가? 무언가를 적는 글 쓰는 시간을 가져보아라. 당신이 변화되는 일을 전혀 하지 않고 있는데, 하루가 선물하듯이 일상을 변화시켜 주지 않는다. 글 쓰는 시간의 공간을 만들어 보면, 당신의 글 속에 사람들에게 공감과 내적 변화를 일으키는 힘이 있다.

힐링이 대세인 시대에서 나도 글쓰기로 힐링한 경우이다. 내가 가지지 않은 것을 부러워하며 욕심내었던, 스스로를 고생시켰던 나에게 미안하다. 글을 쓰면서 그 의미를 안 것이 기쁘다. 나를 알게 되고 나에 대한 믿음이 충만하니 흔들리지 않는 인생이 되었다. 나를 지켜주고 있는 오직 하나인 글쓰기가 나의 파랑새이다.

글 쓰는 시간은 어떤 존재로부터 자신도 더 본질적인 치유에 다다르게 할 수 있다고 믿는다. 내 생각이 그렇다. 나의 변화로 인해 글쓰기는 이미 현재 진행형이다. 그리고 나의 글이 앞으로 겪게 될 일이 어디까지 미칠지 알 수 없다. 글을 쓰는 행위는 나를 살렸고 글쓰기로 감정을 내려놓게 하였고 세상에 희망을 주었다.

내가 글을 쓰면서 책을 출간하기까지 마지막으로 전한 메시지는 그리 어렵지 않다. 인생의 길을 찾지 못한 채, 상처를 치유하지 못한 채, 마음의 무게는 버티지 못할 만큼 무거워진 짐을 내려놓은 방법을 알리게 하고 싶어서이다. 마침내 온 정신이 오염되고 마지막 희망을 포기한 한 명이라도, 책을 보고 작은 불씨가 일기 시작한다면, 그것으로 충분하다. 글쓰기로 충분히 좌절을 극복할 수 있음을 알리고 나누기 위한 시도이다.

당신이 글 쓰는 시간을 가져야 하는 이유를 아직도 중요하게 생각하지 않을 수 있다. 배우 이보영이 있다. 그녀는 2017년 6월 6일 현충일 추념식 행사에서 추념 헌시의 낭독으로 무대에 올라 방송이며 기사며 언론매체의 뜨거운 박수를 받았다. 현충일 추념 헌시를 낭독할 수 있었던 이유는 무엇이 있을까? 동료 배우들과 비교해서 특별한 다른 무언가가 있기 때문일 것이다.

그녀는 책 읽기를 좋아하는 독서 마니아였다고 한다. 독서를 통해 받은 사랑과 위로로 성장하게 된 자신의 삶을 〈사랑의 시간들〉이란 제목의 책을 출간한 것이 특별한 차이이다. 배우나 연예인들은 인물 검색을 하면 방송, 영화에서만 뜨는데 이보영은 도서에서도 인물 검색이 된다. 책을 썼다는 특별한 점이 부각되어 지적인 이미지이기 때문일 것이다. 이렇게 연예인들도 책 쓰기에 도전을 하고 있다. 책을 써서 나를 더 브랜딩 하기 위해서다.

연예인도 더 인정받고 성공하고 싶어 책을 쓴다. 여기서 평범한 일반인도 차별화가 필요하다는 것이다. 너도나도 다 평범한 일반인이 특별해지는 것은 책 쓰기가 답이다. 아직은 블루오션이라 다행이다. 빨리 책을 써내야 한다. 자신을 최고로 브랜딩 하는 기술이다. 글쓰기에 자신이 없는데 어떻게 하냐?, 시간이 없는데 언제 글을 쓰냐?, 글 쓰면 책이 되냐?, 나에게 가능성이 있냐? 등의 수많은 질문을 나에게 한다.

'세상에 새로운 건 없다, 다만 새로운 조합만 있을 뿐이다'라는 말이 있다. 어떤 형태로 만들어지느냐에 따라 콘텐츠의 가치가 기존에서 달라진다는 말이다. 당신의 콘텐츠에 맞는 가치를 부여해야 한다. 자투리 시간이라도 내어서 글 쓰는 시간을 확보하지 않는다면 우리는 인생 전체가 먹고사는 일에만 시간이 사용될 것이다.

글을 쓴다는 것은 당신의 많은 생각을 낫게 하는 도구가 되어 준다는 것을 명심할 필요가 있다. 총총걸음으로 좁아진 앞만 보고 걷다가 시간이 급할수록 걸음도 빨라지는데 이른 시간 안에 달리는 스피드 인생을 글쓰기로 맛보고 글이 책이 되는 즐거움을 누리는 것이 글의 묘미이다.

글쓰기는 정년이 없다. 책이야말로 브레이크가 없다. 글 쓰고 노후를 즐기며 현역으로 살아간다. 도저히 글 쓰는 것을 못 할 것 같다면 나에게 물어라. 문자를 보내 소통하여라. 메일을 보내 방법을 찾아라. 글 쓰는 시간을 만들 마음을 가졌는가?

"당신이 할 수 있거나 할 수 있다고 꿈꾸는 그 모든 일을 시작하라. 새로운 일을 시작하는 용기 속에 당신의 천재성과 능력, 그리고 기적이 숨어있다." 세계적인 문학가 요한 볼프강 폰 괴테가 한 말이다. 글쓰기의 해답은 자신의 실행에 있다. 실천으로 행동해라. 지금 당장 행동파가 되어야 한다. 일단 부딪쳐 보는 것이 새로운 일을 할 때는 가장 쉬운 시작법이다.

나는 "글 쓰는 시간이 인생을 바꾼다" 이렇게 전하고 싶다. 그렇다. 이 책을 읽어야 하는 이유는, 온 삶을 살아낸 당신의 존재가 가치 있음을 경험을 통해 깨닫고, 생각을 전하는 글로 표현해 나아가야 하기 때문이다. 이것이 경험을 바꾸는 기술로 책이 되면 함께 사는 길이기 때문이다.

모든 사람의 경험은 다르다. 내가 경험하지 못한 내가 관심 가지는 분야를 직접 몸담아 그 일을 하면서 시간을 낭비하지 않는다는 것이다. 그럼 어떻게 관심 분야를 알 것인가? 하는 질문은 책이 체험장이 되는 곳이다. 어떤 책이건 책 한 권을 쓰기 위해 저자는 해당 분야에서 다년간의 경험과 지식을 축적했다. 다양한 경험을 하는 방법으로 시야를 넓히는 데에는 책만 한 체험장이 따로 없다.

　내가 가보지 못한 세계를 책을 통한 경험으로, 배움을 돈으로 바꾸는 것이다. 그렇기에 당신의 삶 속 경험은 위대하다고 말할 수 있다. 세상 어느 누구도 가치 없는 삶을 산 경우는 없다. 당신의 인생이 누군가에겐 깨달음을 준다. 당신도 글쓰기를 계속하여 책이 되는 기쁨을 가져라. 글 쓰는 시간이 인생을 바꾼다.

#6
책을 써야 하는 시기는
바로 지금이다

요즘 100세 시대라고 한다. 우리는 20대부터 직장을 다니고 은퇴를 하기까지 직장에서 현역으로 일할 수 있는 시간이 40년 정도 된다. 그것도 현역에서 잘 살아남아야 가능하다. 그렇다면 은퇴 후 남은 40년은 어떻게 살아갈 것인가? 책 쓰기로 남은 인생을 살아가는 것이 답이라고 말하고 싶다.

우리는 주변 사람들한테 농담 같은 말로 "내 이야기를 책으로 써도 몇 권은 나올 거야!"라는 말을 많이 한다. "내 이야기는 소설이 따로 없어, 드라마야 드라마!"라는 말도 덧붙인다. 이런 말들은 나이가 더 들수록 누구나 한 번쯤은 꼭 한다. 구슬이 서 말이라고 꿰어야 보배라고 했다. 이렇게 누구나 책을 써보고 싶다고 생각하지만 쉽게 책을 쓰는 것에 접근하지 못한다. 왜일까? 어떻게 써야 하는지 모르기 때문에 무조건 어렵다고만 생각한다. 알고 제대로 쓰면 누구나 빠르게 책을 써내 목표에 달성할 수 있다.

은퇴 후의 인생은 짧지 않다. 긴 시간이 남아있다. 긴 인생을 동호회 사람들과 등산하러 다니는 것도 좋지만 어느 순간 큰 재미를 느끼지 못한다. 한두 번 자연과 숨통 트이기 위해 찾는 정도가 최고의 재미인 것이다. 매일 반복되는 긴 시간을 무료함 없이 즐겁게 보내려면 책을 써서 남은 인생을 평생 현역으로 살아가야 한다. 미래를 걱정하지 않아도 된다. 작가에는 정년이 없다. 작가가 펜을 놓는 순간 정년이다. 지금 당장 책 쓰기를 통해 인생2막을 준비해야 한다. 누구보다 멋진 인생 2 막이 시작되는 순간이 즐겁지 않은가? 상상해보면 미소가 번질 것이다.

책을 통해 유명한 사람들은 당신도 많이 보아서 알 것이다. 그들의 시작도 당신과 같았다.

이제 새로운 인생을 책을 써서 설계하는 시기는 바로 지금이다. 책 쓰기를 하는데 가장 필요한 것은 쓰고자 하는 열망이다. 당신은 책을 써야 할 이유와 책을 썼을 때 누릴 수 있는 좋은 점을 알아야 열망이 샘솟을 것이다.

당신의 책 쓰기 의욕과 열정이 더욱 커질 이유를 찾아보아라. 당신은 평범한 사람인가? 자신이 평범하다고 생각된다면 책을 써야 한다. 평범하다는 것은 다른 사람들보다 뛰어나지 않다는 것이다. 특별한 실력을 갖추고 있지 않다는 뜻이다. 그러니 책을 써야 한다. 책을 써서 다른 사람들에게는 없는 경쟁력을 갖추어야 한다.

책은 든든한 은퇴 자본이 되어 준다. 은퇴를 생각할 때 불안하다면 책을 써야 한다. 책을 쓰면 자신의 인생을 돌아볼 수 있다. 또한, 책을 사랑하게 되어 하루하루가 심심하지 않다. 지금 현실이 안정적이라고 머물러 있지 말고 안전한 지금 망설임 없이 책 쓰기에 도전하여야 한다.

책을 써야 하는 시기는 바로 지금이다. 인생 2 막을 코치, 강연가로 활약하는 것으로 탄탄한 수입구조가 자연스럽게 생성되는 것이 책을 썼기 때문이다. 안정적인 구조가 탄탄할 때 미래에 자기계발에 투자할 수 있을 때 양껏 발휘해야 장래가 밝다. 사람마다 잘 할 수 있는 특별한 분야가 있다. 책을 써서 본인이 잘하는 분야의 전문가가 되는 것은 가장 효과적이며 쉽고 빠른 방법이다.

내 이름 석 자가 들어간 책이야말로 인생 최고의 학위를 받는 것이다. 책은 전문가로 통하는 학위이며 자기계발 자격증이다. 대학원을 가는 것보다 잘 쓴 책으로 성장한 책 한 권이 시간과 에너지와 열정을 쏟아붓게 한 가치를 증명해 주듯 당신의 인생을 변화시킨다. 이제는 책 쓰기는 대중화되어 가고 있다. 책을 써서 퍼스널 브랜딩 하는 일반인들이 많다.

고용사회에서 벗어나 1인 기업이 활성화되고 있다. 책 쓰기는 자기계발 중 나를 알리는 최고의 방법이지만 최저의 비용으로 고효율을 만들어 낸다. 책을 통해 나를 먼저 찾아오는 시스템이다. 가장 효율적인 수입이 다각화될 수 있는 재테크이다. 지속해서 자아실현하며 살 수 있는 최고의 방법이다.

책을 써본 적이 없는 사람들이 요즘 책을 쓰고 있다. 그런데도 국문과를 나와야 한다거나 문예 창작에 타고난 소질이 있어야 한다거나 그래야만 책을 쓴다는 생각을 한다. 전혀 그렇지 않다. 글쓰기에 자신 있고 재능이 있는 사람들은 시작할 때 유리할 뿐이다. 우리가 쓰는 책은 '전문 도서'가 아닌 '대중 도서'이기 때문이다. 결과는 마지막까지 원고를 마감하느냐는 끈기와 노력으로 글을 쓰는 것이지 타고난 재능이 원고를 마감하게 하는 것이 아니다.

책 쓰기에 도전하고 싶다면 미루지 마라. 망설이는 순간 시간은 흘러있다. 미룬다고 가슴에 새겨진 미련이 없어지진 않을 것이다. 더는 못 쓸 것이란 부정적인 이유만 찾지 말고 책을 쓰겠다는 긍정적인 이유를 찾아보아라. 남들보다 먼저 책을 쓰는 건 어떨까? 먼저 한발 앞선 당신은 책을 쓰고 싶어

하는 사람을 이끌어주는 코치가 되어 있을 것이다.

생업과 책 쓰기를 같이 한다는 것은 쉬운 일이 아니다. 그렇지만 몹시 어렵다고도 할 수 없다. 글 쓰는 사람의 심리가 그대로 묻어나는 글을 계속 쓰다 보면 나도 모르는 초인적인 힘이 생겨난다. 글 쓰는 것에 대한 부담에서 벗어나 써진다. 내가 지금 글을 쓰고 있다는 것에만 집중하면 거뜬히 쓰게 된다. 어느 순간 연습 된 훈련이 되어 글이 잘 써진다는 말이다. 글만 써지면 책으로 엮어지는 당신의 책을 가지게 된다.

책을 안 쓴 사람에게는 책을 쓴 사람이 특별한 인생을 사는 것처럼 보인다. 그렇지만 책을 펴낸 작가들은 당연한 하루를 살아간다. 앞으로 책 쓰기가 당연하게 여겨지는 세상이 될 것이다. 지금도 책을 쓰고자 꿈을 꾸는 사람들이 많다. 책을 써서 특별해지는 삶을 살기 위해 누군가는 당신이 멈춘 사이에도 시작하고 있다. 대단한 사람이 책을 쓰는 것이 아니라 책을 썼기에 대단한 사람이 된다는 것을 명심해야 한다. 다음은 당신 차례이다.

결정적인 시기는 없다. 지금 첫 발을 살짝 담근 때 그냥 마음 편히 행동으로 옮길 때다. 글을 쓴다는 건 바로 종합예술과 같다. 글이란 영역을 통해 꿈을 이루어 나가게 만드는 열정적인 자신의 다양한 장르가 통합된 스토리이기 때문이다. 의심하고 포기하지 마라. 무슨 일이든 할 수 있다고 믿는 만큼 이루어지는 것이다. 한 살 이라도 젊을 때 글을 통해 기적 같은 인생을 살아 갔으면 한다.

인생은 곧 시간이다. 마음먹기에 달려있다. 마음마저 먹기가 상당히 어렵겠지만 당신이 고민하는 순간에도 시간은 흘러간다. 나는 그 시간마저도 잠시 쉬는 흘려보내는 시간이 아깝다. 지금 당장 오늘 내일만 보고 살 것인가?

하루살이같이 살아가는 것은 그만 졸업하자. 아직 오지 않은 수많은 시간을 두고 하루살이로 살아가는 인생이 가장 큰 시간 낭비다. 멀리 보지 못하는 실수를 계속 반복하고 있다면 당장 연락해라. 당신에게 있어 시간이 우선이다. 다른 선택을 해야 할 때 같은 생각만 계속하고 있다면, 당신은 결코 바뀌지도 달라지지도 않는다. 책을 써야 하는 시기는 바로 지금이다. 당신에게 응원의 메시지를 보낸다.

#7
인생 2막 작가, 코치, 강연가로 살아가라

나는 학창시절에 글을 잘 적는다는 칭찬을 많이 받았다. 내 생각을 담아 그냥 좋아서 한 것뿐 더 이상도 없었다. 어른이 되고 친하게 지낸 동생이 나에게 언니는 책 쓰는 작가가 어울린다고 했을 때 문득 가슴이 뜨거워졌다. 그렇지만 세상을 살아내느라 나를 챙길 시간을 내어주지 않았다.

안정된 직장만 있으면 경제적 자유가 찾아올 거라 믿었다. 직장에서 연봉의 변동은 큰 틀을 벗어나지 못했다. 나이가 들어갈수록 언제 내몰릴지 모른다는 불안감도 엄습해 왔고 여자로서 언제까지 직장을 다닐 수 없다는 생각에 진정한 나의 꿈을 키우기로 했다. 책을 썼다.

우리는 직장생활의 현대판 노예에서 벗어나야 한다. 지금은 무엇보다 다니던 직장을 그만두면 당장 월급이 끊기고 생활이 막막해진다는 두려움에 그만두지 못한다. 많은 직장인이 퇴사를 고민하고 오늘은 말하고 싶은데 말하려 했건만 망설임에 현실과 타협한다. 그렇지만 직장이 영원할 수는 없다. 언젠가는 나와야 하는 곳이다. 앉아 있는 것만으로도 좌불안석이 되어가고 있는 현실이다. 그렇지만 우린 두 귀를 닫아두고 나랑 상관없는 일이라고 마음속으로 외치며 외면한다.

현실에 안주하다 보면 직장으로부터 언제 버림받을지 모른다. 직장 다닐 때 미래를 계획해 둬야 한다는 말이다. 무슨 계획이든 진정 당신이 하고 싶은 일을 찾는 것에 힘을 쏟아붓길 바란다. 미리 노후를 위한 준비가 되어 있어야 하는 세상이다. 오늘 책상을 사수한다고 해도 내일 그 책상이 내 책상이 아닐 수도 있다는 것을 염두에 두어야 한다. 언젠가는 내몰리게 된다는 것을….

나는 정말 내가 원하는 삶을 한번 살아보려 했다. 그래서 직장 다닐 때 여러 방법을 고민하게 되었다. 회사를 벗어난다는 것을 단 한 번도 생각하지 않은 채 살았었다. 그저 회사를 들어가기에만 주력을 다 해 지킨 책상을 이젠 버릴 생각을 하는 내가 이상하리만큼 우스꽝스러웠다. 책을 쓰는 것으로 결심을 하고 나니 내가 무엇을 해야 하는지 명확해졌다.

전국 서점에 내 이름이 새겨진 책이 진열되는 상상을 하니 가슴이 벅차올랐다. 베스트셀러에 이어 스테디셀러까지 상상하며 인세도 많이 받고 싶은 욕망이 샘솟았다. 경쟁 도서와 참고도서 등 책 쓰기 관련 책들의 대량 구매가 이어졌다. 시인으로 등단하고 시를 쓰며 인생이 바뀌었지만 다시 인생 2 막을 위해 작가의 삶을 살리라 다짐하고 일찍 일어나 잠들 때까지 글쓰기훈련을 계속했다. 잠을 이겨가는 노력으로 책을 쓰고 작가, 코치, 강연가로 거듭났다. 책을 통해 선한 영향력을 전하는 메신저 역할을 하게 되었다.

초청 시인 일일특강 때이다. 글쓰기 특강을 마치고 나오는데 참석자 중 한 명이 책 쓰기에 대해 상담을 해왔다. 그 참석자는 책을 쓰고 있고 초고를 거의 완성하는 단계라고 했다. 사례를 어떻게 찾아야 하며 자신의 제목과 목차를 점검해 달라고 원고를 내밀었다. 잠시 보았지만 그는 공부법에 관한 책을 썼고 제목부터 목차 구성이 전혀 아니었다.

나는 제목을 꽂히게 바꿔주었고 목차에서 잘못한 것을 알려주었다. 사례 찾는 법 또한 알려주었다. 이 시간 후에도 일방적인 글만 계속 쓰고 있다면 바로 독학에는 한계가 있다는 것을 인지하고 책 쓰기 강좌로 시간을 벌길 바란다고 조언하였다. 책을 완성하여 출간되기까지는 체계적인 방법을 조금이라도 알고 있어야 독학도 가능하다. 책은 아무나 쓸 수 있지만 누구나 책을 출간할 수는 없기 때문이다. 독자를 생각하지 않은 책 쓰기는 안 된다.

내 스토리를 담아 책을 써서 출간하면 독자에서 책을 쓴 저자가 된다. 작가가 되면 특별해진다. 책으로 평범한 사람이 특별해지는 것이다. 작가가 되면 포털사이트 〈다음〉이나 〈네이버〉에 인물 등록 자격이 생긴다. 연예인들만 인물 검색되는 것이 아니다. 책을 쓴 작가도 검색할 수 있다. 내가 아는 사람한테 나를 알리기 위해서 따로 설명할 필요가 없다. 본인을 검색해 보라고 하면 된다.

책을 쓰면 강연, 칼럼, 컨설팅, 코칭 등 수입구조도 구축할 수 있다. 작가의 삶은 뿌듯하고 특별한 연속적인 활력이 있다. 작가가 되면 내가 쓴 책으로 강연 요청이 들어온다. 강연가로 활동하게 되면 경제적으로 수익이 따라와서 집안 경제에 도움이 된다. 나의 책의 내용을 들려주는 강연으로 사람들의 마음을 움직이게 한다면 더없이 기쁠 것이다.

강연까지 잘하기 위해선 끊임없는 노력으로 자기계발을 늦추지 말아야 한다. 내가 책을 쓰고 그것으로 끝나는 것이 아니다. 강연으로 독자와의 만남을 이끌어 내고 사람들과 소통하고 또 그 과정에서 인생을 보는 시야도 크게 성장하는 배움이 있다. 책을 쓰고 나서 작가, 강연가로 활동을 하면서 누군가에게 가르침을 줄 수 있는 코치의 자격도 생긴다. 나의 책을 읽고 나를 멘토로 만나고 싶어 하는 독자가 생기고 직접 마주하며 메시지 전달을 받기를 원한다. 많은 사람이 요청을 해온다. 한 명 한 명의 독자들이 메일, 블로그, 카페, SNS를 통해서 요청이 들어오게 된다. 자연스럽게 소통하다 보면 경험과 노하우를 전달하는 코치가 되게 된다.

나 역시 책을 통해 독자와 소통하면서 성장을 한다. 내가 성장해 가듯이 많은 사람들이 책을 써서 작가, 강연가, 코치로 인생 2막을 열었으면 한다. 세상에 선한 영향력을 끼치면서 부를 이루어낸 백만장자 메신저들이 많다. 메신저들의 공통점은 바로 개인 저서가 있다는 것이다. 개인 저서로 강연, 코치, 워크숍, 마케팅하는 시스템을 구축하고 있다. 우리나라에도 책을 쓰고 억대 수입을 창출하는 시스템을 구축하고 있는 공병호, 이지성, 김미경 등이 대표적 인물이다. 이처럼 책을 쓰면 많은 기회가 올 수 있다.

나의 두 번째 인생 2막은 책을 쓰고 시작되었다. 호칭부터 달라졌다. 옆집 아줌마에서 몇 호 아줌마에서 누구의 엄마라 불리는 것이 아닌 '작가님', '선생님', '코치님'으로 불리게 되었다. 많은 여자가 늙어가면서 이름 석 자를 누군가가 불러 줄 때가 언제인지 점점 이름을 잃어간다. 책을 쓰는 작가는 나의 이름 석 자를 떳떳하게 내세울 수 있다. 독자들이 내 이름을 불러주는 멋진 인생으로 바뀌게 된다.

책이 주는 기쁨은 또 있다. 개인 저서가 있는 강연가는 책이 없는 강연가보다 더 많은 몸값을 받는다. 사람과 소통하는 직업일수록 책을 써야 자신의 가치도 상승한다. 책을 쓰고 가치가 더 높아지고 인지도가 상승한 김미경, 혜민스님, 강신주 등 1회 강의료가 일반 직장인의 월급을 능가한다. 그렇기에 이들은 강연하면서 끊임없이 자신의 몸값을 더욱 높이는 방법으로 책을 쓴다는 것이다. 몸값이 올라가고 영향력이 커지기 때문이 그 이유다.

　나 또한 이 모든 것을 이루고 내 경험과 지식을 담은 책을 출간하게 되었고 책으로 퍼스널 브랜딩 되어 1인 창업 시스템을 구축했다. 억대 수입의 1인 기업가의 파이프라인은 더 활발히 가동된다. 부와 명예의 기회가 책을 통해 부수적으로 따라온다. 내가 알고 있는 것과 경험한 것을 글쓰기로 적어나가면 책이 되어 나온다. 당신은 글만 쓰면 된다. 누구나 가치 있는 삶 속에 수많은 경험이 있다. 그것을 글로 표현하기만 해라. 내 삶을 오롯이 담은 책 한 권이 세상에 나오면 나의 또 다른 분신으로 나를 홍보하는 영업사원이 되어 줄 것이다.

　책으로 활동을 지속적으로 활발히 하면 할수록 응원해주는 독자들이 늘어난다. 그래서 난 〈브랜딩 글쓰기연구소〉를 설립했다. 카페도 검색되고 블로그 이웃들도 카페로 유입해 온다. 〈글책연〉을 통해 조언을 듣고 싶어 하고, 노하우를 듣고 싶어 하고, 동기부여를 받고 싶어 하는 회원들이 늘어났다. 회원들이 원하는 일대일 코칭을 하였고 프로그램으로 강좌가 열렸다.

　회원 중에 기억에 남는 몇 분이 계신다. 문학을 전공하였고 학생을 가르치면서도 정작 자신은 글쓰기를 하지 않았다며 학생들한테 본의 아니게 사기꾼이 되었다며 반성을 하시며 아침 글쓰기 프로그램으로 글을 쓰는 선생님으로 거듭나겠다고 하셨다. 다른 분은 어릴 땐 글쓰기에는 관심조차 없었는데 60세를 바라보면서 글을 쓰고 싶어졌다고 글을 즐겁게 쓰고 싶다고 찾아 오신 분도 계셨고, 나를 표현하는 글쓰기 수업을 들으면서 나를 쓰려고 하니 정작 내가 누군지 모르겠다며 글을 쓰면서 자아를 먼저 찾으신 분도 계셨다. 나와 같은 상처를 안고 글쓰기로 치유하고 싶어 오신분도 글을 쓰면서 내면이 달라졌고 표면이 달라졌다.

〈글책연〉은 글쓰기가 가져다주는 강력함 힘으로 이끈다. 아침 글쓰기는 강력한 힘이 있다. 당신을 더욱 단단하게 만드는 핵심 습관 과정이다. 습관이 만들어낸 자리엔 당신의 책이 함께하는 자체적인 브랜드를 구축하게 된 것이다. 당신도 나와 같이 시스템을 만들 수 있다.

삶의 기회를 바꾸고 싶다면 지금 당장 글쓰기를 해라. "글쓰기를 해서 책을 통해 나도 인생을 바꾸고 싶다"라고 주문을 외워라. 책을 쓰고 브랜딩 되면 좋은 일이 많이 생긴다. 당신도 자율적인 삶을 누려라. 비바람에 그만 흔들리고, 더욱 단단해지는 당신을 만드는 순간을 지금부터 시작하길 바란다.

8

배움을 돈으로 바꾸는
1인 창업가가 되라

작가가 되고 또 다른 꿈을 꾸었다. 더 크게 성공한 인생을 살아보고 싶어졌다. 강연 문의 쇄도하는 작가로 배움을 돈으로 바꾸는 1인 창업가로 발전하는 목표를 세웠다. 가치 있는 일을 하고 싶다면 빨리 결정해야 한다. 결정하는 사람과 결정하지 않는 사람의 선택은 크다. 망설이는 하루가 일 년에 맞먹는 것으로 판단했기에 인생 진행 방향을 바꾸기로 했다. 앞에서 살짝 소개했듯이 〈브랜딩 글쓰기연구소〉을 설립하였다. 1인 창업가로 〈글책연〉 대표가 되었다. 많은 사람이 소통하는 글과 책을 통해 삶이 변하게 된다. 꿈을 찾아 더 좋은 세상을 만난다. 글쓰기 습관 코치로 배움을 돈으로 바꾸는 1인 창업가가 되었다.

〈글책연〉은 아침 글쓰기 4주 과정을 현재 진행하고 있다. 또한, 글 쓰는 방법뿐만 아니라 책 쓰는 법과 1인 창업하는 법까지 알려 준다. 글쓰기는 책 쓰기로 이어진다. 책 쓰기는 1인 창업으로 이어진다. 책을 읽고 찾아온 사람들에게 배움을 돈으로 바꾸는 노하우를 알려 준다. 1인 기업가로 성공한 내가 한 방법을 공개한다. 카페 관리하는 방법, 운영하는 방법 등 알려 준다. 프로그램 관리와 운영 관리에 대해 살아 있는 포스팅 방법과 홍보하는 방법과 문자, 메일, 쪽지, 1인 미디어, 수익창출까지 아낌없이 나눈다.

시대가 바뀌면서 직장인들을 버티게 하는 직업들도 점점 사라져 가고 있다. 취업 준비생들은 늘어나고 자리는 더욱 좁아진 지금이 현실이다. 1인 기업가로 깨달음을 얻고 쌓은 경험과 지식의 가치를 전달하는 〈글책연〉을 통해 사람들에게 빨리 갈 수 있는 지름길을 안내하는 글쓰기 이정표 같은 역할을 하고 있다.

당신도 1인 창업가로 거듭나보자. 배움을 돈으로 바꾸는 1인 창업가가 되어보자. 1년 뒤, 2년 뒤, 3년 뒤 모습을 상상해 보라. 1인 창업가로 벤츠 타는 경제적인 자유를 이룬다. 경제적 한계를 억누르며 살아온 생존게임이었던 지난 과거를 모두 청산해야 한다. 성공한 사람들의 모임에서 함께 축배의 잔을 들도록 하자.

1인 기업가로 성공한 난 내 가족은 물론 경제적으로 어려운 사람이 있으면 도와준다. 지역봉사활동가 복지 통장의 임무도 복지 사각지대의 힘들게 사는 사람들을 도우며 살고 있다. 나로 인해 행복하고 자유를 찾아가는 사람들이 많아지게 도움을 주고 있다. 내가 어려운 환경을 이겨내고 더 큰 욕망을 가졌듯이 자신의 한계를 깨고 삶을 바꾸는 경제적 자유를 이루도록 돕는다. 한계란 없다. 한계는 스스로가 만들어낸 벽이다. 바란다면 원한다면 그 벽은 쉽게 깨진다. 한계를 극복하는 문제는 스스로에게 달려있다.

어느 집이나 돈 때문에 가족과 다툼이 일기도 할 것이다. 경제적으로 어렵고 고통에 시달리면 가족에게 먼저 손을 내밀기에 다툼으로 이어지는 경우가 많다. 우리는 간혹 다툼의 원인을 여유 있는 삶을 누리고 있는 사람에게 집중하는 경우가 많다. "돈도 많으면서 좀 빌려주면 어때?"하며 야속함을 표시한다.

돈이 많은 사람이 원인은 아니다. 돈이 부족한 사람이 원인이다. 돈이 부족한 사람이 못 갚는 경우에 다툼으로 이어지는 경우가 대부분이다. 돈으로 자유를 얻은 여유 있는 사람의 인색함보다 못 갚는 무능함이 원인이다. 나부터 가난으로 벗어나려 발버둥 쳐야 한다. 가난으로 태어나는 것은 죄가 아니나 가난하게 죽는 것이 죄가 된다는 말도 있지 않은가?

우리는 가장 안전한 창업을 꿈꾼다. 안전한 창업을 위해선 내가 그랬듯이 먼저 퍼스널 브랜딩이 되어야 한다. 책으로 나의 경험을 널리 알리는 브랜딩이 된 것처럼 말이다. 나만의 노하우, 나만의 콘텐츠, 나만의 경험을 자기계발을 통해 나의 성장과 더불어 다른 사람에게 선한 영향력을 미치도록 책을 써야 한다. 나만의 브랜딩을 갖추었다면 1인 창업을 하는 것이 수입을 더욱 다각화하며 빠르게 나아갈 수 있는 시스템 구축으로 가장 안전하다.

나는 돈을 벌기 위해 수많은 직업을 체험해 봤다. 그중에 치킨 집 창업도 있다. 치킨을 내가 좋아했기에 온 국민 또한 치킨을 좋아하기에 치킨의 소비는 줄지 않는다고 판단하고 치킨집을 개업했었다. 20년은 된듯하다. 어린 나이에 뽀빠이 아저씨가 좋았었다. 힘이 세고 뭐든지 척척해내는 만화 능력을 그대로 현실에 가져온 (뽀빠이 이 서방 치킨 집)을 시도한 것이다.

동네마다 치킨집이 우후죽순 늘어나 포화상태인 시장조사조차 하지 않았던 무모한 도전이었다. 한때 반짝했다가 인지도가 낮은 프랜차이즈였기에 동네 치킨보다 효과가 없었다. 치킨 집은 절대 쉽지 않았고 폐업을 하게 되었다. 80년대 출생한 분들까지는 이 서방 치킨을 알 것이다. 지금 접하면 시골에서 시키는 치킨 같은 아주 옛날 치킨의 조상쯤 되지 않을까?

누구에게나 콘텐츠는 있다. 내가 직접 해보지 않으면 쉬워 보인다. 쉽다고 보이는 것일 뿐 쉬운 세상은 없다. 내가 하지 못하는 것을 그 분야에 경험이 쌓인 사람한테는 눈 감고도 할 수 있는 쉬운 껌일 수도 있다. 자신만의 가치를 묻어두지 말자. 그 가치를 자신이 평가해서 누구나 할 수 있는 하찮은 것으로 판단할 필요는 없다.

나의 콘텐츠를 발견하기 위해선 글을 써봐야 한다. 나를 들어내어 나를 스스로 파악하는 글을 나열해 보아야 한다. 그 속에 나의 콘텐츠가 숨어있다. 많은 사람이 나의 콘텐츠를 발견하지 못하고 은퇴 후 동네에서 흔히 접하는 치킨 집을 선호하여 전혀 생소한 분야에 뛰어들어 창업하는 것이 현실이다. 프랜차이즈 치킨 집뿐만 아니라 소규모 치킨 집도 골목마다 존재하고 있음에도 치킨 집 창업에 은퇴자금을 쏟아붓는다. 치킨 집은 생계형 창업이기에 주로 선택되는 이유이다. 이젠 은퇴자금을 평생 쌓아온 자신만의 콘텐츠를 포기하고 치킨 집을 차려서는 안 된다. 은퇴 후를 미리 준비하여야 한다.

퇴직 후 직장생활만 하다가 허탈함과 상실감이 자신을 괴롭힐 수도 있다. 미리 준비하지 않으면 닥쳐서 자세히 알아보지 않고 무엇이 잘 된다더라 무엇이 요즘 추세라더라 그것만 듣고 유언비어만 믿고 창업을 하여 실패로 돌아가 힘들어하는 사람도 많다. 꾸준하게 미리 준비해 자기계발로 이어지는 지식창업이 답이다. 현직에서의 경험을 바탕으로 커리어가 더해지고 나의 은퇴 후 퇴직금도 지킬 수 있다.

나의 콘텐츠를 살려 '1인 지식 창업'을 활용하면 돈이 벌리게 되는 구조이다. 초기 비용이 많이 드는 유지비용까지 많이 들어가면서 잘 알지 못하는 분야의 사업을 이젠 하지 말고 나만의 콘텐츠와 나의 노하우로 수입을 만들어 나가야 한다. 최고의 은퇴 후를 보장하는 것은 책 쓰기로 이어지는 1인 창업이다. 한 권의 책을 자신의 콘텐츠를 담아 쓰면 은퇴 자본까지 되어준다.

나 또한 책을 써서 새로운 인생을 살게 되었고 1인 창업가가 되었다. 퇴근 후 직장동료들과 직장 상사 뒷말에 동참하지 말고 자기계발에 힘써야 한다. 퇴근 후 저녁에 뭐 할까를 고민하면서 없는 약속을 억지로 만들어 내지 말고 자기계발에 한발 앞서 나가야 한다. 내 경험을 담은 나의 영업사원이 되어줄 책을 써내는 것으로 퇴근 후 저녁 시간을 알차게 메꿔 나가야 한다.

〈글책연〉을 통해 글쓰기는 강력한 힘으로 부를 창출하게 돕는다. 이젠 일반인이 더 대중화되어가는 시대이다. 발 빠르게 준비하여 예측한 사람들이 이기는 세상이다. 남과 다르게 준비해야 나중에 가족에게 밝은 미래를 선물할 수 있다. 나 자신에게도 황금 같은 현재 수입을 진정한 배움과 가치에 투자해야 한다. 자신에게 투자하고 수확을 걷어 들여라.

당신은 멋진 이야기를 가지고 있는 인생 대본의 주인공이다. 당신과 같이 마주하며 생활하는 사람들은 당신이 선택한 스태프들이다. 당신과 대화하면 당신을 돋보이게 해줄 조연들이다. 눈에 보이는 그대로의 삶과 눈에 보이지 않는 삶으로 삶도 두 갈래 길이다. 한 커플씩 글로 풀자.

직장생활을 하며 다른 일에 도전해서 불안한 미래를 준비해야 한다. "왜 하루에 10만 원만 벌어야 하는가?" 직장 다니는 지금 사표 대신 1인 지식 창업을 준비해야 함을 기억하길 바란다. "왜 한 달에 한 번만 월급을 받아야 하

는가?" 책을 쓴 후 1인 창업가가 답이다. 배움을 돈으로 바꾸는 1인 창업가가
되어라.

EPILOGUE

'조금 다른 삶을 원하는가?' 지금이야말로 인생 2 막을 위해 준비하기에 가장 좋을 때다.

당신이 내려놓았던 것, 포기하였던 것, 잠시 미루었던 것, 꽃을 피우지 못해 시들어버린 꿈을 찾아 희망을 불어넣자. 당신의 희망은 가까이에 있으니 무언가에 의지를 태우는 한 가지를 찾아보길 바란다.

하고 싶은 것이 없으면 삶이 힘들다. 또한, 하고 싶은 것이 많아서 제약을 받으면 그 또한 힘든 삶의 연속이다. 나를 내려놓기란 힘이 들고 나를 부정하는 사람을 이해시키는 것은 더 힘이 든다. 그렇기에 대부분 나를 내려놓는 쉽지 않은 결정을 한다. 시들어 간다. 모든 시간은 내 시간이 아닌 타인의 시간으로 맞추다 보면 중심이 흔들리기 마련이고 나의 가치관조차 흔들리게 된다.

나는 시련의 시기에 글쓰기 시작하였고 모든 시간을 가족의 시간에 맞추면서도 틈새 공략으로 글을 썼다. 시간 없다는 타입의 핑계 대상들이 있다. 가족 탓, 아이 탓, 시간 탓하고 내 탓을 그 속에 감춰버린다. 주위를 보면 아직도 탓만으로 포장하는 유형들이 많다. 감춰진 내 탓에는 적절한 시간 활용을 하지 못하고 있는 것이 숨어 있다. 아무것도 못 했다고 정당화시켜도 결과는 뒤집히지 않고, 현실은 그것을 인정해 주지 않는다. 환경에 적응하는 사람이기에 처한 상황에서 다른 방법을 선택해야 조금 더 나아진 나를 발견한다. 가족이 행복해야 내가 행복한 것이 아니라 내가 행복해야 가족이 행복하다.

글쓰기를 하면서 틈틈이 도전하는 나를 만들었다. 실패도 따랐지만 시련으로 성장했다. 신세 한탄을 하며 주위 사람에게 이야기로 넋두리를 풀어봤자 소용없다. 별다른 변화를 찾지 못한다. 그 순간 마음은 치료가 될까? 그럴 수도 아닐 수도 있다. 나의 삶을 살아가면 나의 행복을 만들어야 한다. 나의 삶도 중요하지만 가족들을 배제하라는 말이 아니다.

내가 행복하기 위한 도구로 꿈을 찾고 그 꿈을 실행에 옮기는 순간부터 변화를 느끼고 나의 행동 변화로 가족들도 바뀐다. 사회생활, 집안일, 육아는 가정생활의 조건이다. 가족 간의 소통과 여자의 삶은 그야말로 멀티가 되어야 한다. 지금 현실은 어느 것 하나 놓을 수 없도록 요구한다. 균형을 맞추어 잘 이끌기가 쉽지 않다. 제 일에 충실하면서 좋은 엄마가 되고, 좋은 아내가 되고, 좋은 며느리가 되고, 이 모든 걸 균형을 맞춰야 하는 어려움을 함께 이해와 소통으로 풀어나가야 한다. 삶을 혼자 살아갈 수 없듯이 사람 관계에서 부딪히며 배우면서 이해하면서 살아가야 균형을 이룰 수 있다. 산통으로 인한 삶의 방식에서 행복이 온다.

'불평불만으로 살아야 할까?'

'만족하지 않는 삶을 유지해야 할까?'

'실패한 내 삶의 원인은 무엇일까?'

'실패를 겪고 반복되지 않게 행동했는가?'

'배움으로 깨달음과 성장했는가?'

나는 여러 가지를 스스로 자신에게 질문했다. 삶의 목표가 명확하지 않기에 꿈을 잃고, 소중한 것들을 잃고, 자신을 잃어가고 있다면 나에게 질문해보라. 실패했다고 좌절하면서 시도조차 하지 않는 삶이면 실패가 아니라 도전하지 않은 것이다. 가족에게 아이들에게 희생하느라 꿈과 성장을 늦추지 않길 바란다. 아이 성장과 어른들의 성장도 동시에 이루어져야 한다. 머물러 있는 삶은 아무 의미 없다.

나를 중심으로 변화를 느껴보라. 여자의 시간이 희생으로 채워야 하는 그런 시간이 되어서는 안 된다. 생각을 전환하라. 가족부터 남부터가 아닌 이제부터는 나부터 챙기자. 여자는 희생해야 했던 옛 엄마들의 모습에서 요즘에도 벗어나지 못한 사람들의 정서가 있다. 이기적이고 개인적으로 살라는 뜻이 아니다. 나를 찾고 나를 챙겨야 가족의 행복과 나의 행복이 그 안에 함께 있다. 내가 죽고 나면 나의 행복은 그것으로 끝이다. 나부터 시작되어야 한다. 모든 것은 내가 먼저다.

글쓰기가 모두 필요한 인생이며 글로 담아낸 생각들이 나를 치유한다. 글을 쓰지 않으면 좀 먹는 생각뿐이니 지금 당장 글쓰기를 시작하여라. 억지로 하면 바뀌지 않는다. 의무는 있고 권리는 없는 삶, 독립적인 삶을 무시당하는 삶, 소유물이 되어 버린 삶, 의무는 이상 수준으로 지우면서 권리는 정반대로 보장해주지 않는다면 오로지 견디는 것만으로 그것만이 해결방안이 아니다. 당연히 누려야 할 권리에 대해서는 철저히 외면되는 버릇이 반복되는 것에 외쳐라.

우선순위를 바꿔 보아라. 모두 잠든 시간에 나는 글을 쓴다. 꿈과 목표가 있고 소명이 있으니 실천해야 한다. 남과 비교하는 실수는 그만해라. 득이 없다. 조금 다른 삶을 원한다면 관점을 바꿔야 한다. 아무것도 하지 않는 것보다 실패하는 것이 낫다.

돌아오지 않는 시간이다. 도전하면 실패하더라도 실패로 하나는 알게 된다. 그것이 깨달음이 되고 배움이 되는 것이다. 운명이 달라진다. 지금이야말로 인생 2 막을 위해 준비하기에 가장 좋을 때다. 당신의 자아를 발견하여라. 번지점프를 잘하는 법은 그냥 뛰는 것이다.

부록

100일 습관
Thank You
다이어리

브랜딩글쓰기연구소
www.writebranding.com

Thank You Diary

날짜	년	월	일	요일	
100일 습관 프로젝트	D+		1	나에게 주는 선물	해외 여행

하루 1분력

매일 한 줄 명언 / 책속글귀 / 좋은 글

지금 적극적으로 실행되는 괜찮은 계획이 다음 주의 완벽한 계획보다 낫다. - 조지 패튼

부를 끌어당기는 감사일기 쓰기

매일 3가지 감사일기 쓰기

1. 이웃에게 봉사할 수 있어 감사합니다.

2. 내 아이가 기쁘게 웃는 모습에 감사합니다.

3. 오늘도 우리가족 무탈하게 집으로 귀가하여 감사합니다.

나의 하루는 감사로 가득하다.
짜증이 나도 스트레스가 많아도 감사일기를 쓴다는 것으로 감사한 일을 찾아야 했다.
어느 날부터인가 감사한 일이 그냥 떠오르게 되었다.
짧은 3가지 감사로 인해 효과는 컸다.
그저 그랬던 하루가 더 이상 그저 그렇지 않았다.
당연한 것, 사소한 것, 의미 없는 것이라 여기지 않기 위해 감사일기를 써야 했다.
감사일기를 쓰기위해 하루를 돌아봐야 하기에…

하루 목표

매일 5가지 좋은 습관 기르기

☐ 이룸 ☐ 미룸	☐ 이룸 ☐ 미룸	☐ 이룸 ☐ 미룸	☐ 이룸 ☐ 미룸	☐ 이룸 ☐ 미룸
1. 기상 (05:00)	2. 10분 운동 3회	3. 10분 독서 3회	4. 10분 글쓰기 3회	5. 물 마시기 1리터

기적을 만드는 하루 습관

비전하나	나를 믿어라. 행운은 노력 뒤에 따른다.
시간관리	의지력 좋은 시간대에 창조적 일하기 - 사람마다 시간대가 다르다.
자기관리	오늘일은 오늘 끝내기 - 좋은 하루를 펼친다.

내 생각 그만하고 100일에 집중해!!!

★ 힘내라 백일 습관 ★

100	99	98	97	96	95	94	93	92	91
90	89	88	87	86	85	84	83	82	81
80	79	78	77	76	75	74	73	72	71
70	69	68	67	66	65	64	63	62	61
60	59	58	57	56	55	54	53	52	51
50	49	48	47	46	45	44	43	42	41
40	39	38	37	36	35	34	33	32	31
30	29	28	27	26	25	24	23	22	21
20	19	18	17	16	15	14	13	12	11
10	9	8	7	6	5	4	3	2	1

〈하루는 짧고 백일은 길다. 하루하루가 모여 백일이 된다. 〉

파이팅!!!!

앗싸~~ 성공이다.

Thank You Diary

날짜	년	월	일	요일	
100일 습관 프로젝트	D+		1	나에게 주는 선물	

하루 1분력

매일 한 줄 명언 / 책속글귀 / 좋은 글

지금 적극적으로 실행되는 괜찮은 계획이 다음 주의 완벽한 계획보다 낫다. - 조지 패튼

부를 끌어당기는 감사일기 쓰기

매일 3가지 감사일기 쓰기

하루 목표

매일 5가지 좋은 습관 기르기

☐ 이룸 ☐ 미룸	☐ 이룸 ☐ 미룸	☐ 이룸 ☐ 미룸	☐ 이룸 ☐ 미룸	☐ 이룸 ☐ 미룸
1.	2.	3.	4.	5.

기적을 만드는 하루 습관

비전하나	
시간관리	
자기관리	

Thank You Diary

날짜	년	월	일	요일	
100일 습관 프로젝트	D+		1	나에게 주는 선물	

하루 1분력

매일 한 줄 명언 / 책속글귀 / 좋은 글

삶이 있는 한 희망은 있다. - 키케로

부를 끌어당기는 감사일기 쓰기

매일 3가지 감사일기 쓰기

하루 목표

매일 5가지 좋은 습관 기르기

☐ 이룸 ☐ 미룸	☐ 이룸 ☐ 미룸	☐ 이룸 ☐ 미룸	☐ 이룸 ☐ 미룸	☐ 이룸 ☐ 미룸
1.	2.	3.	4.	5.

기적을 만드는 하루 습관

비전하나	
시간관리	
자기관리	

Thank You Diary

날짜	년	월	일	요일	
100일 습관 프로젝트	D+		1	나에게 주는 선물	

하루 1분력

매일 한 줄 명언 / 책속글귀 / 좋은 글

산다는 것 그것은 치열한 전투이다. - 로망로랑

부를 끌어당기는 감사일기 쓰기

매일 3가지 감사일기 쓰기

하루 목표

매일 5가지 좋은 습관 기르기

☐ 이룸 ☐ 미룸	☐ 이룸 ☐ 미룸	☐ 이룸 ☐ 미룸	☐ 이룸 ☐ 미룸	☐ 이룸 ☐ 미룸
1.	2.	3.	4.	5.

기적을 만드는 하루 습관

비전하나	
시간관리	
자기관리	

Thank You Diary

날짜	년	월	일	요일	
100일 습관 프로젝트	D+		1	나에게 주는 선물	

하루 1분력

매일 한 줄 명언 / 책속글귀 / 좋은 글

하루에 3시간을 걸으면 7년 후에 지구를 한 바퀴 돌 수 있다. - 사무엘존슨

부를 끌어당기는 감사일기 쓰기

매일 3가지 감사일기 쓰기

하루 목표

매일 5가지 좋은 습관 기르기

☐ 이룸 ☐ 미룸	☐ 이룸 ☐ 미룸	☐ 이룸 ☐ 미룸	☐ 이룸 ☐ 미룸	☐ 이룸 ☐ 미룸
1.	2.	3.	4.	5.

기적을 만드는 하루 습관

비전하나	
시간관리	
자기관리	

Thank You Diary

날짜		년	월	일	요일	
100일 습관 프로젝트	D+		1		나에게 주는 선물	

하루 1분력

매일 한 줄 명언 / 책속글귀 / 좋은 글
언제나 현재에 집중할 수 있다면 행복할 것이다. - 파울로 코엘료

부를 끌어당기는 감사일기 쓰기

매일 3가지 감사일기 쓰기

하루 목표

매일 5가지 좋은 습관 기르기				
☐ 이룸 ☐ 미룸	☐ 이룸 ☐ 미룸	☐ 이룸 ☐ 미룸	☐ 이룸 ☐ 미룸	☐ 이룸 ☐ 미룸
1.	2.	3.	4.	5.

기적을 만드는 하루 습관	
비전하나	
시간관리	
자기관리	

Thank You Diary

날짜	년	월	일	요일	
100일 습관 프로젝트	D+		1	나에게 주는 선물	

하루 1분력

매일 한 줄 명언 / 책속글귀 / 좋은 글

진정으로 웃으려면 고통을 참아야하며, 나아가 고통을 즐길 줄 알아야 해. - 찰리 채플린

부를 끌어당기는 감사일기 쓰기

매일 3가지 감사일기 쓰기

하루 목표

매일 5가지 좋은 습관 기르기

☐ 이룸 ☐ 미룸	☐ 이룸 ☐ 미룸	☐ 이룸 ☐ 미룸	☐ 이룸 ☐ 미룸	☐ 이룸 ☐ 미룸
1.	2.	3.	4.	5.

기적을 만드는 하루 습관

비전하나	
시간관리	
자기관리	

Thank You Diary

날짜	년	월	일	요일	
100일 습관 프로젝트	D+	1		나에게 주는 선물	

하루 1분력

매일 한 줄 명언 / 책속글귀 / 좋은 글

직업에서 행복을 찾아라. 아니면 행복이 무엇인지 절대 모를 것이다. - 엘버트 허버드

부를 끌어당기는 감사일기 쓰기

매일 3가지 감사일기 쓰기

하루 목표

매일 5가지 좋은 습관 기르기

☐ 이룸 ☐ 미룸	☐ 이룸 ☐ 미룸	☐ 이룸 ☐ 미룸	☐ 이룸 ☐ 미룸	☐ 이룸 ☐ 미룸
1.	2.	3.	4.	5.

기적을 만드는 하루 습관

비전하나	
시간관리	
자기관리	

Thank You Diary

날짜	년	월	일	요일	
100일 습관 프로젝트	D+		1	나에게 주는 선물	

하루 1분력

매일 한 줄 명언 / 책속글귀 / 좋은 글

신은 용기 있는 자를 결코 버리지 않는다. - 켄러

부를 끌어당기는 감사일기 쓰기

매일 3가지 감사일기 쓰기

하루 목표

매일 5가지 좋은 습관 기르기

☐ 이룸 ☐ 미룸	☐ 이룸 ☐ 미룸	☐ 이룸 ☐ 미룸	☐ 이룸 ☐ 미룸	☐ 이룸 ☐ 미룸
1.	2.	3.	4.	5.

기적을 만드는 하루 습관

비전하나	
시간관리	
자기관리	

Thank You Diary

날짜	년	월	일	요일	
100일 습관 프로젝트	D+		1	나에게 주는 선물	

하루 1분력

매일 한 줄 명언 / 책속글귀 / 좋은 글

행복의 문이 하나 닫히면 다른 문이 열린다. 그러나 우리는 종종 닫힌 문을 멍하니 바라보다가
우리를 향해 열린 문을 보지 못하게 된다. - 헬렌켈러

부를 끌어당기는 감사일기 쓰기

매일 3가지 감사일기 쓰기

하루 목표

매일 5가지 좋은 습관 기르기

☐ 이룸 ☐ 미룸	☐ 이룸 ☐ 미룸	☐ 이룸 ☐ 미룸	☐ 이룸 ☐ 미룸	☐ 이룸 ☐ 미룸
1.	2.	3.	4.	5.

기적을 만드는 하루 습관

비전하나	
시간관리	
자기관리	

Thank You Diary

날짜	년	월	일	요일	
100일 습관 프로젝트	D+		1	나에게 주는 선물	

하루 1분력

매일 한 줄 명언 / 책속글귀 / 좋은 글

등 뒤로 불어오는 바람 눈 앞에 빛나는 태양 옆에서 함께 가는 친구보다
더 좋은 것은 없으리. - 에린 더글러스 트림블

부를 끌어당기는 감사일기 쓰기

매일 3가지 감사일기 쓰기

하루 목표

매일 5가지 좋은 습관 기르기

☐ 이룸 ☐ 미룸	☐ 이룸 ☐ 미룸	☐ 이룸 ☐ 미룸	☐ 이룸 ☐ 미룸	☐ 이룸 ☐ 미룸
1.	2.	3.	4.	5.

기적을 만드는 하루 습관

비전하나	
시간관리	
자기관리	

Thank You Diary

날짜	년	월	일	요일	
100일 습관 프로젝트	D+		1	나에게 주는 선물	

하루 1분력

매일 한 줄 명언 / 책속글귀 / 좋은 글

단순하게 살아라. 현대인은 쓸데없는 절차와 일 때문에 얼마나 복잡한 삶을 살아가는가!
- 이드리스 샤흐

부를 끌어당기는 감사일기 쓰기

매일 3가지 감사일기 쓰기

하루 목표

매일 5가지 좋은 습관 기르기

☐ 이룸 ☐ 미룸	☐ 이룸 ☐ 미룸	☐ 이룸 ☐ 미룸	☐ 이룸 ☐ 미룸	☐ 이룸 ☐ 미룸
1.	2.	3.	4.	5.

기적을 만드는 하루 습관

비전하나	
시간관리	
자기관리	

Thank You Diary

날짜	년	월	일	요일	
100일 습관 프로젝트	D+		1	나에게 주는 선물	

하루 1분력

매일 한 줄 명언 / 책속글귀 / 좋은 글

먼저 자신을 비웃어라. 다른 사람이 당신을 비웃기 전에 - 엘사 맥스웰

부를 끌어당기는 감사일기 쓰기

매일 3가지 감사일기 쓰기

하루 목표

매일 5가지 좋은 습관 기르기

☐ 이룸 ☐ 미룸	☐ 이룸 ☐ 미룸	☐ 이룸 ☐ 미룸	☐ 이룸 ☐ 미룸	☐ 이룸 ☐ 미룸
1.	2.	3.	4.	5.

기적을 만드는 하루 습관

비전하나	
시간관리	
자기관리	

Thank You Diary

날짜	년	월	일	요일	
100일 습관 프로젝트	D+		1	나에게 주는 선물	

하루 1분력

매일 한 줄 명언 / 책속글귀 / 좋은 글

먼저 핀 꽃은 먼저 진다. 남보다 먼저 공을 세우려고 조급히 서둘 것이 아니다.
- 채근담

부를 끌어당기는 감사일기 쓰기

매일 3가지 감사일기 쓰기

하루 목표

매일 5가지 좋은 습관 기르기

☐ 이룸 ☐ 미룸	☐ 이룸 ☐ 미룸	☐ 이룸 ☐ 미룸	☐ 이룸 ☐ 미룸	☐ 이룸 ☐ 미룸
1.	2.	3.	4.	5.

기적을 만드는 하루 습관

비전하나	
시간관리	
자기관리	

Thank You Diary

날짜	년	월	일	요일	
100일 습관 프로젝트	D+		1	나에게 주는 선물	

하루 1분력

매일 한 줄 명언 / 책속글귀 / 좋은 글

행복한 삶을 살기위해 필요한 것은 거의 없다.
- 마르쿠스 아우렐리우스 안토니우스

부를 끌어당기는 감사일기 쓰기

매일 3가지 감사일기 쓰기

하루 목표

매일 5가지 좋은 습관 기르기

☐ 이룸 ☐ 미룸	☐ 이룸 ☐ 미룸	☐ 이룸 ☐ 미룸	☐ 이룸 ☐ 미룸	☐ 이룸 ☐ 미룸
1.	2.	3.	4.	5.

기적을 만드는 하루 습관

비전하나	
시간관리	
자기관리	

Thank You Diary

날짜	년	월	일	요일	
100일 습관 프로젝트	D+		1	나에게 주는 선물	

하루 1분력

매일 한 줄 명언 / 책속글귀 / 좋은 글

절대 어제를 후회하지 마라 . 인생은 오늘의 나 안에 있고 내일은 스스로 만드는 것이다.
- L. 론허바드

부를 끌어당기는 감사일기 쓰기

매일 3가지 감사일기 쓰기

하루 목표

매일 5가지 좋은 습관 기르기

☐ 이룸 ☐ 미룸	☐ 이룸 ☐ 미룸	☐ 이룸 ☐ 미룸	☐ 이룸 ☐ 미룸	☐ 이룸 ☐ 미룸
1.	2.	3.	4.	5.

기적을 만드는 하루 습관

비전하나	
시간관리	
자기관리	

Thank You Diary

날짜	년	월	일	요일	
100일 습관 프로젝트	D+		1	나에게 주는 선물	

하루 1분력

매일 한 줄 명언 / 책속글귀 / 좋은 글

어리석은 자는 멀리서 행복을 찾고, 현명한 자는 자신의 발치에서 행복을 키워간다.
- 제임스 오펜하임

부를 끌어당기는 감사일기 쓰기

매일 3가지 감사일기 쓰기

하루 목표

매일 5가지 좋은 습관 기르기

☐ 이룸 ☐ 미룸	☐ 이룸 ☐ 미룸	☐ 이룸 ☐ 미룸	☐ 이룸 ☐ 미룸	☐ 이룸 ☐ 미룸
1.	2.	3.	4.	5.

기적을 만드는 하루 습관

비전하나	
시간관리	
자기관리	

Thank You Diary

날짜	년	월	일	요일	
100일 습관 프로젝트	D+		1	나에게 주는 선물	

하루 1분력

매일 한 줄 명언 / 책속글귀 / 좋은 글

너무 소심하고 까다롭게 자신의 행동을 고민하지 말라. 모든 인생은 실험이다.
더 많이 실험할수록 더 나아진다. - 랄프 왈도 에머슨

부를 끌어당기는 감사일기 쓰기

매일 3가지 감사일기 쓰기

하루 목표

매일 5가지 좋은 습관 기르기

☐ 이룸 ☐ 미룸	☐ 이룸 ☐ 미룸	☐ 이룸 ☐ 미룸	☐ 이룸 ☐ 미룸	☐ 이룸 ☐ 미룸
1.	2.	3.	4.	5.

기적을 만드는 하루 습관

비전하나	
시간관리	
자기관리	

Thank You Diary

날짜	년	월	일	요일	
100일 습관 프로젝트	D+		1	나에게 주는 선물	

하루 1분력

매일 한 줄 명언 / 책속글귀 / 좋은 글

한 번의 실패와 영원한 실패를 혼동하지 마라.
- F.스콧 핏제랄드

부를 끌어당기는 감사일기 쓰기

매일 3가지 감사일기 쓰기

하루 목표

매일 5가지 좋은 습관 기르기

☐ 이룸 ☐ 미룸	☐ 이룸 ☐ 미룸	☐ 이룸 ☐ 미룸	☐ 이룸 ☐ 미룸	☐ 이룸 ☐ 미룸
1.	2.	3.	4.	5.

기적을 만드는 하루 습관

비전하나	
시간관리	
자기관리	

Thank You Diary

날짜	년	월	일	요일	
100일 습관 프로젝트	D+	1		나에게 주는 선물	

하루 1분력

매일 한 줄 명언 / 책속글귀 / 좋은 글

계단을 밟아야 계단 위에 올라설 수 있다.
- 터키속담

부를 끌어당기는 감사일기 쓰기

매일 3가지 감사일기 쓰기

하루 목표

매일 5가지 좋은 습관 기르기

☐ 이룸 ☐ 미룸	☐ 이룸 ☐ 미룸	☐ 이룸 ☐ 미룸	☐ 이룸 ☐ 미룸	☐ 이룸 ☐ 미룸
1.	2.	3.	4.	5.

기적을 만드는 하루 습관

비전하나	
시간관리	
자기관리	

Thank You Diary

날짜	년	월	일	요일	
100일 습관 프로젝트	D+		1	나에게 주는 선물	

하루 1분력

매일 한 줄 명언 / 책속글귀 / 좋은 글

오랫동안 꿈을 그리는 사람은 마침내 그 꿈을 닮아 간다.
- 앙드레 말로

부를 끌어당기는 감사일기 쓰기

매일 3가지 감사일기 쓰기

하루 목표

매일 5가지 좋은 습관 기르기

☐ 이룸 ☐ 미룸	☐ 이룸 ☐ 미룸	☐ 이룸 ☐ 미룸	☐ 이룸 ☐ 미룸	☐ 이룸 ☐ 미룸
1.	2.	3.	4.	5.

기적을 만드는 하루 습관

비전하나	
시간관리	
자기관리	

Thank You Diary

날짜	년	월	일	요일	
100일 습관 프로젝트	D+		1	나에게 주는 선물	

하루 1분력

매일 한 줄 명언 / 책속글귀 / 좋은 글

좋은 성과를 얻으려면 한 걸음 한 걸음이 힘차고 충실하지 않으면 안 된다.
- 단테

부를 끌어당기는 감사일기 쓰기

매일 3가지 감사일기 쓰기

하루 목표

매일 5가지 좋은 습관 기르기

☐ 이룸 ☐ 미룸	☐ 이룸 ☐ 미룸	☐ 이룸 ☐ 미룸	☐ 이룸 ☐ 미룸	☐ 이룸 ☐ 미룸
1.	2.	3.	4.	5.

기적을 만드는 하루 습관

비전하나	
시간관리	
자기관리	

Thank You Diary

날짜	년	월	일	요일	
100일 습관 프로젝트	D+		1	나에게 주는 선물	

하루 1분력

매일 한 줄 명언 / 책속글귀 / 좋은 글

행복은 습관이다, 그것을 몸에 지니라.
- 허버드

부를 끌어당기는 감사일기 쓰기

매일 3가지 감사일기 쓰기

하루 목표

매일 5가지 좋은 습관 기르기

☐ 이룸 ☐ 미룸	☐ 이룸 ☐ 미룸	☐ 이룸 ☐ 미룸	☐ 이룸 ☐ 미룸	☐ 이룸 ☐ 미룸
1.	2.	3.	4.	5.

기적을 만드는 하루 습관

비전하나	
시간관리	
자기관리	

Thank You Diary

날짜	년	월	일	요일	
100일 습관 프로젝트	D+		1	나에게 주는 선물	

하루 1분력

매일 한 줄 명언 / 책속글귀 / 좋은 글
성공의 비결은 단 한 가지, 잘할 수 있는 일에 광적으로 집중하는 것이다. - 톰 모나건

부를 끌어당기는 감사일기 쓰기

매일 3가지 감사일기 쓰기

하루 목표

매일 5가지 좋은 습관 기르기				
☐ 이룸 ☐ 미룸	☐ 이룸 ☐ 미룸	☐ 이룸 ☐ 미룸	☐ 이룸 ☐ 미룸	☐ 이룸 ☐ 미룸
1.	2.	3.	4.	5.

기적을 만드는 하루 습관	
비전하나	
시간관리	
자기관리	

Thank You Diary

날짜	년	월	일	요일	
100일 습관 프로젝트	D+		1	나에게 주는 선물	

하루 1분력

매일 한 줄 명언 / 책속글귀 / 좋은 글

자신감 있는 표정을 지으면 자신감이 생긴다.
- 찰스다윈

부를 끌어당기는 감사일기 쓰기

매일 3가지 감사일기 쓰기

하루 목표

매일 5가지 좋은 습관 기르기

☐ 이룸 ☐ 미룸	☐ 이룸 ☐ 미룸	☐ 이룸 ☐ 미룸	☐ 이룸 ☐ 미룸	☐ 이룸 ☐ 미룸
1.	2.	3.	4.	5.

기적을 만드는 하루 습관

비전하나	
시간관리	
자기관리	

Thank You Diary

날짜	년	월	일	요일
100일 습관 프로젝트	D+	1	나에게 주는 선물	

하루 1분력

매일 한 줄 명언 / 책속글귀 / 좋은 글

평생 살 것처럼 꿈을 꾸어라. 그리고 내일 죽을 것처럼 오늘을 살아라.
- 제임스 딘

부를 끌어당기는 감사일기 쓰기

매일 3가지 감사일기 쓰기

하루 목표

매일 5가지 좋은 습관 기르기

☐ 이룸 ☐ 미룸	☐ 이룸 ☐ 미룸	☐ 이룸 ☐ 미룸	☐ 이룸 ☐ 미룸	☐ 이룸 ☐ 미룸
1.	2.	3.	4.	5.

기적을 만드는 하루 습관

비전하나	
시간관리	
자기관리	

Thank You Diary

날짜	년	월	일	요일
100일 습관 프로젝트	D+	1	나에게 주는 선물	

하루 1분력

매일 한 줄 명언 / 책속글귀 / 좋은 글

네 믿음은 네 생각이 된다. 네 생각은 네 말이 된다. 네 말은 네 행동이 된다.
행동은 네 습관이 된다. 네 습관은 네 가치가 된다. 네 가치는 네 운명이 된다. - 간디

부를 끌어당기는 감사일기 쓰기

매일 3가지 감사일기 쓰기

하루 목표

매일 5가지 좋은 습관 기르기

☐ 이룸 ☐ 미룸	☐ 이룸 ☐ 미룸	☐ 이룸 ☐ 미룸	☐ 이룸 ☐ 미룸	☐ 이룸 ☐ 미룸
1.	2.	3.	4.	5.

기적을 만드는 하루 습관

비전하나	
시간관리	
자기관리	

Thank You Diary

날짜	년	월	일	요일	
100일 습관 프로젝트	D+		1	나에게 주는 선물	

하루 1분력

매일 한 줄 명언 / 책속글귀 / 좋은 글

일하는 시간과 노는 시간을 뚜렷이 구분하라. 시간의 중요성을 이해하고 매순간을 즐겁게 보내고 유용하게 활용하라. 그러면 젊은 날은 유쾌함으로 가득찰 것이고 늙어서도 후회할 일이 적어질 것이며 비록 가난할 때라도 인생을 아름답게 살아갈 수 있다. - 루이사 메이올콧

부를 끌어당기는 감사일기 쓰기

매일 3가지 감사일기 쓰기

하루 목표

매일 5가지 좋은 습관 기르기

☐ 이룸 ☐ 미룸	☐ 이룸 ☐ 미룸	☐ 이룸 ☐ 미룸	☐ 이룸 ☐ 미룸	☐ 이룸 ☐ 미룸
1.	2.	3.	4.	5.

기적을 만드는 하루 습관

비전하나	
시간관리	
자기관리	

Thank You Diary

날짜	년	월	일	요일	
100일 습관 프로젝트	D+		1	나에게 주는 선물	

하루 1분력

매일 한 줄 명언 / 책속글귀 / 좋은 글

절대 포기하지 말라. 당신이 되고 싶은 무언가가 있다면, 그에 대해 자부심을 가져라.
당신 자신에게 기회를 주어라. 스스로가 형편없다고 생각하지 말라. 그래봐야 아무 것도 얻을 것이 없다.
목표를 높이 세워라. 인생은 그렇게 살아야 한다. - 마이크 맥라렌

부를 끌어당기는 감사일기 쓰기

매일 3가지 감사일기 쓰기

하루 목표

매일 5가지 좋은 습관 기르기

☐ 이룸 ☐ 미룸	☐ 이룸 ☐ 미룸	☐ 이룸 ☐ 미룸	☐ 이룸 ☐ 미룸	☐ 이룸 ☐ 미룸
1.	2.	3.	4.	5.

기적을 만드는 하루 습관

비전하나	
시간관리	
자기관리	

Thank You Diary

날짜	년	월	일	요일	
100일 습관 프로젝트	D+		1	나에게 주는 선물	

하루 1분력

매일 한 줄 명언 / 책속글귀 / 좋은 글

1퍼센트의 가능성, 그것이 나의 길이다.
- 나폴레옹

부를 끌어당기는 감사일기 쓰기

매일 3가지 감사일기 쓰기

하루 목표

매일 5가지 좋은 습관 기르기

☐ 이룸 ☐ 미룸	☐ 이룸 ☐ 미룸	☐ 이룸 ☐ 미룸	☐ 이룸 ☐ 미룸	☐ 이룸 ☐ 미룸
1.	2.	3.	4.	5.

기적을 만드는 하루 습관

비전하나	
시간관리	
자기관리	

Thank You Diary

날짜	년	월	일	요일	
100일 습관 프로젝트	D+		1	나에게 주는 선물	

하루 1분력

매일 한 줄 명언 / 책속글귀 / 좋은 글

그대 자신의 영혼을 탐구하라. 다른 누구에게도 의지하지 말고 오직 그대 혼자의 힘으로 하라. 그대의 여정에 다른 이들이 끼어들지 못하게 하라. 이 길은 그대만의 길이요, 그대 혼자 가야할 길임을 명심하라. 비록 다른 이들과 함께 걸을 수는 있으나 다른 그 어느 누구도 그대가 선택한 길을 대신 가줄 수 없음을 알라. - 인디언 속담

부를 끌어당기는 감사일기 쓰기

매일 3가지 감사일기 쓰기

하루 목표

매일 5가지 좋은 습관 기르기

☐ 이룸 ☐ 미룸	☐ 이룸 ☐ 미룸	☐ 이룸 ☐ 미룸	☐ 이룸 ☐ 미룸	☐ 이룸 ☐ 미룸
1.	2.	3.	4.	5.

기적을 만드는 하루 습관

비전하나	
시간관리	
자기관리	

Thank You Diary

날짜	년	월	일	요일	
100일 습관 프로젝트	D+		1	나에게 주는 선물	

하루 1분력

매일 한 줄 명언 / 책속글귀 / 좋은 글

고통이 남기고 간 뒤를 보라! 고난이 지나면 반드시 기쁨이 스며든다.
- 괴테

부를 끌어당기는 감사일기 쓰기

매일 3가지 감사일기 쓰기

하루 목표

매일 5가지 좋은 습관 기르기

☐ 이룸 ☐ 미룸	☐ 이룸 ☐ 미룸	☐ 이룸 ☐ 미룸	☐ 이룸 ☐ 미룸	☐ 이룸 ☐ 미룸
1.	2.	3.	4.	5.

기적을 만드는 하루 습관

비전하나	
시간관리	
자기관리	

Thank You Diary

날짜	년	월	일	요일	
100일 습관 프로젝트	D+		1	나에게 주는 선물	

하루 1분력

매일 한 줄 명언 / 책속글귀 / 좋은 글

삶은 소유물이 아니라 순간순간의 있음이다. 영원한 것이 어디 있는가 모두가 한때 일뿐 그러나 그 한때를 최선을 다해 최대한으로 살 수 있어야 한다. 삶은 놀라운 신비요 아름다움이다. - 법정스님

부를 끌어당기는 감사일기 쓰기

매일 3가지 감사일기 쓰기

하루 목표

매일 5가지 좋은 습관 기르기

☐ 이룸 ☐ 미룸	☐ 이룸 ☐ 미룸	☐ 이룸 ☐ 미룸	☐ 이룸 ☐ 미룸	☐ 이룸 ☐ 미룸
1.	2.	3.	4.	5.

기적을 만드는 하루 습관

비전하나	
시간관리	
자기관리	

Thank You Diary

날짜	년	월	일	요일	
100일 습관 프로젝트	D+		1	나에게 주는 선물	

하루 1분력

매일 한 줄 명언 / 책속글귀 / 좋은 글
꿈을 계속 간직하고 있으면 반드시 실현할 때가 온다. - 괴테

부를 끌어당기는 감사일기 쓰기

매일 3가지 감사일기 쓰기

하루 목표

매일 5가지 좋은 습관 기르기									
☐ 이룸	☐ 미룸	☐ 이룸	☐ 미룸	☐ 이룸	☐ 미룸	☐ 이룸	☐ 미룸	☐ 이룸	☐ 미룸
1.		2.		3.		4.		5.	

기적을 만드는 하루 습관	
비전하나	
시간관리	
자기관리	

Thank You Diary

날짜	년	월	일	요일	
100일 습관 프로젝트	D+		1	나에게 주는 선물	

하루 1분력

매일 한 줄 명언 / 책속글귀 / 좋은 글

화려한 일을 추구하지 말라. 중요한 것은 스스로의 재능이며, 자신의 행동에 쏟아 붓는 사랑의 정도이다.
- 머더 테레사

부를 끌어당기는 감사일기 쓰기

매일 3가지 감사일기 쓰기

하루 목표

매일 5가지 좋은 습관 기르기

☐ 이룸 ☐ 미룸	☐ 이룸 ☐ 미룸	☐ 이룸 ☐ 미룸	☐ 이룸 ☐ 미룸	☐ 이룸 ☐ 미룸
1.	2.	3.	4.	5.

기적을 만드는 하루 습관

비전하나	
시간관리	
자기관리	

Thank You Diary

날짜	년	월	일	요일	
100일 습관 프로젝트	D+		1	나에게 주는 선물	

하루 1분력

매일 한 줄 명언 / 책속글귀 / 좋은 글

마음만을 가지고 있어서는 안 된다. 반드시 실천하여야 한다.
- 이소룡

부를 끌어당기는 감사일기 쓰기

매일 3가지 감사일기 쓰기

하루 목표

매일 5가지 좋은 습관 기르기

☐ 이룸 ☐ 미룸	☐ 이룸 ☐ 미룸	☐ 이룸 ☐ 미룸	☐ 이룸 ☐ 미룸	☐ 이룸 ☐ 미룸
1.	2.	3.	4.	5.

기적을 만드는 하루 습관

비전하나	
시간관리	
자기관리	

Thank You Diary

날짜	년	월	일	요일	
100일 습관 프로젝트	D+		1	나에게 주는 선물	

하루 1분력

매일 한 줄 명언 / 책속글귀 / 좋은 글

흔히 사람들은 기회를 기다리고 있지만 기회는 기다리는 사람에게 잡히지 않는 법이다.
우리는 기회를 기다리는 사람이 되기 전에 기회를 얻을 수 있는 실력을 갖춰야 한다.
일에 더 열중하는 사람이 되어야 한다. - 안창호

부를 끌어당기는 감사일기 쓰기

매일 3가지 감사일기 쓰기

하루 목표

매일 5가지 좋은 습관 기르기

☐ 이룸 ☐ 미룸	☐ 이룸 ☐ 미룸	☐ 이룸 ☐ 미룸	☐ 이룸 ☐ 미룸	☐ 이룸 ☐ 미룸
1.	2.	3.	4.	5.

기적을 만드는 하루 습관

비전하나	
시간관리	
자기관리	

Thank You Diary

날짜	년	월	일	요일	
100일 습관 프로젝트	D+		1	나에게 주는 선물	

하루 1분력

매일 한 줄 명언 / 책속글귀 / 좋은 글

나이가 60이다 70이다 하는 것으로 그 사람이 늙었다 젊었다 할 수 없다.
늙고 젊은 것은 그 사람의 신념이 늙었느냐 젊었느냐 하는데 있다. - 맥아더

부를 끌어당기는 감사일기 쓰기

매일 3가지 감사일기 쓰기

하루 목표

매일 5가지 좋은 습관 기르기

☐ 이룸 ☐ 미룸	☐ 이룸 ☐ 미룸	☐ 이룸 ☐ 미룸	☐ 이룸 ☐ 미룸	☐ 이룸 ☐ 미룸
1.	2.	3.	4.	5.

기적을 만드는 하루 습관

비전하나	
시간관리	
자기관리	

Thank You Diary

날짜	년	월	일	요일	
100일 습관 프로젝트	D+		1	나에게 주는 선물	

하루 1분력

매일 한 줄 명언 / 책속글귀 / 좋은 글

만약 우리가 할 수 있는 일을 모두 한다면 우리들은 우리 자신에 깜짝 놀랄 것이다.
- 에디슨

부를 끌어당기는 감사일기 쓰기

매일 3가지 감사일기 쓰기

하루 목표

매일 5가지 좋은 습관 기르기

☐ 이룸 ☐ 미룸	☐ 이룸 ☐ 미룸	☐ 이룸 ☐ 미룸	☐ 이룸 ☐ 미룸	☐ 이룸 ☐ 미룸
1.	2.	3.	4.	5.

기적을 만드는 하루 습관

비전하나	
시간관리	
자기관리	

Thank You Diary

날짜	년	월	일	요일	
100일 습관 프로젝트	D+		1	나에게 주는 선물	

하루 1분력

매일 한 줄 명언 / 책속글귀 / 좋은 글

나는 누구인가 스스로 물으라. 자신의 속 얼굴이 드러나 보일 때까지 묻고 묻고 물어야 한다. 건성으로 묻지 말고 목소리 속의 목소리로 귀 속의 귀에 대고 간절하게 물어야 한다. 해답은 그 물음 속에 있다.
- 법정스님

부를 끌어당기는 감사일기 쓰기

매일 3가지 감사일기 쓰기

하루 목표

매일 5가지 좋은 습관 기르기

☐ 이룸 ☐ 미룸	☐ 이룸 ☐ 미룸	☐ 이룸 ☐ 미룸	☐ 이룸 ☐ 미룸	☐ 이룸 ☐ 미룸
1.	2.	3.	4.	5.

기적을 만드는 하루 습관

비전하나	
시간관리	
자기관리	

Thank You Diary

날짜	년	월	일	요일	
100일 습관 프로젝트	D+		1	나에게 주는 선물	

하루 1분력

매일 한 줄 명언 / 책속글귀 / 좋은 글

행복은 결코 많고 큰 데만 있는 것이 아니다. 작은 것을 가지고도 고마워하고 만족할 줄 안다면 그는 행복한 사람이다. 여백과 공간의 아름다움은 단순함과 간소함에 있다.
- 법정스님

부를 끌어당기는 감사일기 쓰기

매일 3가지 감사일기 쓰기

하루 목표

매일 5가지 좋은 습관 기르기

☐ 이룸 ☐ 미룸	☐ 이룸 ☐ 미룸	☐ 이룸 ☐ 미룸	☐ 이룸 ☐ 미룸	☐ 이룸 ☐ 미룸
1.	2.	3.	4.	5.

기적을 만드는 하루 습관

비전하나	
시간관리	
자기관리	

Thank You Diary

날짜	년	월	일	요일	
100일 습관 프로젝트	D+		1	나에게 주는 선물	

하루 1분력

매일 한 줄 명언 / 책속글귀 / 좋은 글

물러나서 조용하게 구하면 배울 수 있는 스승은 많다.
사람은 가는 곳마다 보는 것마다 모두 스승으로서 배울 것이 많은 법이다. - 맹자

부를 끌어당기는 감사일기 쓰기

매일 3가지 감사일기 쓰기

하루 목표

매일 5가지 좋은 습관 기르기

☐ 이룸 ☐ 미룸	☐ 이룸 ☐ 미룸	☐ 이룸 ☐ 미룸	☐ 이룸 ☐ 미룸	☐ 이룸 ☐ 미룸
1.	2.	3.	4.	5.

기적을 만드는 하루 습관

비전하나	
시간관리	
자기관리	

Thank You Diary

날짜	년	월	일	요일	
100일 습관 프로젝트	D+		1	나에게 주는 선물	

하루 1분력

매일 한 줄 명언 / 책속글귀 / 좋은 글

눈물과 더불어 빵을 먹어 보지 않은 자는 인생의 참다운 맛을 모른다.
- 괴테

부를 끌어당기는 감사일기 쓰기

매일 3가지 감사일기 쓰기

하루 목표

매일 5가지 좋은 습관 기르기

☐ 이룸 ☐ 미룸	☐ 이룸 ☐ 미룸	☐ 이룸 ☐ 미룸	☐ 이룸 ☐ 미룸	☐ 이룸 ☐ 미룸
1.	2.	3.	4.	5.

기적을 만드는 하루 습관

비전하나	
시간관리	
자기관리	

Thank You Diary

날짜	년	월	일	요일	
100일 습관 프로젝트	D+		1	나에게 주는 선물	

하루 1분력

매일 한 줄 명언 / 책속글귀 / 좋은 글

진짜 문제는 사람들의 마음이다.
그것은 절대로 물리학이나 윤리학의 문제가 아니다. - 아인슈타인

부를 끌어당기는 감사일기 쓰기

매일 3가지 감사일기 쓰기

하루 목표

매일 5가지 좋은 습관 기르기				
☐ 이룸 ☐ 미룸	☐ 이룸 ☐ 미룸	☐ 이룸 ☐ 미룸	☐ 이룸 ☐ 미룸	☐ 이룸 ☐ 미룸
1.	2.	3.	4.	5.

기적을 만드는 하루 습관	
비전하나	
시간관리	
자기관리	

Thank You Diary

날짜	년	월	일	요일	
100일 습관 프로젝트	D+		1	나에게 주는 선물	

하루 1분력

매일 한 줄 명언 / 책속글귀 / 좋은 글

해야 할 것을 하라. 모든 것은 타인의 행복을 위해서,
동시에 특히 나의 행복을 위해서이다. - 톨스토이

부를 끌어당기는 감사일기 쓰기

매일 3가지 감사일기 쓰기

하루 목표

매일 5가지 좋은 습관 기르기

☐ 이룸 ☐ 미룸	☐ 이룸 ☐ 미룸	☐ 이룸 ☐ 미룸	☐ 이룸 ☐ 미룸	☐ 이룸 ☐ 미룸
1.	2.	3.	4.	5.

기적을 만드는 하루 습관

비전하나	
시간관리	
자기관리	

Thank You Diary

날짜	년	월	일	요일	
100일 습관 프로젝트	D+		1	나에게 주는 선물	

하루 1분력

매일 한 줄 명언 / 책속글귀 / 좋은 글

사람이 여행을 하는 것은 도착하기 위해서가 아니라 여행하기 위해서이다.

- 괴테

부를 끌어당기는 감사일기 쓰기

매일 3가지 감사일기 쓰기

하루 목표

매일 5가지 좋은 습관 기르기

☐ 이룸 ☐ 미룸	☐ 이룸 ☐ 미룸	☐ 이룸 ☐ 미룸	☐ 이룸 ☐ 미룸	☐ 이룸 ☐ 미룸
1.	2.	3.	4.	5.

기적을 만드는 하루 습관

비전하나	
시간관리	
자기관리	

Thank You Diary

날짜	년	월	일	요일	
100일 습관 프로젝트	D+		1	나에게 주는 선물	

하루 1분력

매일 한 줄 명언 / 책속글귀 / 좋은 글

화가 날 때는 100까지 세라. 최악일 때는 욕설을 퍼부어라.
- 마크 트웨인

부를 끌어당기는 감사일기 쓰기

매일 3가지 감사일기 쓰기

하루 목표

매일 5가지 좋은 습관 기르기

☐ 이룸 ☐ 미룸	☐ 이룸 ☐ 미룸	☐ 이룸 ☐ 미룸	☐ 이룸 ☐ 미룸	☐ 이룸 ☐ 미룸
1.	2.	3.	4.	5.

기적을 만드는 하루 습관

비전하나	
시간관리	
자기관리	

Thank You Diary

날짜	년	월	일	요일	
100일 습관 프로젝트	D+		1	나에게 주는 선물	

하루 1분력

매일 한 줄 명언 / 책속글귀 / 좋은 글

재산을 잃은 사람은 많이 잃은 것이고 친구를 잃은 사람은 더 많이 잃은 것이며
용기를 잃은 사람은 모든 것을 잃은 것이다 - 세르반테스

부를 끌어당기는 감사일기 쓰기

매일 3가지 감사일기 쓰기

하루 목표

매일 5가지 좋은 습관 기르기

☐ 이룸 ☐ 미룸	☐ 이룸 ☐ 미룸	☐ 이룸 ☐ 미룸	☐ 이룸 ☐ 미룸	☐ 이룸 ☐ 미룸
1.	2.	3.	4.	5.

기적을 만드는 하루 습관

비전하나	
시간관리	
자기관리	

Thank You Diary

날짜	년	월	일	요일	
100일 습관 프로젝트	D+		1	나에게 주는 선물	

하루 1분력

매일 한 줄 명언 / 책속글귀 / 좋은 글

돈이란 바닷물과도 같다. 그것은 마시면 마실수록 목이 말라진다.
- 쇼펜하우어

부를 끌어당기는 감사일기 쓰기

매일 3가지 감사일기 쓰기

하루 목표

매일 5가지 좋은 습관 기르기

☐ 이룸 ☐ 미룸	☐ 이룸 ☐ 미룸	☐ 이룸 ☐ 미룸	☐ 이룸 ☐ 미룸	☐ 이룸 ☐ 미룸
1.	2.	3.	4.	5.

기적을 만드는 하루 습관

비전하나	
시간관리	
자기관리	

Thank You Diary

날짜	년	월	일	요일	
100일 습관 프로젝트	D+		1	나에게 주는 선물	

하루 1분력

매일 한 줄 명언 / 책속글귀 / 좋은 글

이룰 수 없는 꿈을 꾸고 이길 수 없는 적과 싸우며 이룰 수 없는 사랑을 하고
견딜 수 없는 고통을 견디고 잡을 수 없는 저 하늘의 별도 잡자 - 세르반테스

부를 끌어당기는 감사일기 쓰기

매일 3가지 감사일기 쓰기

하루 목표

매일 5가지 좋은 습관 기르기

☐ 이룸 ☐ 미룸	☐ 이룸 ☐ 미룸	☐ 이룸 ☐ 미룸	☐ 이룸 ☐ 미룸	☐ 이룸 ☐ 미룸
1.	2.	3.	4.	5.

기적을 만드는 하루 습관

비전하나	
시간관리	
자기관리	

Thank You Diary

날짜	년	월	일	요일	
100일 습관 프로젝트	D+		1	나에게 주는 선물	

하루 1분력

매일 한 줄 명언 / 책속글귀 / 좋은 글

고개 숙이지 마십시오. 세상을 똑바로 정면으로 바라보십시오.
- 헬렌 켈러

부를 끌어당기는 감사일기 쓰기

매일 3가지 감사일기 쓰기

하루 목표

매일 5가지 좋은 습관 기르기

☐ 이룸 ☐ 미룸	☐ 이룸 ☐ 미룸	☐ 이룸 ☐ 미룸	☐ 이룸 ☐ 미룸	☐ 이룸 ☐ 미룸
1.	2.	3.	4.	5.

기적을 만드는 하루 습관

비전하나	
시간관리	
자기관리	

Thank You Diary

날짜	년	월	일	요일	
100일 습관 프로젝트	D+	1		나에게 주는 선물	

하루 1분력

매일 한 줄 명언 / 책속글귀 / 좋은 글

고난의 시기에 동요하지 않는 것, 이것은 진정 칭찬받을 만한 뛰어난 인물의 증거다.
- 베토벤

부를 끌어당기는 감사일기 쓰기

매일 3가지 감사일기 쓰기

하루 목표

매일 5가지 좋은 습관 기르기

□ 이룸 □ 미룸	□ 이룸 □ 미룸	□ 이룸 □ 미룸	□ 이룸 □ 미룸	□ 이룸 □ 미룸
1.	2.	3.	4.	5.

기적을 만드는 하루 습관

비전하나	
시간관리	
자기관리	

Thank You Diary

날짜	년	월	일	요일	
100일 습관 프로젝트	D+		1	나에게 주는 선물	

하루 1분력

매일 한 줄 명언 / 책속글귀 / 좋은 글

사막이 아름다운 것은 어딘가에 샘이 숨겨져 있기 때문이다.
- 생떽쥐베리

부를 끌어당기는 감사일기 쓰기

매일 3가지 감사일기 쓰기

하루 목표

매일 5가지 좋은 습관 기르기

☐ 이룸 ☐ 미룸	☐ 이룸 ☐ 미룸	☐ 이룸 ☐ 미룸	☐ 이룸 ☐ 미룸	☐ 이룸 ☐ 미룸
1.	2.	3.	4.	5.

기적을 만드는 하루 습관

비전하나	
시간관리	
자기관리	

Thank You Diary

날짜	년	월	일	요일	
100일 습관 프로젝트	D+		1	나에게 주는 선물	

하루 1분력

매일 한 줄 명언 / 책속글귀 / 좋은 글

만족할 줄 아는 사람은 진정한 부자이고, 탐욕스러운 사람은 진실로 가난한 사람이다.
- 솔론

부를 끌어당기는 감사일기 쓰기

매일 3가지 감사일기 쓰기

하루 목표

매일 5가지 좋은 습관 기르기

☐ 이룸 ☐ 미룸	☐ 이룸 ☐ 미룸	☐ 이룸 ☐ 미룸	☐ 이룸 ☐ 미룸	☐ 이룸 ☐ 미룸
1.	2.	3.	4.	5.

기적을 만드는 하루 습관

비전하나	
시간관리	
자기관리	

Thank You Diary

날짜	년	월	일	요일	
100일 습관 프로젝트	D+		1	나에게 주는 선물	

하루 1분력

매일 한 줄 명언 / 책속글귀 / 좋은 글

성공해서 만족하는 것은 아니다. 만족하고 있었기 때문에 성공한 것이다.
- 알랭

부를 끌어당기는 감사일기 쓰기

매일 3가지 감사일기 쓰기

하루 목표

매일 5가지 좋은 습관 기르기

☐ 이룸 ☐ 미룸	☐ 이룸 ☐ 미룸	☐ 이룸 ☐ 미룸	☐ 이룸 ☐ 미룸	☐ 이룸 ☐ 미룸
1.	2.	3.	4.	5.

기적을 만드는 하루 습관

비전하나	
시간관리	
자기관리	

Thank You Diary

날짜	년	월	일	요일	
100일 습관 프로젝트	D+		1	나에게 주는 선물	

하루 1분력

매일 한 줄 명언 / 책속글귀 / 좋은 글

곧 위에 비교하면 족하지 못하나, 아래에 비교하면 남음이 있다.
- 명심보감

부를 끌어당기는 감사일기 쓰기

매일 3가지 감사일기 쓰기

하루 목표

매일 5가지 좋은 습관 기르기

☐ 이룸 ☐ 미룸	☐ 이룸 ☐ 미룸	☐ 이룸 ☐ 미룸	☐ 이룸 ☐ 미룸	☐ 이룸 ☐ 미룸
1.	2.	3.	4.	5.

기적을 만드는 하루 습관

비전하나	
시간관리	
자기관리	

Thank You Diary

날짜	년	월	일	요일	
100일 습관 프로젝트	D+		1	나에게 주는 선물	

하루 1분력

매일 한 줄 명언 / 책속글귀 / 좋은 글

그대의 하루하루를 그대의 마지막 날이라고 생각하라.
- 호라티우스

부를 끌어당기는 감사일기 쓰기

매일 3가지 감사일기 쓰기

하루 목표

매일 5가지 좋은 습관 기르기

☐ 이룸 ☐ 미룸	☐ 이룸 ☐ 미룸	☐ 이룸 ☐ 미룸	☐ 이룸 ☐ 미룸	☐ 이룸 ☐ 미룸
1.	2.	3.	4.	5.

기적을 만드는 하루 습관

비전하나	
시간관리	
자기관리	

Thank You Diary

날짜	년	월	일	요일
100일 습관 프로젝트	D+	1	나에게 주는 선물	

하루 1분력

매일 한 줄 명언 / 책속글귀 / 좋은 글

자신을 내보여라. 그러면 재능이 드러날 것이다.
- 발타사르 그라시안

부를 끌어당기는 감사일기 쓰기

매일 3가지 감사일기 쓰기

하루 목표

매일 5가지 좋은 습관 기르기

☐ 이룸 ☐ 미룸	☐ 이룸 ☐ 미룸	☐ 이룸 ☐ 미룸	☐ 이룸 ☐ 미룸	☐ 이룸 ☐ 미룸
1.	2.	3.	4.	5.

기적을 만드는 하루 습관

비전하나	
시간관리	
자기관리	

Thank You Diary

날짜	년	월	일	요일	
100일 습관 프로젝트	D+		1	나에게 주는 선물	

하루 1분력

매일 한 줄 명언 / 책속글귀 / 좋은 글

자신의 본성이 어떤 것이든 그에 충실하라. 자신이 가진 재능의 끈을 놓아 버리지 마라.
본성이 이끄는 대로 따르면 성공할 것이다. - 시드니 스미스

부를 끌어당기는 감사일기 쓰기

매일 3가지 감사일기 쓰기

하루 목표

매일 5가지 좋은 습관 기르기

☐ 이룸 ☐ 미룸	☐ 이룸 ☐ 미룸	☐ 이룸 ☐ 미룸	☐ 이룸 ☐ 미룸	☐ 이룸 ☐ 미룸
1.	2.	3.	4.	5.

기적을 만드는 하루 습관

비전하나	
시간관리	
자기관리	

Thank You Diary

날짜	년	월	일	요일	
100일 습관 프로젝트	D+		1	나에게 주는 선물	

하루 1분력

매일 한 줄 명언 / 책속글귀 / 좋은 글

당신이 할 수 있다고 믿든 할 수 없다고 믿든 믿는 대로 될 것이다.

- 헨리 포드

부를 끌어당기는 감사일기 쓰기

매일 3가지 감사일기 쓰기

하루 목표

매일 5가지 좋은 습관 기르기

☐ 이룸 ☐ 미룸	☐ 이룸 ☐ 미룸	☐ 이룸 ☐ 미룸	☐ 이룸 ☐ 미룸	☐ 이룸 ☐ 미룸
1.	2.	3.	4.	5.

기적을 만드는 하루 습관

비전하나	
시간관리	
자기관리	

Thank You Diary

날짜	년	월	일	요일
100일 습관 프로젝트	D+	1	나에게 주는 선물	

하루 1분력

매일 한 줄 명언 / 책속글귀 / 좋은 글

당신이 인생의 주인공이기 때문이다. 그 사실을 잊지 마라. 지금까지 당신이 만들어온 의식적 그리고 무의식적 선택으로 인해 지금의 당신이 있는 것이다. - 바바라 홀

부를 끌어당기는 감사일기 쓰기

매일 3가지 감사일기 쓰기

하루 목표

매일 5가지 좋은 습관 기르기

☐ 이룸 ☐ 미룸	☐ 이룸 ☐ 미룸	☐ 이룸 ☐ 미룸	☐ 이룸 ☐ 미룸	☐ 이룸 ☐ 미룸
1.	2.	3.	4.	5.

기적을 만드는 하루 습관

비전하나	
시간관리	
자기관리	

Thank You Diary

날짜	년	월	일	요일	
100일 습관 프로젝트	D+		1	나에게 주는 선물	

하루 1분력

매일 한 줄 명언 / 책속글귀 / 좋은 글

지금이야 말로 일할 때다. 지금이야말로 싸울 때다. 지금이야 말로 나를 더 훌륭한 사람으로 만들 때다.
오늘 그것을 못하면 내일 그것을 할 수 있는가? - 토마스 아켐피스

부를 끌어당기는 감사일기 쓰기

매일 3가지 감사일기 쓰기

하루 목표

매일 5가지 좋은 습관 기르기

☐ 이룸 ☐ 미룸	☐ 이룸 ☐ 미룸	☐ 이룸 ☐ 미룸	☐ 이룸 ☐ 미룸	☐ 이룸 ☐ 미룸
1.	2.	3.	4.	5.

기적을 만드는 하루 습관

비전하나	
시간관리	
자기관리	

Thank You Diary

날짜	년	월	일	요일	
100일 습관 프로젝트	D+		1	나에게 주는 선물	

하루 1분력

매일 한 줄 명언 / 책속글귀 / 좋은 글

모든 것들에는 나름의 경이로움과 심지어 어둠과 침묵이 있고, 내가 어떤 상태에 있더라도
나는 그 속에서 만족하는 법을 배운다. - 헬렌켈러

부를 끌어당기는 감사일기 쓰기

매일 3가지 감사일기 쓰기

하루 목표

매일 5가지 좋은 습관 기르기

☐ 이룸 ☐ 미룸	☐ 이룸 ☐ 미룸	☐ 이룸 ☐ 미룸	☐ 이룸 ☐ 미룸	☐ 이룸 ☐ 미룸
1.	2.	3.	4.	5.

기적을 만드는 하루 습관

비전하나	
시간관리	
자기관리	

Thank You Diary

날짜	년	월	일	요일
100일 습관 프로젝트	D+	1	나에게 주는 선물	

하루 1분력

매일 한 줄 명언 / 책속글귀 / 좋은 글

작은 기회로 부터 종종 위대한 업적이 시작된다.
- 데모스테네스

부를 끌어당기는 감사일기 쓰기

매일 3가지 감사일기 쓰기

하루 목표

매일 5가지 좋은 습관 기르기

☐ 이룸 ☐ 미룸	☐ 이룸 ☐ 미룸	☐ 이룸 ☐ 미룸	☐ 이룸 ☐ 미룸	☐ 이룸 ☐ 미룸
1.	2.	3.	4.	5.

기적을 만드는 하루 습관

비전하나	
시간관리	
자기관리	

Thank You Diary

날짜	년	월	일	요일	
100일 습관 프로젝트	D+		1	나에게 주는 선물	

하루 1분력

매일 한 줄 명언 / 책속글귀 / 좋은 글

인생이란 학교에는 불행 이란 훌륭한 스승이 있다.
그 스승 때문에 우리는 더욱 단련되는 것이다. - 프리체

부를 끌어당기는 감사일기 쓰기

매일 3가지 감사일기 쓰기

하루 목표

매일 5가지 좋은 습관 기르기

☐ 이룸 ☐ 미룸	☐ 이룸 ☐ 미룸	☐ 이룸 ☐ 미룸	☐ 이룸 ☐ 미룸	☐ 이룸 ☐ 미룸
1.	2.	3.	4.	5.

기적을 만드는 하루 습관

비전하나	
시간관리	
자기관리	

Thank You Diary

날짜	년	월	일	요일	
100일 습관 프로젝트	D+		1	나에게 주는 선물	

하루 1분력

매일 한 줄 명언 / 책속글귀 / 좋은 글

세상은 고통으로 가득하지만 그것을 극복하는 사람들로도 가득하다.
- 헨렌켈러

부를 끌어당기는 감사일기 쓰기

매일 3가지 감사일기 쓰기

하루 목표

매일 5가지 좋은 습관 기르기									
☐ 이룸	☐ 미룸	☐ 이룸	☐ 미룸	☐ 이룸	☐ 미룸	☐ 이룸	☐ 미룸	☐ 이룸	☐ 미룸
1.		2.		3.		4.		5.	

기적을 만드는 하루 습관	
비전하나	
시간관리	
자기관리	

Thank You Diary

날짜	년	월	일	요일	
100일 습관 프로젝트	D+		1	나에게 주는 선물	

하루 1분력

매일 한 줄 명언 / 책속글귀 / 좋은 글

도저히 손댈 수가 없는 곤란에 부딪혔다면 과감하게 그 속으로 뛰어들라.
그리하면 불가능하다고 생각했던 일이 가능해 진다. 용기 있는 자로 살아라.
운이 따라주지 않는다면 용기 있는 가슴으로 불행에 맞서라. - 키케로

부를 끌어당기는 감사일기 쓰기

매일 3가지 감사일기 쓰기

하루 목표

매일 5가지 좋은 습관 기르기

☐ 이룸 ☐ 미룸	☐ 이룸 ☐ 미룸	☐ 이룸 ☐ 미룸	☐ 이룸 ☐ 미룸	☐ 이룸 ☐ 미룸
1.	2.	3.	4.	5.

기적을 만드는 하루 습관

비전하나	
시간관리	
자기관리	

Thank You Diary

날짜	년	월	일	요일	
100일 습관 프로젝트	D+		1	나에게 주는 선물	

하루 1분력

매일 한 줄 명언 / 책속글귀 / 좋은 글

최고에 도달하려면 최저에서 시작하라.

- P.시루스

부를 끌어당기는 감사일기 쓰기

매일 3가지 감사일기 쓰기

하루 목표

매일 5가지 좋은 습관 기르기

☐ 이룸 ☐ 미룸	☐ 이룸 ☐ 미룸	☐ 이룸 ☐ 미룸	☐ 이룸 ☐ 미룸	☐ 이룸 ☐ 미룸
1.	2.	3.	4.	5.

기적을 만드는 하루 습관

비전하나	
시간관리	
자기관리	

Thank You Diary

날짜	년	월	일	요일	
100일 습관 프로젝트	D+		1	나에게 주는 선물	

하루 1분력

매일 한 줄 명언 / 책속글귀 / 좋은 글

내 비장의 무기는 아직 손안에 있다. 그것은 희망이다.
- 나폴레옹

부를 끌어당기는 감사일기 쓰기

매일 3가지 감사일기 쓰기

하루 목표

매일 5가지 좋은 습관 기르기

☐ 이룸 ☐ 미룸	☐ 이룸 ☐ 미룸	☐ 이룸 ☐ 미룸	☐ 이룸 ☐ 미룸	☐ 이룸 ☐ 미룸
1.	2.	3.	4.	5.

기적을 만드는 하루 습관

비전하나	
시간관리	
자기관리	

Thank You Diary

날짜	년	월	일	요일	
100일 습관 프로젝트	D+		1	나에게 주는 선물	

하루 1분력

매일 한 줄 명언 / 책속글귀 / 좋은 글

문제는 목적지에 얼마나 빨리 가느냐가 아니라 그 목적지가 어디냐는 것이다.
- 메이벨 뉴컴버

부를 끌어당기는 감사일기 쓰기

매일 3가지 감사일기 쓰기

하루 목표

매일 5가지 좋은 습관 기르기

☐ 이룸 ☐ 미룸	☐ 이룸 ☐ 미룸	☐ 이룸 ☐ 미룸	☐ 이룸 ☐ 미룸	☐ 이룸 ☐ 미룸
1.	2.	3.	4.	5.

기적을 만드는 하루 습관

비전하나	
시간관리	
자기관리	

Thank You Diary

날짜	년	월	일	요일	
100일 습관 프로젝트	D+		1	나에게 주는 선물	

하루 1분력

매일 한 줄 명언 / 책속글귀 / 좋은 글

한 번 실패와 영원한 실패를 혼동하지 마라.
- F. 스콧 핏제랄드

부를 끌어당기는 감사일기 쓰기

매일 3가지 감사일기 쓰기

하루 목표

매일 5가지 좋은 습관 기르기

☐ 이룸 ☐ 미룸	☐ 이룸 ☐ 미룸	☐ 이룸 ☐ 미룸	☐ 이룸 ☐ 미룸	☐ 이룸 ☐ 미룸
1.	2.	3.	4.	5.

기적을 만드는 하루 습관

비전하나	
시간관리	
자기관리	

Thank You Diary

날짜	년	월	일	요일	
100일 습관 프로젝트	D+		1	나에게 주는 선물	

하루 1분력

매일 한 줄 명언 / 책속글귀 / 좋은 글

인간의 삶 전체는 단지 한 순간에 불과하다. 인생을 즐기자.

- 플루타르코스

부를 끌어당기는 감사일기 쓰기

매일 3가지 감사일기 쓰기

하루 목표

매일 5가지 좋은 습관 기르기

☐ 이룸 ☐ 미룸	☐ 이룸 ☐ 미룸	☐ 이룸 ☐ 미룸	☐ 이룸 ☐ 미룸	☐ 이룸 ☐ 미룸
1.	2.	3.	4.	5.

기적을 만드는 하루 습관

비전하나	
시간관리	
자기관리	

Thank You Diary

날짜	년	월	일	요일	
100일 습관 프로젝트	D+		1	나에게 주는 선물	

하루 1분력

매일 한 줄 명언 / 책속글귀 / 좋은 글

겨울이 오면 봄이 멀지 않으리
- 셸리

부를 끌어당기는 감사일기 쓰기

매일 3가지 감사일기 쓰기

하루 목표

매일 5가지 좋은 습관 기르기

☐ 이룸 ☐ 미룸	☐ 이룸 ☐ 미룸	☐ 이룸 ☐ 미룸	☐ 이룸 ☐ 미룸	☐ 이룸 ☐ 미룸
1.	2.	3.	4.	5.

기적을 만드는 하루 습관

비전하나	
시간관리	
자기관리	

Thank You Diary

날짜	년	월	일	요일	
100일 습관 프로젝트	D+		1	나에게 주는 선물	

하루 1분력

매일 한 줄 명언 / 책속글귀 / 좋은 글

일하여 얻으라. 그러면 운명의 바퀴를 붙들어 잡은 것이다.
- 랄프 왈도 에머슨

부를 끌어당기는 감사일기 쓰기

매일 3가지 감사일기 쓰기

하루 목표

매일 5가지 좋은 습관 기르기

☐ 이룸 ☐ 미룸	☐ 이룸 ☐ 미룸	☐ 이룸 ☐ 미룸	☐ 이룸 ☐ 미룸	☐ 이룸 ☐ 미룸
1.	2.	3.	4.	5.

기적을 만드는 하루 습관

비전하나	
시간관리	
자기관리	

Thank You Diary

날짜	년	월	일	요일	
100일 습관 프로젝트	D+		1	나에게 주는 선물	

하루 1분력

매일 한 줄 명언 / 책속글귀 / 좋은 글

당신의 행복은 무엇이 당신의 영혼을 노래하게 하는가에 따라 결정된다.
- 낸시 설리번

부를 끌어당기는 감사일기 쓰기

매일 3가지 감사일기 쓰기

하루 목표

매일 5가지 좋은 습관 기르기

☐ 이룸 ☐ 미룸	☐ 이룸 ☐ 미룸	☐ 이룸 ☐ 미룸	☐ 이룸 ☐ 미룸	☐ 이룸 ☐ 미룸
1.	2.	3.	4.	5.

기적을 만드는 하루 습관

비전하나	
시간관리	
자기관리	

Thank You Diary

날짜	년	월	일	요일	
100일 습관 프로젝트	D+		1	나에게 주는 선물	

하루 1분력

매일 한 줄 명언 / 책속글귀 / 좋은 글

자신이 해야 할 일을 결정하는 사람은 세상에서 단 한 사람, 오직 나 자신뿐이다.
- 오손 웰스

부를 끌어당기는 감사일기 쓰기

매일 3가지 감사일기 쓰기

하루 목표

매일 5가지 좋은 습관 기르기

☐ 이룸 ☐ 미룸	☐ 이룸 ☐ 미룸	☐ 이룸 ☐ 미룸	☐ 이룸 ☐ 미룸	☐ 이룸 ☐ 미룸
1.	2.	3.	4.	5.

기적을 만드는 하루 습관

비전하나	
시간관리	
자기관리	

Thank You Diary

날짜	년	월	일	요일	
100일 습관 프로젝트	D+		1	나에게 주는 선물	

하루 1분력

매일 한 줄 명언 / 책속글귀 / 좋은 글

먹고 싶은 것을 다 먹는 것은 그렇게 재미있지 않다. 인생을 경계선 없이 살면 기쁨이 덜하다.
먹고 싶은 대로 다 먹을 수 있다면 먹고 싶은 것을 먹는데 무슨 재미가 있겠나!
- 톰행크스

부를 끌어당기는 감사일기 쓰기

매일 3가지 감사일기 쓰기

하루 목표

매일 5가지 좋은 습관 기르기

☐ 이룸 ☐ 미룸	☐ 이룸 ☐ 미룸	☐ 이룸 ☐ 미룸	☐ 이룸 ☐ 미룸	☐ 이룸 ☐ 미룸
1.	2.	3.	4.	5.

기적을 만드는 하루 습관

비전하나	
시간관리	
자기관리	

Thank You Diary

날짜	년	월	일	요일	
100일 습관 프로젝트	D+		1	나에게 주는 선물	

하루 1분력

매일 한 줄 명언 / 책속글귀 / 좋은 글

인생을 다시 산다면 다음번에는 더 많은 실수를 저지르리라.
- 나딘 스테어

부를 끌어당기는 감사일기 쓰기

매일 3가지 감사일기 쓰기

하루 목표

매일 5가지 좋은 습관 기르기

☐ 이룸 ☐ 미룸	☐ 이룸 ☐ 미룸	☐ 이룸 ☐ 미룸	☐ 이룸 ☐ 미룸	☐ 이룸 ☐ 미룸
1.	2.	3.	4.	5.

기적을 만드는 하루 습관

비전하나	
시간관리	
자기관리	

Thank You Diary

날짜	년	월	일	요일	
100일 습관 프로젝트	D+		1	나에게 주는 선물	

하루 1분력

매일 한 줄 명언 / 책속글귀 / 좋은 글

인생에서 원하는 것을 얻기 위한 첫 번째 단계는 내가 무엇을 원하는지 결정하는 것이다.
- 벤스타인

부를 끌어당기는 감사일기 쓰기

매일 3가지 감사일기 쓰기

하루 목표

매일 5가지 좋은 습관 기르기

☐ 이룸 ☐ 미룸	☐ 이룸 ☐ 미룸	☐ 이룸 ☐ 미룸	☐ 이룸 ☐ 미룸	☐ 이룸 ☐ 미룸
1.	2.	3.	4.	5.

기적을 만드는 하루 습관

비전하나	
시간관리	
자기관리	

Thank You Diary

날짜	년	월	일	요일

100일 습관 프로젝트	D+	1	나에게 주는 선물	

하루 1분력

매일 한 줄 명언 / 책속글귀 / 좋은 글

가난은 가난하다고 느끼는 곳에 존재한다.
- 에머슨

부를 끌어당기는 감사일기 쓰기

매일 3가지 감사일기 쓰기

하루 목표

매일 5가지 좋은 습관 기르기

☐ 이룸 ☐ 미룸	☐ 이룸 ☐ 미룸	☐ 이룸 ☐ 미룸	☐ 이룸 ☐ 미룸	☐ 이룸 ☐ 미룸
1.	2.	3.	4.	5.

기적을 만드는 하루 습관

비전하나	
시간관리	
자기관리	

Thank You Diary

날짜	년	월	일	요일	
100일 습관 프로젝트	D+		1	나에게 주는 선물	

하루 1분력

매일 한 줄 명언 / 책속글귀 / 좋은 글

문제점을 찾지 말고 해결책을 찾으라.
- 헨리포드

부를 끌어당기는 감사일기 쓰기

매일 3가지 감사일기 쓰기

하루 목표

매일 5가지 좋은 습관 기르기

☐ 이룸 ☐ 미룸	☐ 이룸 ☐ 미룸	☐ 이룸 ☐ 미룸	☐ 이룸 ☐ 미룸	☐ 이룸 ☐ 미룸
1.	2.	3.	4.	5.

기적을 만드는 하루 습관

비전하나	
시간관리	
자기관리	

Thank You Diary

날짜	년	월	일	요일	
100일 습관 프로젝트	D+		1	나에게 주는 선물	

하루 1분력

매일 한 줄 명언 / 책속글귀 / 좋은 글

우선 무엇이 되고자 하는가를 자신에게 말하라. 그리고 해야 할일을 하라.
- 에픽토테스

부를 끌어당기는 감사일기 쓰기

매일 3가지 감사일기 쓰기

하루 목표

매일 5가지 좋은 습관 기르기

☐ 이룸 ☐ 미룸	☐ 이룸 ☐ 미룸	☐ 이룸 ☐ 미룸	☐ 이룸 ☐ 미룸	☐ 이룸 ☐ 미룸
1.	2.	3.	4.	5.

기적을 만드는 하루 습관

비전하나	
시간관리	
자기관리	

Thank You Diary

날짜	년	월	일	요일	
100일 습관 프로젝트	D+		1	나에게 주는 선물	

하루 1분력

매일 한 줄 명언 / 책속글귀 / 좋은 글

되찾을 수 없는 게 세월이니 시시한 일에 시간을 낭비하지 말고
순간순간을 후회 없이 잘 살아야 한다. - 루소

부를 끌어당기는 감사일기 쓰기

매일 3가지 감사일기 쓰기

하루 목표

매일 5가지 좋은 습관 기르기

☐ 이룸 ☐ 미룸	☐ 이룸 ☐ 미룸	☐ 이룸 ☐ 미룸	☐ 이룸 ☐ 미룸	☐ 이룸 ☐ 미룸
1.	2.	3.	4.	5.

기적을 만드는 하루 습관

비전하나	
시간관리	
자기관리	

Thank You Diary

날짜	년	월	일	요일	
100일 습관 프로젝트	D+		1	나에게 주는 선물	

하루 1분력

매일 한 줄 명언 / 책속글귀 / 좋은 글

인생에 뜻을 세우는데 있어 늦은 때라곤 없다.

- 볼드윈

부를 끌어당기는 감사일기 쓰기

매일 3가지 감사일기 쓰기

하루 목표

매일 5가지 좋은 습관 기르기

☐ 이룸 ☐ 미룸	☐ 이룸 ☐ 미룸	☐ 이룸 ☐ 미룸	☐ 이룸 ☐ 미룸	☐ 이룸 ☐ 미룸
1.	2.	3.	4.	5.

기적을 만드는 하루 습관

비전하나	
시간관리	
자기관리	

Thank You Diary

날짜	년	월	일	요일	
100일 습관 프로젝트	D+		1	나에게 주는 선물	

하루 1분력

매일 한 줄 명언 / 책속글귀 / 좋은 글

도중에 포기하지 말라. 망설이지 말라. 최후의 성공을 거둘 때까지 밀고 나가자.
- 헨리포드

부를 끌어당기는 감사일기 쓰기

매일 3가지 감사일기 쓰기

하루 목표

매일 5가지 좋은 습관 기르기

☐ 이룸 ☐ 미룸	☐ 이룸 ☐ 미룸	☐ 이룸 ☐ 미룸	☐ 이룸 ☐ 미룸	☐ 이룸 ☐ 미룸
1.	2.	3.	4.	5.

기적을 만드는 하루 습관

비전하나	
시간관리	
자기관리	

Thank You Diary

날짜	년	월	일	요일	
100일 습관 프로젝트	D+		1	나에게 주는 선물	

하루 1분력

매일 한 줄 명언 / 책속글귀 / 좋은 글

네 자신의 불행을 생각하지 않게 되는 가장 좋은 방법은 일에 몰두하는 것이다.
- 베토벤

부를 끌어당기는 감사일기 쓰기

매일 3가지 감사일기 쓰기

하루 목표

매일 5가지 좋은 습관 기르기

☐ 이룸 ☐ 미룸	☐ 이룸 ☐ 미룸	☐ 이룸 ☐ 미룸	☐ 이룸 ☐ 미룸	☐ 이룸 ☐ 미룸
1.	2.	3.	4.	5.

기적을 만드는 하루 습관

비전하나	
시간관리	
자기관리	

Thank You Diary

날짜	년	월	일	요일	
100일 습관 프로젝트	D+		1	나에게 주는 선물	

하루 1분력

매일 한 줄 명언 / 책속글귀 / 좋은 글

우리는 두려움의 홍수에 버티기 위해서 끊임없이 용기의 둑을 쌓아야 한다.
- 마틴루터킹

부를 끌어당기는 감사일기 쓰기

매일 3가지 감사일기 쓰기

하루 목표

매일 5가지 좋은 습관 기르기

☐ 이룸 ☐ 미룸	☐ 이룸 ☐ 미룸	☐ 이룸 ☐ 미룸	☐ 이룸 ☐ 미룸	☐ 이룸 ☐ 미룸
1.	2.	3.	4.	5.

기적을 만드는 하루 습관

비전하나	
시간관리	
자기관리	

Thank You Diary

날짜	년	월	일	요일	
100일 습관 프로젝트	D+		1	나에게 주는 선물	

하루 1분력

매일 한 줄 명언 / 책속글귀 / 좋은 글
직접 눈으로 본 일도 오히려 참인지 아닌지 염려스러운데 더구나 등 뒤에서 남이 말하는 것이야 어찌 이것을 깊이 믿을 수 있으랴. - 명심보감

부를 끌어당기는 감사일기 쓰기

매일 3가지 감사일기 쓰기

하루 목표

매일 5가지 좋은 습관 기르기

☐ 이룸 ☐ 미룸	☐ 이룸 ☐ 미룸	☐ 이룸 ☐ 미룸	☐ 이룸 ☐ 미룸	☐ 이룸 ☐ 미룸
1.	2.	3.	4.	5.

기적을 만드는 하루 습관

비전하나	
시간관리	
자기관리	

Thank You Diary

날짜	년	월	일	요일	
100일 습관 프로젝트	D+		1	나에게 주는 선물	

하루 1분력

매일 한 줄 명언 / 책속글귀 / 좋은 글

이미 끝나버린 일을 후회하기 보다는 하고 싶었던 일들을 하지 못한 것을 후회하라.
- 탈무드

부를 끌어당기는 감사일기 쓰기

매일 3가지 감사일기 쓰기

하루 목표

매일 5가지 좋은 습관 기르기

☐ 이룸 ☐ 미룸	☐ 이룸 ☐ 미룸	☐ 이룸 ☐ 미룸	☐ 이룸 ☐ 미룸	☐ 이룸 ☐ 미룸
1.	2.	3.	4.	5.

기적을 만드는 하루 습관

비전하나	
시간관리	
자기관리	

Thank You Diary

날짜	년	월	일	요일	
100일 습관 프로젝트	D+		1	나에게 주는 선물	

하루 1분력

매일 한 줄 명언 / 책속글귀 / 좋은 글

실패는 잊어라. 그러나 그것이 준 교훈은 절대 잊으면 안 된다.

- 하버트 개서

부를 끌어당기는 감사일기 쓰기

매일 3가지 감사일기 쓰기

하루 목표

매일 5가지 좋은 습관 기르기

☐ 이룸 ☐ 미룸	☐ 이룸 ☐ 미룸	☐ 이룸 ☐ 미룸	☐ 이룸 ☐ 미룸	☐ 이룸 ☐ 미룸
1.	2.	3.	4.	5.

기적을 만드는 하루 습관

비전하나	
시간관리	
자기관리	

Thank You Diary

날짜	년	월	일	요일	
100일 습관 프로젝트	D+		1	나에게 주는 선물	

하루 1분력

매일 한 줄 명언 / 책속글귀 / 좋은 글

내가 헛되이 보낸 오늘은 어제 죽어간 이들이 그토록 바라던 하루이다.
단 하루면 인간적인 모든 것을 멸망시킬 수도 다시 소생시킬 수도 있다. - 소포클레스

부를 끌어당기는 감사일기 쓰기

매일 3가지 감사일기 쓰기

하루 목표

매일 5가지 좋은 습관 기르기

☐ 이룸 ☐ 미룸	☐ 이룸 ☐ 미룸	☐ 이룸 ☐ 미룸	☐ 이룸 ☐ 미룸	☐ 이룸 ☐ 미룸
1.	2.	3.	4.	5.

기적을 만드는 하루 습관

비전하나	
시간관리	
자기관리	

Thank You Diary

날짜	년	월	일	요일	
100일 습관 프로젝트	D+	1	나에게 주는 선물		

하루 1분력

매일 한 줄 명언 / 책속글귀 / 좋은 글

성공으로 가는 엘리베이터는 고장입니다. 당신은 계단을 이용해야만 합니다.
한 계단 한 계단씩 - 조 지라드

부를 끌어당기는 감사일기 쓰기

매일 3가지 감사일기 쓰기

하루 목표

매일 5가지 좋은 습관 기르기

☐ 이룸 ☐ 미룸	☐ 이룸 ☐ 미룸	☐ 이룸 ☐ 미룸	☐ 이룸 ☐ 미룸	☐ 이룸 ☐ 미룸
1.	2.	3.	4.	5.

기적을 만드는 하루 습관

비전하나	
시간관리	
자기관리	

Thank You Diary

날짜	년	월	일	요일	
100일 습관 프로젝트	D+		1	나에게 주는 선물	

하루 1분력

매일 한 줄 명언 / 책속글귀 / 좋은 글

길을 잃는 다는 것은 곧 길을 알게 된다는 것이다.
- 동아프리카속담

부를 끌어당기는 감사일기 쓰기

매일 3가지 감사일기 쓰기

하루 목표

매일 5가지 좋은 습관 기르기

☐ 이룸 ☐ 미룸	☐ 이룸 ☐ 미룸	☐ 이룸 ☐ 미룸	☐ 이룸 ☐ 미룸	☐ 이룸 ☐ 미룸
1.	2.	3.	4.	5.

기적을 만드는 하루 습관

비전하나	
시간관리	
자기관리	

Thank You Diary

날짜	년	월	일	요일	
100일 습관 프로젝트	D+		1	나에게 주는 선물	

하루 1분력

매일 한 줄 명언 / 책속글귀 / 좋은 글

삶을 사는 데는 단 두 가지 방법이 있다. 하나는 기적이 전혀 없다고 여기는 것이고
또 다른 하나는 모든 것이 기적이라고 여기는 방식이다. - 알베르트 아인슈타인

부를 끌어당기는 감사일기 쓰기

매일 3가지 감사일기 쓰기

하루 목표

매일 5가지 좋은 습관 기르기

☐ 이룸 ☐ 미룸	☐ 이룸 ☐ 미룸	☐ 이룸 ☐ 미룸	☐ 이룸 ☐ 미룸	☐ 이룸 ☐ 미룸
1.	2.	3.	4.	5.

기적을 만드는 하루 습관

비전하나	
시간관리	
자기관리	

Thank You Diary

날짜	년	월	일	요일	
100일 습관 프로젝트	D+		1	나에게 주는 선물	

하루 1분력

매일 한 줄 명언 / 책속글귀 / 좋은 글

독서할 때 당신은 항상 가장 좋은 친구와 함께 있다.
- 시드니 스미스

부를 끌어당기는 감사일기 쓰기

매일 3가지 감사일기 쓰기

하루 목표

매일 5가지 좋은 습관 기르기

☐ 이룸 ☐ 미룸	☐ 이룸 ☐ 미룸	☐ 이룸 ☐ 미룸	☐ 이룸 ☐ 미룸	☐ 이룸 ☐ 미룸
1.	2.	3.	4.	5.

기적을 만드는 하루 습관

비전하나	
시간관리	
자기관리	

Thank You Diary

날짜	년	월	일	요일	
100일 습관 프로젝트	D+		1	나에게 주는 선물	

하루 1분력

매일 한 줄 명언 / 책속글귀 / 좋은 글

지적인 욕구가 있는 자만이 배울 것이요. 의지가 확고한 자만이 배움의 길목에 있는 장애물을
극복할 것이다. 나는 항상 지능지수보다는 모험지수에 열광했다. - 유진 윌슨

부를 끌어당기는 감사일기 쓰기

매일 3가지 감사일기 쓰기

하루 목표

매일 5가지 좋은 습관 기르기

☐ 이룸 ☐ 미룸	☐ 이룸 ☐ 미룸	☐ 이룸 ☐ 미룸	☐ 이룸 ☐ 미룸	☐ 이룸 ☐ 미룸
1.	2.	3.	4.	5.

기적을 만드는 하루 습관

비전하나	
시간관리	
자기관리	

Thank You Diary

날짜	년	월	일	요일	
100일 습관 프로젝트	D+		1	나에게 주는 선물	

하루 1분력

매일 한 줄 명언 / 책속글귀 / 좋은 글

사랑이란 서로 마주보는 것이 아니라 둘이서 똑같은 방향을 내다보는 것이라고
인생은 우리에게 가르쳐 주었다. - 생텍쥐페리

부를 끌어당기는 감사일기 쓰기

매일 3가지 감사일기 쓰기

하루 목표

매일 5가지 좋은 습관 기르기

☐ 이룸 ☐ 미룸	☐ 이룸 ☐ 미룸	☐ 이룸 ☐ 미룸	☐ 이룸 ☐ 미룸	☐ 이룸 ☐ 미룸
1.	2.	3.	4.	5.

기적을 만드는 하루 습관

비전하나	
시간관리	
자기관리	

Thank You Diary

날짜	년	월	일	요일	
100일 습관 프로젝트	D+		1	나에게 주는 선물	

하루 1분력

매일 한 줄 명언 / 책속글귀 / 좋은 글

많은 인생의 실패자들은 포기할 때 자신이 성공에서 얼마나 가까이 있었는지 모른다.
- 토마스 에디슨

부를 끌어당기는 감사일기 쓰기

매일 3가지 감사일기 쓰기

하루 목표

매일 5가지 좋은 습관 기르기

☐ 이룸 ☐ 미룸	☐ 이룸 ☐ 미룸	☐ 이룸 ☐ 미룸	☐ 이룸 ☐ 미룸	☐ 이룸 ☐ 미룸
1.	2.	3.	4.	5.

기적을 만드는 하루 습관

비전하나	
시간관리	
자기관리	

Thank You Diary

날짜	년	월	일	요일	
100일 습관 프로젝트	D+		1	나에게 주는 선물	

하루 1분력

매일 한 줄 명언 / 책속글귀 / 좋은 글

게으름 피울 수 있을 만큼 똑똑하지 못한 것을 포부가 높기 때문이라고 변명할 수 없다.
- 에드가 버겐

부를 끌어당기는 감사일기 쓰기

매일 3가지 감사일기 쓰기

하루 목표

매일 5가지 좋은 습관 기르기

☐ 이룸 ☐ 미룸	☐ 이룸 ☐ 미룸	☐ 이룸 ☐ 미룸	☐ 이룸 ☐ 미룸	☐ 이룸 ☐ 미룸
1.	2.	3.	4.	5.

기적을 만드는 하루 습관

비전하나	
시간관리	
자기관리	

Thank You Diary

날짜	년	월	일	요일	
100일 습관 프로젝트	D+		1	나에게 주는 선물	

하루 1분력

매일 한 줄 명언 / 책속글귀 / 좋은 글

나만이 내 인생을 바꿀 수 있다. 아무도 날 대신해 해줄 수 없다.

- 캐롤 버넷

부를 끌어당기는 감사일기 쓰기

매일 3가지 감사일기 쓰기

하루 목표

매일 5가지 좋은 습관 기르기

☐ 이룸 ☐ 미룸	☐ 이룸 ☐ 미룸	☐ 이룸 ☐ 미룸	☐ 이룸 ☐ 미룸	☐ 이룸 ☐ 미룸
1.	2.	3.	4.	5.

기적을 만드는 하루 습관

비전하나	
시간관리	
자기관리	

Thank You Diary

날짜	년	월	일	요일	
100일 습관 프로젝트	D+		1	나에게 주는 선물	

하루 1분력

매일 한 줄 명언 / 책속글귀 / 좋은 글

시간은 우리를 변화시키지 않는다. 시간은 단지 우리를 펼쳐 보일 뿐이다.
- 막스 프리쉬

부를 끌어당기는 감사일기 쓰기

매일 3가지 감사일기 쓰기

하루 목표

매일 5가지 좋은 습관 기르기

☐ 이룸 ☐ 미룸	☐ 이룸 ☐ 미룸	☐ 이룸 ☐ 미룸	☐ 이룸 ☐ 미룸	☐ 이룸 ☐ 미룸
1.	2.	3.	4.	5.

기적을 만드는 하루 습관

비전하나	
시간관리	
자기관리	

글만 썼을 뿐인데 삶이 바뀌다

초판인쇄	2018년 4월 16일
초판발행	2018년 4월 25일
지은이	이창미
발행인	조현수
펴낸곳	도서출판 더로드
마케팅	최관호 최문섭 신성웅
편집	황지혜
디자인	호기심고양이
주소	경기도 고양시 일산동구 백석2동 1301-2
	넥스빌오피스텔 704호
전화	031-925-5366~7
팩스	031-925-5368
이메일	provence70@naver.com
등록번호	제2015-000135호
등록	2015년 06월 18일

정가 18,000원
ISBN 979-11-87340-86-7